Im Knaur Taschenbuch Verlag ist bereits
folgendes Buch der Autorin erschienen:
Die Liebhaber meiner Töchter

Über die Autorin:
Kati Naumann wurde 1963 in Leipzig geboren und lebt mit ihrer Familie in Leipzig und London. Sie studierte Museologie und arbeitete im Buchmuseum der Deutschen Bücherei Leipzig und im Musikinstrumenten-Museum der Universität Leipzig. Sie schrieb Gedichte und lyrische Texte für Rockbands, Songtexte für meditativen Ethnopop und für verschiedene Künstler. Ihr Erfolgs-Musical *Elixier* (Musik vom »Prinzen« Tobias Künzel), an der Oper Leipzig uraufgeführt, wurde vom Spiegel als »Eastside Story aus Bitterfeld« bezeichnet und mit der *Rocky Horror Picture Show* verglichen. Außerdem arbeitete sie an diversen Musiksendungen des NDR Fernsehens mit und schrieb Drehbücher.

Kati Naumann

Die große weite Welt der MIMI BALU

Roman

Besuchen Sie uns im Internet:
www.knaur.de

Vollständige Taschenbuchausgabe April 2015
Knaur Taschenbuch
© 2015 Knaur Taschenbuch
Ein Unternehmen der Droemerschen Verlagsanstalt
Th. Knaur Nachf. GmbH & Co. KG, München
Umschlaggestaltung: ZERO Werbeagentur, München
Umschlagabbildung: GettyImages / positiv photography;
GettyImages / Leontura; FinePic®, München
Satz: Adobe InDesign im Verlag
Druck und Bindung: CPI books GmbH, Leck
ISBN 978-3-426-51681-2

2   4   5   3   1

INHALT

1.

HIER KOMMT MIMI BALU!

Der folgenreichste Unterschied zwischen den Einwohnern von Limbach-Oberfrohna und London liegt in der Wahl ihrer Garderobe. Während in Limbach-Oberfrohna die Tagestemperatur ausschlaggebend ist, wird die Kleidung in London von der Tageslaune bestimmt. Um das auszugleichen, gibt es in England hochwirksame Medikamente gegen Blasenentzündung rezeptfrei.

* * *

Mit ausgebreiteten Armen balancierte ich über die Asphaltbeulen zwischen den Pfützen auf der Regent Street. Die Fransen meiner hellen Wildledersandalen wischten den Schmutz auf und schlenkerten Spritzer an meine nackten Beine. Vor mir lief eine Frau mit furchtbar zweckmäßigem Schuhwerk – ganz sicher eine Touristin. Wir Einheimischen würden uns von ein wenig Kälte und Regen niemals die Frühlingsstimmung verderben lassen!

Mit einer Welle von Menschen überquerte ich die riesige Kreuzung am Oxford Circus diagonal. Diese Ampel, die tatsächlich schräg über den zentralen, unübersichtlichen Knotenpunkt führt, symbolisiert für mich die Londoner Philosophie. Alle Wege, die hier zum Ziel führen, sind unkonventionell, äußerst direkt und fühlen sich beim Betreten ein bisschen verboten an.

Der Strom der Passanten zog mich die Oxford Street entlang in Richtung Marble Arch. In dieser großen Geschäftsstraße liegt ein Laden neben dem anderen, ein Kaufhaus übertrumpft das nächste durch noch raffiniertere Arrangements, noch elegantere Farben in den Auslagen.

Es fühlte sich berauschend an, Teil dieser Stadt zu sein. Ich liebte alles an ihr. Diese Lässigkeit, die Überraschungsmomente und diese herrliche Lautstärke, die eine tieffliegende Boeing über mir scheinbar lautlos durch die Luft gleiten ließ.

Schon tauchte die neoklassizistische Fassade von *Selfridges* auf, die eher an einen römischen Tempel als an ein Kaufhaus erinnert. Die Säulen wuchsen vor mir in die Höhe, die Fahnen am Rand der Dachterrasse flatterten zum Himmel, die Königin der Zeit breitete ihre Bronzeflügel über dem Eingang aus, als mache sie sich bereit zum Abflug.

Meistens sah ich mir hier nur die Schaufenster an. Es gibt keine sensationelleren, keine verrückteren als die bei *Selfridges* in der Oxford Street. Explodierende Flugzeugturbinen, blau schimmernde Unterwasserwelten oder ganze U-Bahn-Züge, alles war möglich!

An diesem Tag ließ ich mich von der schweren Bronzedrehtür ins Innere schubsen.

Eine Mixtur von edlen Parfüms schwebte in der Luft, und ich atmete tief ein, um den wunderbaren Duft nach Eleganz und Luxus in mich aufzunehmen.

Überall an den Ständen der verschiedensten Kosmetikmarken tippelten zu stark geschminkte Angestellte in den typischen kleinen schwarzen Kostümen herum. Sie umschwirrten Kundinnen, die vor ihnen auf Barhockern sitzend mit geschlossenen Augen darauf warteten, noch schöner zu werden.

Auf der Rolltreppe glitt ich nach oben zu den Designergalerien, die wie eine Kunstausstellung mit unzähligen Sitzgelegenheiten wirkten. Die Stühle, Chaiselongues und Sessel waren alle von Puppen besetzt, als wären die ermüdeten Besucher zu Pappmaché erstarrt.

Die Kunstobjekte bestanden aus schwereloser Seide, weichen Wollstoffen, gewichtigem Jacquard und schimmernder Spitze. Manche Designer hatten ihre Modelle nach Farben geordnet. Ganze Wände hingen voll verschiedener Grüntöne, und dann gab es wieder eine Ecke nur in Rosa, als hätte jemand mit einem riesigen Pinsel die verschiedenen Röcke, Kleider, Blusen und Kostüme angestrichen.

Auch hier standen Angestellte im kleinen Schwarzen herum. Sie musterten mich abschätzend, so dass ich schnell an mir heruntersah, ob auch alles in Ordnung war.

Ich drehte mich im Kreis. Roberto Cavalli, Pucci, Valentino, ich war ein wenig unschlüssig und steuerte dann auf Stella McCartney zu. Ich berührte ein nachtblaues Modell aus kostbarem Seidentaft. Sofort stand eine Verkäuferin hinter mir, als besäße das Kleid einen Überwachungssensor. Sie nahm es von der Messingstange, hielt es mir prüfend an und behauptete, es sei wie für mich gemacht. Dieses Kleid habe geradezu auf mich gewartet!

Das bedauernswerte Kleid würde wohl weiter warten müssen. Ich konnte mir nichts aus der Designeretage dieses Kaufhauses leisten. Genau genommen hätte es nicht einmal für ein Haargummi bei *Selfridges* gereicht. Trotzdem ließ ich mich mit der Gelassenheit des vermögenden Kunden zur Anprobe bringen.

Schwarze Schuhe klackten vor mir über den Marmorboden, der Stoff vor der Kabine wurde wie ein Theatervorhang aufgerissen und gleich darauf magisch von meinen Beinen angezogen. Die Luft war elektrisch geladen wie vor einem kräftigen Wetterumschwung. So viel stand fest: Etwas Außergewöhnliches würde passieren!

9

Ich streifte das Kleid über und ließ mir beim Reißverschluss helfen. Der Stoff duftete nach Puder. Ist es nicht erstaunlich, dass sich unerreichbare Dinge ganz anders anfühlen als alltägliche? Ich sah an mir herunter. Der schwere Seidentaft bauschte sich genau an den richtigen Stellen, ohne aufzutragen. Ich erforschte die Nähte und fand schnell heraus, wie die Passform erreicht worden war. Bedauerlicherweise hatte ich keine Nähmaschine mehr, aber ich würde schon jemanden finden, der mir aushelfen konnte. Das Kleid sollte rechtzeitig fertig sein.

Entspannt bog ich den Rücken durch und drehte meinen Kopf dem körperhohen, schwenkbaren Rückspiegel zu. Die doppelte Reflexion irritierte mich, und ich strich den Taft zunächst an der falschen Seite glatt. Amüsiert beobachtete ich mich selbst, als würde ich eine Fremde auf einer Party begutachten. Billiger Bettelschmuck zum Designerkleid, eine aufgekratzte Stelle an der Wade, lange, in den Spitzen fransige, helle Haare, nichts passte zusammen, und alles wirkte deshalb frisch und unbekümmert. Ich schätzte das Alter dieser Frau, die ich nur von hinten sah, auf Mitte zwanzig. Das war Mimi Balu! Äußerst fotogen, hochtalentiert und mit einer besonderen Stimme beschenkt.

Ich hatte es bis nach London geschafft. Von hier aus sollte es weitergehen in die Welt! Meine Fantasie war grenzenlos. Ich konnte mir alles vorstellen. Einen Wanderpfad auf dem Regenbogen, ein Kleid aus Seifenblasen und mich selbst vor einem Millionenpublikum.

Der Grund für meine Zuversicht war nagelneu und wartete in meinem Wohnzimmer auf mich. Ich hatte einen Peavey-Bassverstärker gesponsert bekommen! Und warum auch nicht? Katie Melua bekam von Opel eine ganze Tour spendiert.

Ich verschwendete keinen Blick an den Frontspiegel, drückte der Frau im schwarzen Kostüm nachlässig das Kleid in den Arm, fuhr die Rolltreppe hinab und nahm die Illusion mit nach draußen.

Von hinten war meine Welt noch in Ordnung.

Von vorn war ich zu diesem Zeitpunkt neununddreißig Jahre alt. Außerdem heiße ich eigentlich Michaela Balutzke und stamme aus Limbach-Oberfrohna.

An diese Tatsachen dachte ich damals nur, wenn es sich nicht vermeiden ließ. Nirgendwo war es leichter gewesen, die zu werden, die ich sein wollte, als in einem Land, in dem eine simple Telefonrechnung genügte, um sich ausweisen zu können. Und hier, in der Stadt der unbegrenzten Möglichkeiten, hatte ich endlich meine Bestimmung gefunden. Angesichts der Tatsache, dass andere ihre Bestimmung niemals finden, lag ich ganz gut in der Zeit.

Den Bassverstärker brauchte ich, weil ich zwei Wochen zuvor mit Eva in Muswell Hill gewesen war, in dieser Presbyterianerkirche, die sie zu einem Pub umfunktioniert hatten. Eva stammt aus Polen und wohnte damals bei mir im Haus. Wir kamen gerade in den Pub, als Abbys Band spielte. Abby ist eine waschechte Londonerin, deren kenianische Familie sich schon vor zwei Generationen hier angesiedelt hatte. Sie tobte über die Bühne und lieferte sich mit dem Publikum eine Wurfschlacht mit biergefüllten Plastikbechern.

Zu unserem großen Glück ließen die anderen Musiker sie unmittelbar nach dem Auftritt sitzen. Noch in der gleichen Nacht gründeten wir drei die Band *Girls Club*: Abby natürlich an der Gitarre, Eva am Schlagzeug, und ich wollte singen! Nun fehlten uns nur noch ein Bass und jemand, der ihn spielen konnte. Wie gut, dass ich Mike kannte, der die Frontscheiben im Café *Renoir* polierte und eigentlich Bassist war. Er sollte mir die Grundlagen zeigen!

Am nächsten Morgen tauschte ich wie Hans im Glück beim Cash Converter an der Ecke meine Bernina-Nähmaschine gegen eine schwarz-rote Wesley-Bassgitarre ein. Wie jedes Mal verließ ich den Laden höchst zufrieden, auch wenn in mir wie immer irgendetwas argwöhnte, schlechter weggekommen zu sein.

Mike borgte mir für den Anfang einen Miniverstärker, damit wir proben konnten. Und nun, zwei Wochen später, hatten wir schon unser erstes Demoband aufgenommen, Fotos gemacht, Flyer von uns drucken lassen, und ich besaß meinen eigenen, hochwertigen, unglaublich gut klingenden Verstärker!

Alles, was uns jetzt noch fehlte, war neben eindrucksvoller Bühnengarderobe ein erster Auftrittsort.

Der war gar nicht so leicht zu finden in dieser Stadt, in der jeder Briefträger, jeder Kellner und jeder Straßenkehrer im Grunde seines im Backbeat schlagenden Herzens Musiker war. Ich hatte unsere Demoaufnahmen schon in unzähligen Clubs und bei verschiedenen Veranstaltern hinterlassen und wollte nun noch ein paar Pubs in der Nähe meiner Wohnung ablaufen. Ich lebte damals im Künstlerviertel Camden Town im Norden Londons.

Mit der Northern Line fuhr ich zurück und aß mein Frühstück in der U-Bahn, während ich Zeitung las. Neben mir lackierte sich eine Frau ihre Fußnägel. Wir Londoner lieben unser transportables Wohnzimmer! Es spart Zeit, und man muss es am Abend nicht aufräumen. Kurz bevor ich ausstieg, schminkte ich mich nach – mein Lippenstift war zusammen mit dem Müsliriegel verschwunden – und bürstete mir die Haare. Ich hatte das Gefühl, dass ich es diesmal anders angehen sollte.

The World's End ist ein traditioneller Eck-Pub in leuchtendem Dunkelrot direkt gegenüber der U-Bahn-Station Camden Town, die an den Wochenenden immer wegen Überfüllung geschlossen werden muss. Die Kreuzung, an der ein Spinnennetz von Straßen aufeinandertrifft, ist Sammelpunkt für Fahrzeuge, Menschen und Missionare.

Ich drückte die Schwingtür auf, und der Lärm draußen wurde durch den Lärm im Inneren übertönt.

Es war ein sehr großer Pub, und doch wirkte er gemütlich durch die olivgrüne Tapete mit den Barockmustern, das dunkle Holz, die vielen Séparées, die samtbespannten Treppen, die nach oben und unten führten, und die Erweiterungen in die hinteren Räume, in denen es statt dunkler immer heller wurde. Durch eine verglaste Eisenkuppel fiel Licht auf die Barinsel herab. Es war, als betrete man eine Theaterkulisse, die einen Marktplatz mit Ladenstraße, Terrasse und überdachter Markthalle vorgaukelte.

Ich zog mir einen Hocker an die Bar und bestellte zwei Guinness. Das eine schob ich dem Barkeeper gleich wieder hin, und so kamen wir ins Gespräch. Er hatte eine Rockabilly-Frisur, und mir gefielen die Tarotkarten auf seinem Arm. Er fragte nach meiner Telefonnummer, und ich schrieb sie ihm auf einen Bierdeckel. Sofort tippte er sie in sein Telefon und klingelte mich an, damit ich auch seine Nummer hätte, wie er sagte. In Wahrheit wollte er natürlich testen, ob ich ihn nicht an der Nase herumführte. Da ich seinen Namen sofort wieder vergessen hatte, speicherte ich ihn unter »Barkeeper World's End« ab und kam zu meinem eigentlichen Anliegen.

Unter dem Pub war das *Underworld*. Und genau dort wollte ich mit *Girls Club* spielen. Der Barkeeper nahm meine CD und versprach, ein gutes Wort für mich einzulegen. Ich wusste, wie wenig ernst das zu nehmen war und dass ich dranbleiben musste.

Als er mich beim Verbschieden fragte, woher eigentlich mein Akzent käme, fiel mir wieder ein, dass ich aus Limbach-Oberfrohna stamme. Schlimmer noch: dass ich schon am nächsten Tag dorthin aufbrechen würde.

Ich kehrte nicht oft nach Limbach-Oberfrohna zurück, meistens nur zu den unumgänglichen Feiertagen. Alle waren davon überzeugt, dass auch ein vierzigster Geburtstag dazuzählte. Vermutlich deshalb, weil sich das Lebensalter ähnlich der Körpertemperatur verhält. Alles über vierzig ist bedenklich und könnte schlimm enden.

Ich kann nicht sagen, dass ich ungern in meine Heimat reiste, aber dieser Geburtstag erwischte mich zu einem ungünstigen Zeitpunkt. Es fühlte sich an, als würde ich mitten in einem Pubquiz weggerufen, bei dem mein Team gerade dabei war, zu gewinnen.

Deshalb war ich ein wenig ungehalten wegen der Aufmerksamkeit, die mir die bevorstehende Reise abverlangte. Aber der Flug war längst gebucht, und meine Familie erwartete mich. Mit der gleichen Intensität, mit der ich mich eigentlich um meine Zukunft kümmern wollte, musste ich mich nun um meine Vergangenheit bemühen. Schließlich hatte ich in Limbach-Oberfrohna einen Ruf zu verteidigen.

Um meine Welterfahrenheit und Stilsicherheit zu unterstreichen, brachte ich jedes Mal ausgefallene Geschenke mit. Dinge, die heute als ganz alltäglich angesehen werden, wie diese übergroßen Brillen mit Fensterglas oder das universell einsetzbare Designmotiv des Schnurrbarts, führte ich in Deutschland ein. Der Infektionsherd für ihre Verbreitung über die ganze Republik liegt in Limbach-Oberfrohna.

Solche Zauberdinge fand ich auf dem Camden Market. Ich mochte das Gedränge, das Gewirr verschiedener Sprachen, die Punks, die Mods, die Cyberfans, die schreiend bunten Häuserfassaden, alles so unterschiedlich wie nicht zusammengehörende Puzzleteile, die jemand mit einem Gummihammer passend geklopft hatte. Und ich klemmte mittendrin.

Ich betrat den Markt am *Gilgamensch*, einem panasiatischen Restaurant, und ließ mir an einem Thai-Imbiss eine Kostprobe aufdrängen. Danach verlor ich mich in den engen Gängen des überfüllten Marktes und steckte vorsichtshalber meine Handtasche unter die Jacke. Es war so eng, dass ich nur noch schrittweise vorwärtskam. An einem kleinen Stand kaufte ich Plastikerdbeeren, die sich als Knöpfe verwenden ließen. An einem anderen entdeckte ich ein Paar künstliche Daumen, die in der Dunkelheit glühten und meine Neffen begeistern würden. Das Wichtigste aber hatte ich noch nicht gefunden.

Ich hielt ein Tuch mit asiatischen Motiven hoch und hängte es zurück. Das war nicht das Richtige. Ich ließ meine Finger durch die kleinen Kugeln an einem Perlenstand gleiten und lauschte dem Klackern. Nichts war mir gut genug. Ich ging durch das Tor mit den bronzenen Pferdeskulpturen in die gemauerten Gewölbe des ehemaligen Pferdehospitals. In den von Trödel überquellenden Lattenboxen, in denen früher die Tiere untergebracht worden waren, fand ich schließlich ein silbernes Teesieb. Der Griff war mit einem orientalischen Muster durchbrochen, und das Tropfschälchen ließ sich zur Seite schwenken. Genau so etwas hatte ich gesucht! Oma Trude vertrug keinen Kaffee mehr.

Der Verkäufer bemerkte meine Begeisterung und behauptete, dies wäre ein fantastisches Unikat und eine unglaubliche Rarität, mit der schon Heinrich V. seinen Tee geseiht hätte.

Da es im 14. Jahrhundert noch gar keinen Tee in England gegeben hatte, bekam ich das Sieb dann doch zu einem guten Preis. Vorsichtig wickelte ich es in ein Stück Papier und legte es beinah zärtlich in meine Umhängetasche.

Danach packte ich zu Hause nur noch meinen Koffer. Die Wechselschuhe und einen Pullover musste ich dalassen, sonst hätte mein Handgepäck die von der Fluggesellschaft erlaubten zehn Kilo überstiegen. Ich druckte das Ticket aus und holte meinen Pass. Alles war bereit für die Reise – außer mir.

2.

EINE REISE IN DIE VERGANGENHEIT

Der verständlichste Unterschied zwischen den Einwoh-
nern von Limbach-Oberfrohna und London besteht in
ihrer Reaktion auf liegenbleibenden Schnee. Im Vorerz-
gebirge gehört eine geschlossene Schneedecke von No-
vember bis April zum normalen Straßenbild. In London
wird Schnee als seltenes Naturspektakel betrachtet und
führt zu einer Art Schneefrei für alle.

* * *

Die Reisen zu meiner Familie fanden meistens in der kal-
ten Jahreszeit statt.

Nach dem Kalender sollte es längst Frühling sein, aber die
Temperaturen lagen nachts immer noch im Bereich des Ge-
frierpunkts, und ich hoffte bis zuletzt, es würde schneien.

Dann wäre der Flug nämlich gestrichen worden. Ich wäre
nicht einmal bis zum Flughafen gekommen, weil der Bus nicht
fahren konnte. Es gab keine Räumdienste für die Autobahn.
Der Betrieb der U-Bahnen, die oberirdische Teilstrecken hatten,
wäre auch eingestellt worden. Bestimmt wäre nicht einmal der
Stansted-Expresszug gefahren und auch kein Taxi aufzutreiben
gewesen, weil niemand in London Winterreifen besaß. Ich hätte
hierbleiben müssen, und es wäre nicht meine Schuld gewesen.

Damit es so weit kam, musste gar nicht viel Schnee fallen.
Schon zwei Zentimeter genügten für das wunderbarste Cha-

os. Dann schlossen die Schulen, ebenso die Kindergärten und Arztpraxen, die Läden, die Kaufhäuser, die Pubs, die Clubs, es starteten keine Flugzeuge, keine Autos verstopften die Straßen, das Leben verstummte, die ganze lärmende Stadt war auf einen Schlag still.

Dieser Zustand galt für den Tag, an dem der Schnee lag, und auch für die beiden darauffolgenden, nur zur Sicherheit.

Aber sosehr ich diesen erlösenden Schnee auch herbeisehnte, so kalt es war, der Himmel blieb klar.

Ich fuhr mit dem Bus zum Flughafen Stansted. Das war die zeitaufwendigste, aber auch die billigste Variante. Der Bus schlich im dichten Verkehr die Autobahn entlang.

Meine Jacke lag auf meinen nackten Knien, und ich fröstelte. Wie die meisten Londonerinnen trug ich keine Strümpfe, und die Zehen, die vorn aus meinen Peeptoe-Pumps herausguckten, waren bläulich angehaucht und fühlten sich an, als ob sie nicht zu mir gehörten. Ich hatte keine andere Wahl gehabt. Es waren nur diese Schuhe in Frage gekommen. Wenn ich nach Limbach-Oberfrohna reiste, musste ich immer darauf achten, dass ich ausreichend Londoner Flair mitbrachte. Im Winter trug ich kurze Hängerkleidchen und große Sonnenbrillen, im Sommer dagegen Pelzstiefel und schicke Strickbaskenmützen. Das genügte in der Regel, um im Erzgebirge Aufmerksamkeit zu erregen.

Immer wenn ich in diesem Bus fuhr, der mich Limbach-Oberfrohna wieder näher brachte, hatte ich das Gefühl, in einer Zeitmaschine zu sitzen. Unweigerlich musste ich daran denken, wie ich zum allerersten Mal mit demselben Koffer, der auch jetzt im Bauch des Busses lag, hier angekommen war.

Nicht einmal ich selbst hätte damit gerechnet, dass ich so lange in London bleiben würde. Es war eben nicht leicht, sich zu entscheiden, wenn es so viele Möglichkeiten gab. Ich musste sie doch alle ausprobieren! Wie sonst sollte ich meine wahre Bestimmung finden? Wer niemals einen Sidecar getrunken hat, kann unmöglich wissen, ob er ihn scheußlich findet oder zu seinem neuen Lieblingsgetränk erklärt.

Wenn alles nach Plan gelaufen wäre, hätte ich die letzten zwanzig Jahre in der Bäckerei meiner Eltern in Oberfrohna hinter der Ladentheke verbracht und Bierbrötchen, Roggenecken oder Milchhörnchen in graubraune Papiertüten stopfen müssen. Das war seit Generationen die Bestimmung der Frauen in meiner Familie.

Mein Vater gibt der nicht mehr existierenden Mauer die Schuld, dass es nicht nach Plan gelaufen war. Wer das Gatter öffnet, muss sich nicht wundern, wenn alle Kaninchen davonstieben.

Im Sommer 1990, drei Monate nach meinem zwanzigsten Geburtstag, war der richtige Moment gekommen, in dem ich alles hinter mir lassen konnte.

Im Leben eines jeden Menschen gibt es einen unwiederbringlichen Moment, in dem er seine Bedeutung ändern kann, wenn er nur das Richtige tut. Norma Jeane Mortenson Baker entschied sich für Blondiercreme und einen Künstlernamen. Rosemarie Nitribitt ließ sich ermorden. Wenn der richtige Moment da war, durfte man nicht zimperlich sein. Oma Trude hatte ihren verpasst. Mir sollte das nicht passieren.

Das erste Mal hörte ich von London, als ich noch sehr klein war, und es erschien mir wie die Smaragdenstadt. Ein unwirklicher, magischer Ort, an dem alles möglich war! Oma Trudes Bruder Ernst, der Omas Mädchennamen Schulze trug, hatte versucht, eine Geschäftsverbindung dorthin aufzubauen, und wenn der Krieg nicht dazwischengekommen wäre, wäre der Schulzekuchen jetzt vielleicht so bekannt wie die Sachertorte. Aber Ernst fiel, Opa Herrmann heiratete meine Großmutter und steuerte das Unternehmen sicher und ohne hochfliegende Expansionspläne durch unruhige Zeiten. Ihm war es zu verdanken, dass die kleine Privatbäckerei der Familie Balutzke den Untergang der DDR ebenso unversehrt überstand wie den des Dritten Reiches und der Weimarer Republik.

Ich hatte aufgrund fehlender Alternativen eine Lehre als Bäckereifachverkäuferin durchlaufen, und es sah ganz so aus, als würde auch ich der Familientradition folgen. Aber wenn ich im Laden meiner Eltern stand, spürte ich ganz deutlich, dass noch etwas anderes kommen musste. Ich trat auf dem Stadtparkfest vor großem Publikum auf. Ich malte die Plakate für den Tag der offenen Tür an meiner Berufsschule. Ich war jahrelang Mitglied der Tanzgruppe *Mata Hari* in Hohenstein-Ernstthal. Und damit schienen alle Möglichkeiten meiner Heimat ausgeschöpft zu sein.

An dem Tag, an dem ich mein Abschlusszeugnis erhielt, verriet ich meinen Eltern, dass mir etwas Größeres vorschwebte. Das ganze Land war in Aufbruchsstimmung! Da würde ich bestimmt nicht in Limbach-Oberfrohna bleiben. Ich wollte dorthin, wo Billy Idol und Helena Bonham Carter wohnten!

»Aber wieso denn ausgerechnet London?«, stammelte meine Mutter immer wieder wie eine Schallplatte, die einen Sprung hat.

»Weil es nicht Limbach-Oberfrohna ist«, war meine Antwort.

»Aber dann könntest du doch nach Karl-Marx-Stadt gehen! Das ist auch nicht Limbach-Oberfrohna.« Meine Mutter glaubte einen Ausweg gefunden zu haben.

»Chemnitz! Das heißt jetzt wieder Chemnitz!«, verbesserte sie Oma Trude triumphierend. Erst im Juni desselben Jahres hatte die Stadt nach einer Volksabstimmung ihren alten Namen zurückerhalten, und wir mussten uns erst noch daran gewöhnen. Nur Oma Trude nicht. Sie war immer beharrlich bei Chemnitz geblieben und freute sich, dass sie recht behalten hatte.

»Ich will in eine Weltstadt, mit Festivals und Konzerthallen!«, erklärte ich.

Meine Mutter holte ihren letzten Trumpf heraus: »Aber in Chemnitz gibt's die Stadthalle!«

Kurze Zeit später saß ich zum ersten Mal in meinem Leben in einem Flugzeug und düste meinem Schicksal davon.

Meine Ankunft in London war wie eine Landung auf dem Mars. Ich stieg in der Liverpool Street im Zentrum aus dem Zubringerbus, stand am Straßenrand und schnappte nach Luft. So muss sich Kaspar Hauser gefühlt haben, als er das erste Mal nach Nürnberg kam. Ich stammte aus einer verträumten Kleinstadt im tiefsten Ostdeutschland, wo die westliche Konsumkultur in einer zum *Diska-Markt* umfunktionierten Turnhalle gipfelte. Das gigantische London überrollte mich mit seinen verrückten Menschen, der eigenartigen Mode, den paradiesischen Plattenläden, den Drogerien, den Obstständen, dem Verkehr und den sagenhaften, rund um die Uhr geöffneten Supermärkten.

Eigentlich hatte ich nur ein einziges Jahr bleiben wollen. Ein Jahr kann sehr lang sein, wenn man wie meine Mutter, Renate Balutzke, allein im Bäckerladen steht, keine Vertretung für die Toilettenpause hat und darauf hofft, dass die einzige Tochter endlich wieder zur Vernunft kommt. Aber ein Jahr war viel zu kurz, wenn man viele Talente besaß und nicht sicher war, worin das größte bestand. Ich wusste damals nur: Es musste noch etwas Besseres kommen! Und es war sehr unwahrscheinlich, dass ich es in Limbach-Oberfrohna finden würde.

Mir schwirrte der Kopf von der verwirrenden Fülle an eintrittsfreien Museen und überquellenden Läden, ich konnte mich kaum entscheiden zwischen all den wunderbaren Freilichttheatern und Galerieangeboten, den Club-Konzerten und riesigen Festivals in den blumenüberwucherten Parks. Hypnotisiert taumelte ich hin und her wie eine der Wespen, die sich immer wieder in die Bäckerei Balutzke verirren und im Zuckerrausch nicht wissen, von welchem Kuchen sie zuerst naschen sollen.

Meine ersten Londonjahre verbrachte ich als Au-pair-Mädchen im Haus einer wohlhabenden griechischen Familie im reichen und sicheren Kensington. Ich wohnte damals in einem Haus mit weißen Säulen und Palmen davor, über dessen Eingang sich verschwenderisch blühender Blauregen rankte. Es war eines dieser typischen schmalen englischen Reihenhäuser, die auf jeder Etage nur zwei Zimmer haben und in deren Mitte sich ein enger Treppenschacht nach oben windet. Das machte den Transport meines Bettes in die Dachkammer zu einem tagfüllenden Problem, das mit dem Leistenbruch eines hilfsbereiten Nachbarn endete.

Manchmal führten mich Besorgungen in die elegante Kensington High Street, und ich schlenderte bis zu St. Mary Abbots, einer hübschen, neugotischen Gemeindekirche. Wenn ich am Blumenstand vor dem Kirchentor vorbeiging und die Glocken zufällig läuteten, hielt ich jedes Mal entzückt an und ließ Blumenduft und Töne auf mich einprasseln. Scheinbar ungeordnet und überschwenglich tönten sämtliche der zehn verschieden gestimmten Glocken durcheinander und überschüttteten mich mit einem lärmenden Klangteppich. So fühlt es sich noch immer an, wenn ich glücklich bin.

Ich betreute in dieser Zeit den kleinen Niklas und lernte nebenbei nahezu perfekt Englisch sowie die wichtigsten griechischen Schimpfwörter. Ich liebte Niklas wie ein eigenes Kind, und in meiner Erinnerung nimmt die Zeit mit ihm einen so mächtigen Raum ein, dass ich beinahe glaube, damit meine Schuldigkeit für die Fortpflanzung der Menschheit getan zu haben.

Am liebsten wanderte ich mit Niklas über den Brompton-Friedhof, in dessen Nähe wir wohnten. Zwischen halb versunkenen, von Süßdolde und wilden Hyazinthen überwucherten Grabsteinen spielte ich Theater für ihn. Ich schaffte es, dass mein Schützling vor Entsetzen schrie, wenn ich mich in einen Wolf verwandelte und seinem kleinen Plüschschweinchen näherte. Am Ende schluchzte er vor Erleichterung, weil Jäger Mimi alle rettete, das Schweinchen, Niklas und ein paar zufällig vorbeikommende Spaziergänger. Ich verneigte mich ausdauernd, um das Abklingen des Beifalls noch ein wenig hinauszuzögern und den beglückenden Rausch zu verlängern, der mich in etwas Besonderes verwandelte.

Solange ich in Kensington wohnte, bekam ich gelegentlich Besuch von meiner Cousine Carmen. Sie durfte dann in meinem Zimmer schlafen, die Eltern von Niklas luden uns zum Essen ins *Ritz* ein, und wir fuhlten uns großartig. Ich ging gern mit Carmen aus. Sie ließ mich nicht wie meine einheimischen Freundinnen für einen romantisch aussehenden Mann oder ein kostenloses Getränk mitten in der Nacht im wildesten Osten Londons einfach stehen.

Aber dann kam Niklas in die Schule, und ich wurde nicht mehr gebraucht. Damit verlor ich nicht nur eine angenehme Arbeit und ein freies Zimmer im unbezahlbaren Kensington, auch mein Publikum kam mir abhanden. Ich musste ein neues erobern und Schauspielerin werden. Also buchte ich einen Abendkurs an der Kunst- und Designschule Saint Martins und tröstete mich mit dem Gedanken, nach Kensington zurückzukehren, sobald ich den Filmpreis der Britischen Akademie gewonnen hatte.

Und noch etwas veränderte sich. Meine sonst so geduldige Mutter hatte das Warten satt, und Carmen nahm den Platz neben ihr im Laden ein, obwohl diese gar nicht Balutzke heißt und eigentlich Näherin im VEB Feinwäsche gelernt hat. Das trübte unser Verhältnis nachhaltig.

Plötzlich hatte ich das Gefühl, als nähme die Welt keine Notiz von mir. Sobald ich einen Ort verließ, verlor ich den Einfluss darauf.

Carmen kam danach nicht mehr. Sie gab vor, im Laden unersetzlich zu sein. Später war sie wirklich mit ihren Jungs ausgelastet. Auch sonst besuchte mich niemand aus Limbach-Oberfrohna. Mein Vater behauptete, die Bäckerei nicht einfach schließen zu können, und traute dem Flughafenpersonal nicht. Meiner Mutter wurde es schon schwindlig, wenn sie ein Leinsamenbrot verkaufen musste, das in der obersten Regalreihe lag und nur unter Benutzung des Trittbänkchens erreicht werden konnte. Und Oma Trude verreiste nicht mehr, seit Opa Herrmann gestorben war.

Ich probierte es mit Wohnungen in Tottenham und Chingford, aber sie waren zu abgelegen. Ich brauchte das Pulsieren der Großstadt und das rhythmische Rumpeln der U-Bahn, irgendwo in der Tiefe unter meinem Schlafsofa. Sonst hätte ich schließlich auch in Limbach-Oberfrohna bleiben können.

Meine mehrjährige Bäckereifachverkäuferinnenlehre erwies sich bei der Arbeitssuche als keine große Hilfe. In London kann jeder nach ein paar Minuten Einarbeitungszeit Lebensmittel verkaufen. Ich begann zu kellnern und schloss den Schauspielkurs mit Auszeichnung ab. Oma Trude war sehr stolz auf mich. Leider zeigte sich, dass die Hälfte der Londoner Bevölkerung aus Schauspielern bestand. Es war beinahe unmöglich, ein festes Engagement, eine Agentur oder auch nur einen Gelegenheitsauftritt zu bekommen. Während ich im Café *Nero* die Espressomaschine bediente und dabei die wesentlichen italienischen Schimpfwörter lernte, kam ich ins Grübeln. War Schauspiel wirklich meine Bestimmung? War es so sehr meine Leidenschaft, dass ich bereit war, mein Leben in der um mehrere Häuserblocks reichenden Warteschlange für ein Vorsprechen zu verbringen? Gab es noch einen anderen Weg für mich?

Ich beschloss, an einem Kunstkurs bei *city lit* in Covent Garden teilzunehmen. Aus unzähligen Ausgaben der kostenlosen U-Bahn-Zeitung METRO und viel Kleister schuf ich eine zwei Meter hohe Papierskulptur von Rübezahl und gewann damit den alternativen Kunstpreis des Stadtteils Shoreditch. Leider schreckte die Unhandlichkeit der Skulptur potenzielle Käufer ab, und die Fluggesellschaft weigerte sich, sie nach Limbach-Oberfrohna zu transportieren. Rübezahl verstopfte den Hausflur und verschwand eines Nachts daraus. Ich verdächtigte damals einen Kunstschmugglerring, dem diverse Einbrüche in verschiedenen Villen zugeschrieben wurden. Heute bin ich mir über diesen Punkt nicht mehr ganz sicher.

Dieser Vorfall machte mir bewusst, dass bestimmte Richtungen der bildenden Kunst gewisse praktische und logistische Probleme aufwerfen. Deshalb besuchte ich anschließend einen Kurs für Malerei. Meine Bilder waren in der Regel zweidimensional, und ich konnte sie platzsparend an die Wand hängen oder hinter einen Schrank stellen. Aber auch die Malerei hat ihre Nachteile. Leinwände sind sehr teuer, Ölfarben ebenfalls, und wenn ich vergaß, meine Pinsel mit Terpentin auszuwaschen, wurden sie knochenhart wie die Brotreste, die meine Mutter zur Herstellung von Semmelbröseln verwendete.

Ich glaubte, einen Kompromiss eingehen, etwas praktischer denken zu müssen, und meldete mich für einen Visagistenkurs an. Immerhin gibt es bei der Oscar-Verleihung eine eigene Kategorie für Make-up-Artisten. Ich lernte, Theatermasken zu schminken, und investierte mein letztes Geld in einen gut ausgestatteten Schminkkoffer. Anschließend besuchte ich noch einen Hutmacherkurs. Das hatte keinen besonderen Grund. Ich mag Hüte einfach. Danach kam, wenn ich mich recht erinnere, die Schnittmusterklasse, geleitet von einer exzentrischen Zypriotin, die herrlich fluchen konnte, wenn sie sich mit einer Stecknadel in den Finger stach.

Als Visagistin und auch als Schneiderin bekam ich lediglich kleine, unbezahlte Aufträge. Es gab einfach zu viele Mitbewerber. Mir dämmerte die unangenehme Erkenntnis, dass es bessere Chancen in den Arbeitsbereichen gab, die keinerlei Vergnügen machten. Ein ganzes Wochenende quälte ich mich durch einen Klempnerkurs in Edgware, geleitet von Julio, den ich allerdings sehr mochte. Er brachte uns die Abflussanschlussarten und alle für die Montage notwendigen spanischen Schimpfwörter bei. Ich erhielt ein Diplom und das Selbstvertrauen, die Toilette meines Vermieters zu reparieren. Es misslang mir gründlich. Brauchte es einen eindeutigeren Beweis, dass ich wirklich künstlerisch begabt war?

Im Laufe der Zeit sammelte ich Diplome als Sängerin, Ausdruckstänzerin und Stoffdruckerin, aber ich erhielt auch Zertifikate in nützlichen Gewerken, wie dem Massieren und Frisieren, und ich besaß sogar einen Abschluss in Konfliktmanagement. In jedem dieser Berufe versuchte ich mich. Ich arbeitete in einem thailändischen Schönheitssalon. Dort ging es sehr gesittet zu, und es wurde nicht besonders viel geschimpft. Danach bediente ich in einer schlecht besuchten libanesischen Bar, wo ich am Anfang in Naturalien ausbezahlt wurde und, als ich mich in den Besitzer verliebte, nicht einmal mehr das. Daraufhin fing ich in einem Friseursalon an, in dem die nassen Kundenhandtücher nicht in die Waschmaschine, sondern lediglich in einen Trockner geworfen wurden. Ich arbeitete in einer Werbedruckerei, wo ich Steven kennenlernte, mit dem ich eine Zeitlang zusammenlebte. Ich hätte nicht wieder bei ihm ausziehen sollen, denn ich besitze noch heute mindestens fünfhundert Künstler-Visitenkarten mit dieser Adresse, die ich unentgeltlich für mich drucken durfte. Danach stapelte ich Kartons in einem Supermarktlager, und zwischendurch bediente ich immer wieder in Cafés und Teehäusern. Am liebsten wurde ich als Putzfrau eingesetzt, denn meine deutsche Abstammung suggerierte einen besonderen Sinn für Sauberkeit. Manche Arbeit machte mir Spaß, andere brachte Geld, aber all die Jobs, all die Beziehungen, all die Projekte, auf die ich mich im Laufe dieser Zeit einließ, waren nicht das, wonach ich gesucht hatte, nichts, worauf ich mich festlegen mochte. Es schien mir, als wäre alles nur eine Kostümprobe und nicht das wirkliche Leben. Immer fehlte das Gefühl von Vollkommenheit. Abgesehen davon musste ich bemerken, dass feste Arbeitszeiten und feste Beziehungen die Kreativität bremsen.

Das Leben in London war schon immer teuer. Ich war nicht besonders anspruchsvoll und kaufte bei Billigketten wie *Tesco* und *Primark*. Ich guckte mir bei den anderen Frauen all die kleinen Tricks ab, mit denen sich Geld sparen lässt. Ich huschte mit nassen Haaren zum Friseur, damit ich nur das Schneiden bezahlen musste. Am Abend ging ich im schulterfreien Kleid ohne Jacke aus, um die teuren Garderobengebühren in den Clubs zu vermeiden. Und nur wenn ich es gar nicht mehr aushielt, ging ich ins Theater. Ich sah Judi Dench in *Madame de Sade*, erkannte, dass ich niemals die Größe dieser kleinen Frau haben würde, und war froh, nach einer Alternative zur Schauspielerei gesucht zu haben. Und obwohl ich also sparsam lebte, wollten Miete und Kurse und Kleider bezahlt werden, Lebensmittel musste ich an manchen Tagen auch einkaufen, und an anderen lud ich mich bei Freunden ein.

Trotzdem brauchte ich mir niemals ernsthafte Sorgen zu machen. Ich besaß einen großherzigen Kunstmäzen, der mit unumstößlicher Gewissheit an mich glaubte. Es gab jemanden, der unter dem Siegel der Verschwiegenheit die Farben für meine Malereien, diverse Tanzschuhe, mein Mikrofon, die Stoffe für die Bühnengarderobe und gerade eben meinen nagelneuen, unglaublich gut klingenden Bassverstärker bezahlt hatte. Jemanden, der die Rechnungen der Collegekurse übernahm und, ohne dass ich es aussprechen musste, wie durch die Kraft der Telepathie, am Klang meiner Stimme spürte, wenn es ganz schlimm stand, und dann stillschweigend die Miete für mich überwies.

Mein Sponsor saß in Limbach-Oberfrohna und hieß Oma Trude.

Der Gedanke, dass am Ende meiner Reise Oma Trude auf mich wartete, versöhnte mich ein wenig mit meinem Schicksal, das mich im entscheidenden Moment weit weg von London führte.

3.

GRÜNE KLITSCHER

Der anstrengendste Unterschied zwischen den Einwohnern von Limbach-Oberfrohna und London ist ihr Umgang mit der Nachtruhe. In Limbach-Oberfrohna wird sie sehr ernst genommen und notfalls mit Hilfe der Polizei durchgesetzt. In London existiert sie gar nicht.

* * *

Ich startete auf dem glitzernden Großflughafen London Stansted mit seinen Hunderten von Läden, Restaurants, Cafés und Bars und landete im Thüringischen, auf einem alten Militärflughafen, dessen Landebahn ein wenig holprig und für mein Gefühl einen Hauch zu kurz war. Der Flugplatz Altenburg in der Nähe meiner Heimatstadt war früher ein Fliegerhorst gewesen und später lange Zeit von der Roten Armee besetzt. Es gab meistens nur diesen einen Flug am Tag, und die einzige Bewirtungsmöglichkeit für hungrige Reisende bestand aus einer Bockwurstbude. Ich vermute, die Abneigung meines Vaters, ein Flugzeug zu besteigen, hat hier ihren Ursprung.

Ich verdächtige meinem Vater außerdem, einen Anteil an der traurigen Tatsache zu haben, dass auf diesem Flughafen inzwischen kein Linienverkehr mehr stattfindet.

Draußen vor der Ankunftsbaracke, mit dem Blick auf die grau-braune Menge der erwartungsvollen Angehörigen, fühlte sich die Welt plötzlich klamm an, als trüge ich einen Mantel, den ich zu früh von der Leine genommen hatte.

Ein zitterndes Taschentuchfähnchen markierte die Stelle, an der Oma Trude stand. Meine Mutter reckte ihren Kopf nervös und ruckartig wie ein Huhn und versuchte, mich zwischen den herausströmenden Reisenden zu entdecken. Unter ihrem Mantel blitzte der weiße Ladenkittel hervor. Obwohl die beiden nicht blutsverwandt sind, ähnelten sie einander. Sie trugen beige Mäntel im gleichen Stil, und ihre Löckchen lagen besonders straff an den Köpfen an. Sie hatten zur Feier meiner Ankunft beim gleichen Friseur ihre Haare auffrischen lassen, aber nun ruinierte das feuchte Wetter alles. Hinter ihnen steckte mein Vater seinen Kopf aus dem alten VW-Transporter, den meine Mutter manchmal zum Ausliefern von Bestellungen benutzte. Er wollte es nicht riskieren, das Auto zu verlassen, weil er in einer Kurzzeithaltebucht stand.

Wir umarmten uns verlegen, und mein Vater tätschelte mich, ohne seinen Sitz zu verlassen. Aus seinem Ärmel quoll schwallweise der warme Hefeduft, der alle Balutzkes umhüllte und bei jeder Bewegung aus den Falten und Öffnungen der Kleidung dampfte, mir aber nicht mehr anhaftete. Ich roch nur nach billigem Haarspray. Vielleicht fühlte ich mich deshalb plötzlich so fremd und verloren.

Ich setzte mich mit Oma Trude auf die Mittelbank. Sie wickelte ein Eukalyptusbonbon aus, schob es mir, ohne zu fragen, in den Mund und leckte anschließend mit einer schnellen Bewegung, wie eine Katze, ihre klebrigen Finger ab. Sofort fühlte ich mich ein wenig besser.

Mein Vater beobachtete mich im Rückspiegel.

»Blass bist du geworden, wie ein Käse«, stellte er missbilligend fest. »Du musst mehr Roggenschrot essen.«

»In England gibt es kein Vollkornbrot«, sagte ich geduldig, als hätten wir noch nie über diesen wunden Punkt der britischen Lebensmittelindustrie gesprochen. Mein Vater schnaubte anklagend durch die Nase. Was sollte ein Bäcker von einem Land halten, in dem es nur Weißbrot gab? Ich sah aus dem Fenster, und die Welt erschien mir kahl und trostlos.

»Es gibt heut grüne Klitscher! Die magst du doch so gern!«, versuchte meine Mutter dem Gespräch vom Beifahrersitz aus eine erfreuliche Wendung zu geben. Sie glaubte fest daran, dass sich mit einem soliden Essen sämtliche Probleme aus der Welt schaffen ließen. Bei dem Gedanken an die Kartoffelpuffer musste ich unwillkürlich schlucken.

»Ihr müsst das Kind aufpäppeln«, bestimmte mein Vater.

»Oma Trude wird eine dreistöckige Torte für deinen Geburtstag zaubern!«, stimmte ihm meine Mutter zu.

Oma Trudes Buttercremetorte war berühmt. Allerdings erschienen mir drei Etagen sehr übertrieben. Eigentlich hatte ich gehofft, es würde eine gemütliche, kleine Familienfeier werden. Runde Geburtstage empfand ich als eine Zumutung für alle Beteiligten.

»Ich hab schon die Einladungen verschickt!« Meine Mutter fing mit glücklichem Eifer an, Namen aufzuzählen, mit denen ich nichts anfangen konnte.

Als ich nachfragte, rief sie verwundert: »Der Wennemann Harald! Weißt du nicht mehr? Das ist der, der neben dem Bremsenwerk wohnt und sich früher immer mit den Kubanern geprügelt hat! Und Porstig Lore! Das ist die, die bei der Unterwäschemodenschau im Kulturhaus mitgemacht hat! Das sind alles treue Kunden!«

Jeder gute Limbach-Oberfrohnaer konnte mit einem einzigen treffenden Satz charakterisiert werden. Wer auf dem Stadtparkfest zu viel trank und ein wenig Pech hatte, war sein

31

Leben lang der, dem etwas in die Hose gegangen war. Mit so einem Namenszusatz konnte er nicht als Bürgermeister kandidieren, und egal wie viel er für Wohltätigkeitsorganisationen spendete und wie erfolgreich er in der Schweiz wurde, in Limbach-Oberfrohna blieb er der Hosenscheißer. Die Balutzkes waren die mit der Bäckerei. Und Balutzke Michaela war die, die in London Künstlerin war. An diesem Gedanken fand ich zunehmend Gefallen, während meine Mutter unermüdlich Namen aufzählte. Ich begann mich zu fragen, ob die Torte vielleicht doch ein wenig knapp berechnet worden war.

»Festhalten!«, rief mein Vater und fuhr in eine Haarnadelkurve. Ich wurde an Oma Trude gedrückt, und sie hielt mich fest. Plötzlich fühlte ich mich ganz klein und geborgen. Ich kuschelte meinen Kopf in die weiche Hautfalte unter ihrem Kinn und wusste wieder genau, wie sich ein wackelnder Milchzahn anfühlt, kurz bevor er herausfällt.

Am Fenster fuhren endlose Felder vorbei. Lehmklumpen verschmutzten die Straße, klebten sich an unsere Reifen und wurden wieder abgeschleudert. Der Boden wellte sich sanft, es gab keine Berge, aber es war auch nicht flach. Dazwischen standen verlorene Bauminseln, die von den Traktoren umzirkelt werden mussten. Nur ein paar Bäume, kein richtiger Wald. Hier war alles nur halb, als wäre Limbach-Oberfrohna ebenso unentschlossen wie ich.

Wir fuhren an den ersten Wohnblocks vorbei, an graubraunen Klötzern aus den Sechzigern. Hier hatten einige meiner Schulfreunde gewohnt.

Sondermann Jan, dessen Gitarre, Verstärker und Mikrofon bei dem Feuer im Strandcafé verbrannt worden waren, und Selle Manuela, die sich in der Kinderdisco im Sportlerheim beim Versuch, Rock'n'Roll zu tanzen, das Bein gebrochen hatte.

»Jan kauft noch immer jeden Tag seine Brötchen bei uns!«, stellte meine Mutter vorwurfsvoll fest.

Daran war er wohl selbst schuld.

Die Häuser wurden größer, zurückgesetzte Villen und Klinkerbauten wechselten einander ab. Als ich damals Limbach-Oberfrohna verlassen hatte, war alles grau gewesen. Jetzt strahlten viele Fassaden in Sonnengelb, Pastellblau, Altrosa, abgesetzt mit weißen Kanten, die den adretten Eindruck unterstrichen.

Das Kopfsteinpflaster bremste die Geschwindigkeit. Vor einem Gemüseladen standen Tische mit Obst und unzählige Pflanztöpfchen. Ein paar Frauen steckten die Köpfe zusammen und begutachteten die Kräuter. Von weitem sahen sie alle aus wie meine Mutter und Oma Trude. Meine Cousine Carmen stand ebenfalls kurz vor ihrer Verwandlung. Als unser Auto vorbeifuhr, stockte das Gespräch, und wir wurden beobachtet, bis wir um die nächste Kurve bogen.

Oma Trude legte großen Wert darauf, dass unsere Familie schon immer in Oberfrohna lebte, in der etwas wohlhabenderen Gegend. Das große Wohn- und Geschäftshaus, in dem sich die Backstube und der Verkaufsraum der Bäckerei Balutzke sowie die Wohnungen meiner Eltern und Oma Trudes befanden, war 1902 errichtet worden. Damals stand über dem Schaufenster noch *Bäckerei & Konditorei Schulze*. Das Gebäude zeugte von solider Handwerkskunst mit einem Hauch von Eleganz in den schüchternen Stuckverzierungen über den Fenstergiebeln. Als Kind hatte ich sie gar nicht wahrgenommen, sie waren schwarz und zerfressen von Vogeldreck gewesen. Nun leuchteten sie weiß aus dem Taubenblau der liebevoll restaurierten Fassade hervor. Den Balutzke-Schriftzug hatten sie beibehalten, er erinnerte an Kinowerbung aus den Fünfzigern.

Meine Mutter stieg auffällig umständlich aus dem Auto und sah sich dabei immer wieder verstohlen um. Mein schauspielerisches Talent habe ich ganz sicher nicht von ihr geerbt. Endlich entdeckte sie eine wackelnde Gardine im Haus gegenüber. Noch vor dem Abendessen würden alle ihr wichtigen Persönlichkeiten in Oberfrohna wissen, dass die Balutzke Michaela gut angekommen war. Und zur Sicherheit würde sie es auch noch gleich im Laden erzählen.

Durch das Schaufenster konnte ich sehen, wie Carmen mit missmutigem Gesicht Kuchen für eine Kundin verpackte. Es war Hauptverkaufszeit, und mehrere Leute warteten.

Mein Vater legte großen Wert darauf, dass der Laden blitzte und seine Verkäuferinnen Handschuhe trugen. An den Wänden gab es schmucklose weiße Fliesen, spiegelblanke Metallregale, eine auf Hochglanz polierte Glastheke. So zweckmäßig die Ausstattung des Ladens war, so solide war sein Inhalt. Abgesehen von den verschiedenen Brötchensorten und Brotarten gab es nur noch Streuselkuchen, belegt mit verschiedenen einheimischen Obstsorten. Meine Mutter hatte einen Vertrag mit einem der ortsansässigen Bauern und kaufte bei ihm das ganze Jahr über tiefgefrorene Früchte. Die Kuchenrezepte waren alle noch vom Firmengründer überliefert. Es gab keinen Grund, etwas daran zu verändern, denn sie schmeckten unübertroffen nach guter Butter und Heimat.

Das Glöckchen klingelte, als die Tür darunter entlangstrich. Meine Mutter warf noch im Gehen den Mantel ab, zog den Kittel glatt und nahm sofort ihren Platz hinter der Kasse ein.

Ich suchte Carmens Blick. Sie machte keine Anstalten, meinetwegen ihre Tätigkeit zu unterbrechen.

Dieses hochnäsige Nicken sollte mir sagen: »Während du dich in der Welt herumtreibst, arbeite ich.«

Ich hatte nicht vor, mich hinten anzustellen, um meine Cousine begrüßen zu dürfen. Ich war sicher, wir würden uns noch über den Weg laufen.

Mit meinem Vater und Oma Trude ging ich ins Wohnhaus.

Wenn Oma Trude ihren Mantel auszog, unterschied sie sich doch von ihrer Schwiegertochter. Während meine Mutter ein durch und durch praktischer Mensch war, weshalb es mir oft schwerfiel, ihr eine Freude zu machen, liebte Oma Trude ein klein wenig Eleganz. Sie trug über ihrer dunkelblauen Bluse eine Kette aus Perlen, deren Echtheit bei einer Dame ihres Alters natürlich niemand anzweifeln würde.

Oma Trude stieg die Treppe nach oben zu ihrer Wohnung, um ihre Sachen wegzuhängen. Sie war mittlerweile in die Dachetage abgedrängt worden. Meine Eltern hatten die Wohnung mit ihr getauscht und benutzten nun die Etage über dem Laden. Mit jeder Renovierung hatte sich das Haus verändert, so dass ich den Ort meiner Kindheit kaum noch erkennen konnte. Missbilligend registrierte ich jede neue Errungenschaft.

Solange Opa Herrmann noch lebte, blieb alles nahezu unverändert. Als er kurz nach der Wende starb, hielt der Fortschritt im Hause Balutzke Einzug. Längst hatte der Geschirrspüler die Gemütlichkeit aus der Küche vertrieben. Ich vermisste die sonntägliche Vertrautheit, wenn mein Vater seinen Mittagsschlaf hielt und drei Generationen von Frauen schwatzend den Abwasch erledigten.

Im Laufe der Jahre hatten meine Eltern die Wohnung und den Schuppen draußen gründlich entrümpelt. Nicht einmal mehr im Keller oder in der Bodenkammer gab es diese geheimnisvollen Ecken, in denen man alles finden konnte, was niemand mehr suchte. Wo waren die zusammengepappten Propagandaplakate, die alten Haarnetze und die ausgedienten

Küchengeräte, mit denen Carmen und ich immer gespielt hatten? Wenn ich das kahle Treppenhaus betrat, vermisste ich die verlotterte Gemütlichkeit meiner Kinderzeit, in der noch Handwagen, Leitern und alte, vollgestopfte Koffer herumgelegen hatten.

In meinem Zimmer standen inzwischen eine Schlafcouch und Regale mit Ordnern, in denen meine Mutter die Steuerunterlagen und Geschäftspapiere der Bäckerei aufbewahrte.

Ich stellte meine Tasche ab und sah aus dem geöffneten Fenster meines ehemaligen Kinderzimmers.

Draußen, ganz am Ende der Straße, bevor sie sich wölbte und im Nichts verschwand, fegte ein Mann in einem blassgrauen Kittel den Gehweg. Es war so still, dass ich das Schrubben der Borsten auf dem Pflaster hören konnte.

In diesem Moment, in diesem Zimmer, das nicht mehr meins war, spürte ich plötzlich schreckliches Heimweh. Vielleicht sehnte ich mich nach London. Vielleicht vermisste ich das Limbach-Oberfrohna meiner Kindheit. Es fühlte sich an, als gäbe es nirgendwo auf der Welt mehr ein Zuhause für mich.

Wir saßen in der Küche und fingen an, die Kartoffeln für die grünen Klitscher zu reiben. Schon zweimal hatte ich mit dem feinen Reibeisen nicht aufgepasst und mir tiefe Kratzer in die Fingerknöchel geschrammt.

Oma Trude band mir behutsam ein Stofftaschentuch darum. Ich war noch nie geschickt im Kartoffelreiben gewesen und verlegte mich aufs Schälen. An der Menge der Kartoffeln konnte ich erkennen, dass auch Carmen nach Ladenschluss mit ihren Jungs auftauchen würde. Ich freute mich auf Max und Felix. Sie konnten ihrer Mutter gehörig auf die Nerven fallen.

Oma Trudes Finger schrubbten so schnell mit einem Kartoffelstück über die Reibe, dass mein Blick ihnen gar nicht folgen konnte.

»Und?«, fragte sie. »Hast du mir wieder was mitgebracht?«

Es klang verlegen, als wäre ihre Bitte ein wenig unverschämt.

Dabei wünschte sie sich jedes Mal das Gleiche. Immer wenn ich fragte, ob ich ihr etwas mitbringen solle, wollte sie Fotos von Londoner Bäckereien haben. Am liebsten von alten Läden, sie mussten nicht einmal mehr bewirtschaftet sein. Was fing sie nur mit diesen Bildern an? Ich druckte sie ihr nicht einmal aus. Sie betrachtete sie jedes Mal nur mit einem versonnenen Lächeln auf meinem Telefon und wünschte sich das Nächste.

Auch jetzt sah sie aufmerksam das Foto an und versicherte: »Damit kannst du mir immer eine Freude machen!«

Gleich darauf konzentrierte sie sich wieder auf die Kartoffeln. Vermutlich wollte sie mir das Vergnügen gönnen, ein Geschenk mitzubringen, das mich nichts kostete. Ich kaufte ihr natürlich trotzdem immer noch etwas Richtiges.

Der Berg in unserer Schüssel wuchs. Ich fing an, die Zwiebeln klein zu schneiden, und Oma Trude goss das Kartoffelwasser ab.

Meine Mutter kam aus dem Laden nach oben. Carmen musste nur noch ihre Jungs holen.

Damit die fertige Kartoffelmasse nicht braun wurde, fing Oma Trude an, die Klitscher zu formen und zu braten.

Der ölige Geruch begann sich im ganzen Haus zu verteilen. Er kroch in unsere Kleider und Haare, bis wir ihn nicht mehr wahrnahmen, und lockte meinen Vater an. Er setzte sich zu uns und fragte mich nach meiner Arbeit. Obwohl ich wusste, dass er etwas anderes gemeint hatte, legte ich meine neuen

Demoaufnahmen in die Stereoanlage meiner Eltern. Im gleichen Moment fühlte ich meine Hände vor Nervosität feucht werden. Nicht wegen meiner Eltern, sie verstanden meine Kunst oft nicht, und das nahm ich ihnen auch gar nicht übel. Es ging mir eher um Oma Trude. Immerhin hatte sie einen Anteil an der Produktion, aber das war natürlich unser Geheimnis.

Ich muss dazu sagen, dass mich Oma Trude trotzdem nicht vorzog, auch wenn ich das gern gehabt hätte. Sie notierte sich jede Investition, die sie in mich machte, damit Carmen am Ende nicht schlechter wegkam als ich.

Oma Trude stand mit andächtig gefalteten Händen am Herd. Meine Mutter zog sich einen Stuhl heran. Mein Vater betrachtete eingehend die CD-Hülle.

Ich bin nicht sicher, wie ich meinen Musikstil beschreiben soll. Vielleicht trifft eine Mischung aus *Radiohead* und Anna Maria Kaufmann es am ehesten.

Als der Gesang einsetzte, drehte mein Vater den Ton leiser, meine Mutter machte diesen Frevel sofort rückgängig.

Er tippte auf die Papierhülle und erkundigte sich: »Und wer ist Mimi Balu?«

Das hätte er aus dem Bild schließen können, unter dem dieser Name stand.

Ich wollte uns aber nicht gleich das erste Abendessen verderben und sagte geduldig wie zu einem kranken Kind, das nichts dafürkann: »Ich. Ich bin das.«

»Nein. Du bist die Michaela«, stellte eine spitze Stimme in meinem Rücken richtig.

Carmen war soeben eingetroffen.

»Das ist ein Künstlername«, teilte ich ihr herablassend mit.

Wir begrüßten einander nie. Wenn wir aufeinandertrafen, setzten wir unsere kleinen Zwistigkeiten einfach da fort, wo wir beim letzten Mal durch meine Abreise unterbrochen worden waren.

Max und Felix rissen die CD-Hülle an sich:»Bist du jetzt berühmt, Tante Michaela?«

Ich lächelte und wackelte bedeutsam mit dem Kopf.

»Also die Leute in Zwickau haben noch nie was von ihr gehört«, stellte Carmen fest.

»Es gibt so einiges, wovon die Leute in Zwickau noch nie was gehört haben«, antwortete ich gelassen.

Seit ich denken kann, konkurrieren Carmen und ich miteinander. Wir sind die einzigen Nachkommen der Familie Balutzke und wuchsen Tür an Tür auf, beinahe wie Schwestern. Und wie die meisten Schwestern verglichen wir einander mit großer Eifersucht und argwöhnten immer, von der anderen übervorteilt zu werden. Es hätte mir nichts ausgemacht, meine Eltern mit Geschwistern teilen zu müssen. Aber dass ich meine geliebte Oma Trude teilen musste, noch dazu mit Carmen, mit der ich doch nur entfernt verwandt war, fand ich empörend! Ich nehme an, Carmen ging es nicht besser, aber ich hatte die älteren Rechte.

Die ersten vier carmenlosen Jahre meines Lebens habe ich in recht angenehmer Erinnerung. In dieser Zeit gehörte mir Oma Trude ganz allein. Opa Herrmann störte nicht weiter, denn auch er investierte seine ganze Liebe in mich. Meine Großeltern hatten zwei Kinder, Heinz, meinen Vater, und Brigitte, Carmens Mutter. Tante Brigitte war über die Ungerechtigkeit der Welt, die meinem Vater die Bäckerei hatte zukommen lassen, äußerst verbittert, und ich sah sie nur selten, obwohl sie nicht weit von hier wohnte. Carmen diente ihr als Spionin, damit sie trotzdem über alle Familienangelegenheiten und die Geschäftslage der Firma informiert wurde. Vermutlich wusste Tante Brigitte besser über alles Bescheid als mein Vater, der nie zuhörte und immer beschäftigt war. Dass ich durch meine Abwesenheit Carmen das Feld und vor allem Oma Trude überlassen musste, war der einzige bittere Beigeschmack, den mein süßes Leben in London hatte. Meine Großmutter musste mich trotzdem mit viel stärkerer Kraft lieben als meine Cousine. Wie sonst hätte ich ihre Liebe über diese große Entfernung so deutlich spüren können?

Wir setzten uns an den Tisch, und meine Mutter verteilte die Kartoffelpuffer. Ich hoffte, es würden ein paar für den nächsten Tag übrig bleiben.

Felix spielte die ganze Zeit mit meiner CD-Hülle. Carmen fühlte sich dadurch gestört und nahm sie ihm weg. Eingehend betrachtete sie nun das Bild darauf und verglich es mit mir. Erwähnte ich, dass ich einen Retuschekurs besucht hatte?

»So siehst du aber nicht aus«, stellte Carmen schließlich fest.

»Auf der Bühne schon«, gab ich zurück.

»Den Trick musst du mir verraten«, meinte Carmen scheinheilig. »Balutzke Michaela betritt die Bühne, und schon verschwinden alle ihre Falten.«

Nie reagierte sie so, wie wir es im Konfliktmanagementkurs trainiert hatten. Ich suchte nach einer passenden Erwiderung.

»Michaela Balutzke betritt gar keine Bühne. Das tut nur Mimi Balu«, sagte ich schließlich mit wenig Überzeugungskraft.

»Ich verstehe nicht, wofür du einen anderen Namen brauchst«, brummte mein Vater und nahm sich Nachschlag.

»Du hast doch einen. Einen sehr schönen«, pflichtete ihm meine Mutter bei.

Sie glaubte mit der gleichen Zuversicht wie ich an meine Weltkarriere. Aber mit diesem Künstlernamen verdarb ich ihr den ganzen Spaß. Wie sollten ihre Freundinnen, Bekannten und Kunden den Zusammenhang zwischen Renate Balutzke und einer gewissen Mimi Balu herstellen? Es kam bestimmt niemand auf die Idee, eine Frau Heidkrüger zu fragen, ob sie zufällig die Mutter von Diane Kruger sei!

»Was willst *du* mit einem Künstlernamen?«, fragte Carmen noch einmal spöttisch und bildete sich ein, Oberwasser zu haben.

»Sie braucht ihn, weil sie eine Künstlerin ist.«

Diese trockene Feststellung kam von Oma Trude, die mich wie immer als Einzige verstand. Ich warf Carmen einen triumphierenden Blick zu, diese zuckte nur geringschätzig mit den Schultern.

»Neun Monate lang habe ich über diesen Namen nachgedacht«, beteuerte meine Mutter.

Sie stammte ebenfalls aus dem sächsischen Raum. Ich stellte mir vor, wie sie verschiedene Namen ausgesucht, probeweise vor sich hin gesprochen und dem Klang nachgelauscht hatte. Konnte sie danach wirklich mit »Michaela« zufrieden gewesen sein?

Mein Vater war sehr stolz auf unseren Nachnamen, der in dieser Gegend einen guten Klang hatte. Balutzke stand für Zuverlässigkeit und Qualität.

»Ist dir ›Michaela Balutzke‹ nicht mehr gut genug?«, fragte er nun.

»Es ist ein CH drin«, erklärte ich. »Niemand in England kann ein CH oder den Namen Balutzke aussprechen.«

»Was gehst du auch in ein Land, wo die nicht mal ›Michaela Balutzke‹ sagen können?«, wunderte er sich.

»In meinem Namen ist kein CH drin«, teilte Carmen mit. Sie ist sehr stolz auf ihren fremd klingenden Vornamen, der so gar nicht zu ihrem dünnen, aschfarbenen Haar und ihrem

Nachnamen passt. »Und überhaupt, in unserer Familie braucht doch keiner einen Künstlernamen.«

Oma Trude beendete die Diskussion und eröffnete gleichzeitig eine neue: »Also ich hätte damals, als ich noch getanzt habe, sehr gern einen Künstlernamen gehabt.«

»Du?«, sagten wir alle gleichzeitig und vergaßen Mimi Balu und die grünen Klitscher.

»Jawohl«, verkündete Oma Trude stolz und sonnte sich in der allgemeinen Aufmerksamkeit.

Im Gesicht meines Vaters bildeten sich rote Flecken. Er hatte bisher immer ein blitzblankes Bild von seiner Mutter gehabt. In diese Vorstellung passten ihre Filzschuhe und ihre unauffällig gemusterte Dederonschürze, aber ganz sicher kein Künstlername.

»Was denn für einen Künstlernamen?«, fragte er mit ungläubiger Stimme.

»Trudy Stern«, antwortete Oma Trude mit rollendem »R« und zeigte mit der Handbewegung, mit der sie sonst Hochzeitstorten präsentierte, auf ein kleines gerahmtes Foto, das zwischen anderen Bildern auf der Schrankwand stand.

Gleichzeitig verwandelte sich Oma Trude. Die Linien in ihrem Gesicht wurden weicher, ihre Augen strahlten und waren plötzlich von einer ungeheuren Tiefe. Es war nur ein winziger Moment, bei dem ich sie ertappte und in dem mir plötzlich klarwurde, wie sie als Mädchen ausgesehen haben musste. Dann ließ sie ihre Arme wieder sinken und schickte mir ein konspiratives Zwinkern zu.

Ich kannte dieses Foto und hatte mir bisher keine großen Gedanken darüber gemacht. Es war mitten im Krieg aufgenommen worden und zeigte Oma Trude blutjung in einem viel zu großen Tanzkleid, mit abgestoßenen Schuhen und einem leidenschaftlichen Blick. Ich fragte mich, ob ich wirklich alles von ihr wusste.

Meine Mutter, die das Ende von Oma Trudes Tanzkarriere kannte, fand die Sache weit weniger aufregend als Carmen und ich.

»Also soviel ich weiß, hast du nur einen einzigen Auftritt gehabt«, wunderte sie sich und aß weiter. »Wer braucht denn einen Künstlernamen, wenn er ihn nur einmal benutzen kann?«

»Ein einziges Mal hätte mir genügt«, sagte Oma Trude versonnen. »Ein einziges Mal im Leben wäre ich gern Trudy Stern gewesen.«

Meine Eltern tauschten Blicke und unterhielten sich wortlos. Mein Vater schüttelte kaum merklich den Kopf. Oma Trude wird langsam wunderlich, wollte er damit sagen. Meine Mutter zog die Augenbrauen hoch. Dieser ganze Unsinn kommt aus deiner Familie, ich habe damit nichts zu tun, deutete sie an.

Oma Trude lächelte still in sich hinein. Oh, wie ich sie verstand! Wie oft hatte ich gedacht, nur ein einziges Mal glühen und dann wie eine verbrannte Motte zu Boden taumeln. Das hätte mir schon genügt. Den Rest meines Lebens wollte ich davon zehren! Ich war wie ein Spieler, der fest daran glaubt, sofort aufhören zu können, wenn er nur endlich einmal gewinnen würde.

Carmen schwieg. Sie hütete sich, gegen Oma Trude Partei zu ergreifen. Dann hätte ich mich nämlich sofort mit meiner Großmutter gegen sie verbündet. Wir beendeten deshalb aus unterschiedlichen Gründen und im stillschweigenden Einvernehmen die Diskussion. Scheinbar einträchtig räumten wir den Tisch ab. Was in Carmen vor sich ging, war nur an der Heftigkeit zu hören, mit der sie dem Geschirrspüler die Bestecke in den Rachen warf.

Es mochte so erscheinen, als könnten wir einander nicht ausstehen. Aber es gab durchaus Gelegenheiten, bei denen wir uns einig waren. Einen Moment später, als ich Carmen ihre Geschenke in die Hand drückte, war eine solche gekommen.

Max und Felix blinkten sich mit ihren neuen leuchtenden Daumen Morsezeichen zu. Max als der Ältere hatte sich den rechten gesichert, und Felix musste deshalb mit dem linken vorliebnehmen.

Carmen blätterte in der Designer-Strickzeitung, die ich ihr mitgebracht hatte. Hierfür waren keine tiefschürfenden Englischkenntnisse nötig, sie erfreute sich an den Fotos, und mit Strickschrift kannte sie sich bestens aus. Carmen liebte Handarbeiten, und ich brachte ihr oft Wolle oder kleine Knopfbriefchen und buntgemusterte Bänder aus dem Kaufhaus *John Lewis* mit.

Meine Mutter spielte zufrieden mit ihren Silikonförmchen für pochierte Eier.

Carmen hatte eine Weste in zarten Regenbogenfarben entdeckt und wog ab, ob sie es wagen sollte, so etwas Buntes zu tragen. Ich bestärkte sie, und ihr Blick verweilte gedankenverloren auf dem Foto.

Wenn meine Cousine in Modeangelegenheiten und Umgangsformen unschlüssig war, wandte sie sich an mich und vertraute auf meinen sicheren Geschmack.

Ich geriet stark in Versuchung, ihr die giftgrüne, hautenge Strickhose von der gegenüberliegenden Seite einzureden. Wenn die kräftige Carmen damit durch die Straßen promenierte, würde mich die Reaktion der Limbach-Oberfrohnaer für manche Stichelei entschädigen. Aber dieses kurze Vergnügen hätte sich lang anhaltend gerächt. Carmen verbrachte ihr ganzes Leben hier und würde genügend Gelegenheit haben, meinen Ruf als Stilikone und Königin des guten Geschmacks zu ruinieren.

Als Carmen und die Jungs am Abend das Haus verließen, wollte der Rest der Familie sofort ins Bett. Ich lag die ganze Nacht wach. In Limbach-Oberfrohna war es so still, dass ich mein Blut in den Ohren rauschen hörte. Abgesehen davon war das einfach noch nicht meine Schlafenszeit.

4.

AUDIENZ BEI DER KÖNIGIN
DES GUTEN GESCHMACKS

Der auffälligste Unterschied zwischen den Einwohnern von Limbach-Oberfrohna und London ist ihre Reaktion auf ungewöhnliche Aufmachungen. In London muss man viel Mühe, Federperücken, durchsichtige Kleider und nicht zueinander passende Schuhe einsetzen und erregt trotzdem keine Aufmerksamkeit. In Limbach-Oberfrohna genügt schon ein Panamahut, um für verrenkte Halswirbel zu sorgen.

* * *

Für den Abend des nächsten Tages hatte meine Mutter ihre Freundinnen eingeladen. Ich war nämlich nicht nur Carmens Stilberaterin, sondern auch die meiner Mutter und eben ihrer Freundinnen und gab regelrechte Audienzen.

Ich hatte lange geschlafen und den restlichen Tag mit Oma Trude und einer Kompottverkostung sowie einem Besuch bei Opa Herrmann auf dem Friedhof verbracht.

Jetzt, da Carmen nicht mit dabei war, konnte ich Oma Trude endlich fragen: »Wie hat dir eigentlich mein Lied gefallen?«

»Es war wundervoll, Mädchen!«, strahlte sie. »Es hat mich ein wenig an Zarah Leander erinnert. Und an … die *Beatles?*«

Oma Trude glaubte an mich. Dieses Gefühl trug mich in trüben Stunden durch den Tag und tröstete mich. Wenn ich für etwas brannte, begeisterte sie sich mit, egal wie zeitaufwendig und kostspielig es auch war. Wenn ich nach dem Abschluss eines Kurses zweifelte, ob die neue Fähigkeit wirklich nützlich war, versprach sie mir, dass ich sie irgendwann brauchen würde. Aus dem gleichen Grund hob sie auch jeden verwaisten Knopf auf. Irgendwann würde ein Kleid auftauchen, an dem genau so einer fehlte. Oma Trude war davon überzeugt, dass alles und jedes seine Zeit hat.

Ihre Zuversicht konnte meine innere Unruhe trotzdem nicht besänftigen. Ich wurde das ungute Gefühl nicht los, dass ich nicht hätte hier sein dürfen. Vermutlich schnappte mir gerade in diesem Moment in London irgendjemand die Chance meines Lebens weg.

Max und Felix warteten nach dem Hort bei uns auf ihre Mutter, die noch unten im Laden bediente.

Die Jungs bedrängten mich und wollten wissen, ob es etwas Neues bei *Hamleys* gäbe. Es gab immer etwas Neues bei *Hamleys*. Ich berichtete von den Modellflugzeugen, die aus der obersten Etage von Animateuren quer durch das ganze Kaufhaus geschickt wurden. Die Brüder konnten es nicht fassen, dass es irgendwo auf der Welt ein riesiges Kaufhaus voller Spielzeug geben sollte, in dem Leute dafür bezahlt wurden, dass sie den ganzen Tag spielten. Bei *Hamleys* konnte man jeden nur vorstellbaren Traumberuf ausüben, wie Seifenblasenpuster, Zauberstiftausprobierer, Ballhüpfer, Rennautofahrer, Handpuppenkuschler oder UFO-Pilot.

Als Carmen die Jungs abholen wollte, bettelten sie darum, noch ein wenig bleiben zu dürfen. Ihre pflichtbewusste Mutter fand aber, sie seien schon am Vortag viel zu spät ins Bett gekommen.

Darüber stritten sie so lange, bis Max maulte: »Och, Mama, warum bist du nicht wie Tante Michaela? Dann wär hier nicht immer so'n Stress!«

Carmens Augen verengten sich zu garstigen kleinen Schlitzen.

»Da hast du recht«, antwortete sie. »Wenn ich wäre wie eure Tante Michaela, dann wär hier Ruhe. Dann gäb's euch beide nämlich nicht.«

Ich versuchte Carmen mit dem Argument umzustimmen, dass es in London gerade erst halb sechs war. Die Jungs tauschten großäugige Blicke. Dort durfte man zu allem Glück auch noch eine Stunde länger aufbleiben?

In diesem Moment stand ihr Entschluss fest, wo sie hinziehen würden, sobald sie endlich groß wären.

Oma Trude konnte Carmen mit einem Wangentätscheln dann doch zum Bleiben überreden.

Wir stellten die guten alten Sammeltassen auf den Tisch, und ich zauberte ein Teepäckchen hervor. Es war eine billige Pappschachtel aus dem Supermarkt, aber sie sah wie ein kleines Kunstwerk aus. Auf mintgrünem Grund lagen weiße Streublümchen, das verlieh der Schachtel den bezaubernden Charme eines selbstgebastelten Geschenks. Ehrfürchtig schnupperte Oma Trude daran und öffnete den Klebepunkt mit großer Behutsamkeit. Hübsche Verpackungen bewahrte sie gern auf. Beim Aufgießen des Tees probierte sie ihr neues Sieb aus. Es funktionierte nur mäßig, weil die Löcher zu groß waren und Teekrümel hindurchschlüpfen ließen. Aber es sah sehr hübsch aus. Immer wieder musste ich feststellen, dass ein Gegenstand einfach nicht schön und praktisch zugleich sein konnte.

Ich schüttete noch Farrah's Olde English Toffees, finanziert von Oma Trude, in eine Schale, zündete eine Karamellkerze an und erwartete mein Publikum.

48

»Oh! Bei euch riecht es schon so englisch!«, beteuerte die erste Besucherin, Sondermann Heide, die fünf Kinder hatte. Eines davon übrigens mein Schulkamerad Jan.

In ihrem Schlepptau hatte sie eine andere Freundin meiner Mutter, Strumpf Karsta, die als Jugendliche betrunken in den Schafteich gefallen war.

Prüfend schnupperte sie an unseren Mänteln im Flur: »Gab's bei euch grüne Klitscher?«

Zum Schluss, keineswegs verspätet – die anderen beiden waren nur zu zeitig gekommen –, erschien die hochaufgeschossene Klose Bärbel. Sie war die Grundschullehrerin, die bei einem Ausflug auf dem Karl-Marx-Städter Bahnhof mit der gesamten Klasse 2b in den falschen Zug umgestiegen war und ihren Irrtum erst bei der Fahrkartenkontrolle in Großbauchlitz bemerkte.

Wir schenkten Tee ein, tröpfelten Milch dazu und sprachen über das Brautkleid von Frau Sondermanns Enkelin, das sie selbst nähen wollte. Meine Mutter bemühte sich so stark, mich nicht vorwurfsvoll anzusehen, dass jeder sofort wusste, woran sie dachte. Sie hatte die Hoffnung auf ein Enkelkind noch nicht aufgegeben, sah die Chancen dafür aber allmählich schwinden.

Frau Sondermann hatte eine sehr royale Vorstellung von dem Kleid. Ich schlug ihr vor, mir im Stoffladen ein paar Muster mitgeben zu lassen, und fertigte die Skizze einer prächtigen Robe an. Als Inspiration diente mir ein Plakat, das ich kürzlich vor dem königlichen Opernhaus in Covent Garden gesehen hatte. Frau Sondermann betrachtete das Bild andächtig. Wenn jemand wissen konnte, wie ihre Enkelin vor den Standesbeamten treten musste, dann ich. Schließlich hatte bei meiner Abreise die Flagge der englischen Königin auf dem Buckingham-Palast verkündet, dass wir uns beide in derselben Stadt aufhielten. Oma Trude lehnte sich zurück und nippte genussvoll an ihrem Tee. Sie liebte Geschichten über die Königin. Nicht, dass sie sich die Monarchie zurückgewünscht hätte. Sie fühlte sich ihr nur sehr verbunden, hatte ihr Vater sein Handwerk doch bei einem Königlich-Sächsischen Hoflieferanten erlernt.

Ich zeigte Frau Klose, wie sie ihr Schaltuch umlegen musste, nämlich nicht gewickelt, sondern lässig in einer Schlaufe geschlungen wie Jude Law.

»In welchem Film hat er den Schal so getragen?«, wollte Frau Strumpf wissen.

Sie hätte es gern nachkontrolliert.

»Nicht im Film, im Pub«, stellte ich richtig.

»Du hast ihn in einem Pub gesehen? Du meinst, Jude Law geht in eine Kneipe?«, fragte Frau Sondermann überrascht.

Meine Mutter nickte wissend. Die Welterfahrenheit ihrer Tochter schien auf sie abzufärben. Wenn ich es sagte, musste es stimmen. In London stolperte ich schließlich ständig über Prominente.

»Als ich in London war, habe ich ihn aber nicht gesehen«, stellte Frau Strumpf fest.

Bei ihr musste ich langsam ein wenig aufpassen. Seit ihrem Kurztrip nach London glaubte sie mitreden zu können. Und die Enkel von Frau Sondermann hatten kürzlich eine Klassenreise dorthin unternommen. Missbilligend bemerkte ich, dass die Stadt seit der Einführung der Billigflüge einiges von ihrer Exklusivität eingebüßt hatte.

Selbst die Strickzeitung, die ich Carmen immer mitbrachte, gab es neuerdings auch in Deutschland. Zwar war es ein magerer Abklatsch, denn sie fassten immer zwei Ausgaben zu einer zusammen, aber sie war deutsch. Bald würde Carmen meine Zeitung nicht mehr wollen. Die Globalisierung machte vor nichts halt.

Frau Klose hatte währenddessen Probleme, sich Jude Law lebendig vorzustellen. Für sie war ein so berühmter Schauspieler eine Kunstfigur wie Roger Rabbit.

»Hast du ihn angefasst?«, fragte sie schließlich ehrfürchtig.

»Natürlich nicht«, wehrte ich ab.

Meine offensichtliche Routine im Umgang mit Hollywood-Schauspielern steigerte mein Ansehen ins Unermessliche.

»Der geht dahin, wo auch normale Leute hingehen?«, vergewisserte sich Frau Sondermann.

»Warum denn nicht?«, sagte ich so gelassen wie möglich. »Irgendwo muss er ja sein Bier trinken.«

Oma Trude nahm noch einen Schluck Tee. Alle stellten sich vor, wie Balutzke Michaela mit Law Jude am Tresen stand.

»Meinst du, du kannst mir einen Wollkatalog mitbringen?«, fragte Carmen schließlich, der das ehrfürchtige Schweigen zu viel wurde.

Das war für mich eine Kleinigkeit.

»Glaubst du, diese grüne Handtasche passt zu meinem blauen Mantel?«, erkundigte sich Frau Sondermann.

Ich riet ihr, eine blaue Blume an die Tasche zu stecken und ein grünes Tuch zu tragen. Ich durchsuchte die Stofftruhe meiner Mutter nach exakt passenden Farben, schnitt ein Tuch zurecht und steckte eine improvisierte Blume an den Taschengriff. Die Wirkung war verblüffend. Alles, was man im Leben brauchte, waren eine Idee und den Mut, sie umzusetzen.

Meine Mutter wollte wissen, welche Absatzform die Frauen in London bevorzugten. Meine Antwort gefiel ihr aber nicht.

Sie lutschte ein Sahnetoffee nach dem anderen und hielt mir plötzlich schuldbewusst das letzte hin. Ich holte mir lieber die übrig gebliebenen grünen Klitscher vom Vortag aus dem Kühlschrank. Sie schmeckten auch kalt vorzüglich.

Carmen überlegte, ob es ein normaler Bürger wagen könne, einfach bei *Chanel* in der Old Bond Street hineinzugehen und sich umzusehen.

Oma Trude hätte gern gewusst, ob es ein neues Blumenmotiv auf den Sammeltellern von *Botanic Garden* gab.

Frau Klose stellte sich kerzengerade hin, weil ich einschätzen sollte, ob sie größer als Jude Law war.

Frau Strumpf und Frau Sondermann interessierten sich für die Läden, die zu den Hoflieferanten zählten.

Es gab nichts, worüber ich keine umfassende und welterfahrene Auskunft hätte erteilen können.

Wir plauderten über die märchenhafte Großstadt in der Ferne mit ihren gigantischen Kaufhäusern und den von Blumen überquellenden Parks. Die Karamellkerze flackerte von meinen Handbewegungen, denn Worte reichten nicht aus, um die verschwenderische Fülle zu beschreiben. Im Hintergrund glühten in rhythmischen Abständen die leuchtenden Daumen von Max und Felix, deren Anwesenheit wir völlig vergessen hatten. Das ganze Zimmer funkelte und glitzerte von den ganzen wunderbaren Dingen, von denen ich zu berichten wusste.

In diesem Moment, in der guten Oberfrohnaer Stube meiner Eltern, mit grünen Klitschern im Bauch und dem atemlosen Staunen um mich herum, fühlte sich mein Leben in London genauso an, wie es sein sollte: glanzvoll, prächtig und fehlerlos!

Und dann klingelte mein Telefon und zeigte an: »Barkeeper World's End«. Ich dachte, es ginge lediglich um eine Verabredung, und überlegte noch, ob ich rangehen sollte. Aber dann nahm ich doch ab. Im Hintergrund lief laute Musik, und ich verstand nur so viel, dass wir im *Underworld* spielen durften und für wen wir Vorband sein würden. Außerdem wollte er sich natürlich mit mir verabreden.

Als ich aufgelegt hatte, starrten mich alle an. Ich muss verstört ausgesehen haben, denn meine Mutter fragte besorgt, ob alles in Ordnung sei.

»Ja«, bestätigte ich verwirrt. »Mehr als das«, und dann musste ich mich setzen.

Carmen spöttelte, ob das wohl ein Anruf aus Hollywood gewesen sei, und wurde unsicher, als ich es nicht sofort dementierte. Selbst Max und Felix wurden nun aufmerksam und tauchten aus der Versenkung auf.

Wegen einer Gelegenheit wie dieser war ich vor zwanzig Jahren nach London gegangen! Jahrelang hatte ich auf so eine Chance hingearbeitet, war immer wieder vertröstet und enttäuscht worden und hoffte trotzdem immer wieder neu und wartete. Aber im Grunde, das merkte ich erst in diesem Moment, hatte ich nicht mehr damit gerechnet, dass tatsächlich noch etwas passieren würde.

Und deshalb kam es mir nun sehr unwirklich und theatralisch vor, als ich zu meiner Mutter den Satz sagte, der es vielleicht nicht ganz traf, aber den ich schon immer hatte sagen wollen: »Ich hab ein Angebot. Ich muss abreisen. Mit dem nächsten Flieger.«

Oma Trude faltete ergriffen die Hände vor der Brust.

Meine Mutter war kurz davor, in Tränen auszubrechen: »Aber du bist doch erst gestern angekommen!«

Ihre Freundinnen scharten sich wie Hühner um sie und versuchten sie glucksend zu beruhigen.

»Es ist wirklich eine Riesenchance für mich, Mutti! Ich kann mit *Girls Club* spielen.«

»Aber du kommst doch rechtzeitig zurück, oder?«, fragte sie mich hoffnungsvoll.

»Das Konzert ist an meinem Geburtstag«, musste ich sie enttäuschen.

Jetzt kamen ihr wirklich die Tränen, und ich konnte sie nicht mal trösten, weil ich so glücklich war. Vielleicht würde ich bald bei *Selfridges* reinspazieren und das nachtblaue Designerkleid kaufen können, das dort auf mich wartete! All die Jahre hatte mir nur dieser winzige Funken Glück gefehlt, der nun meine Karriere wie eine Silvesterrakete zünden und mich hinaufkatapultieren würde.

Ich rief nacheinander Abby und Eva an und musste ein wenig lauter reden, weil beide in Clubs unterwegs waren. Meine Mutter wartete hilflos darauf, dass ich endlich auflegte.

»Muss das Konzert denn ausgerechnet an deinem Geburtstag sein? Das kannst du doch verschieben!«, jammerte sie und wirkte sehr unglücklich.

Ich fing an, mich ein wenig über sie zu ärgern. Niemals würde sie auf die Idee kommen, wegen einer Geburtstagsfeier den Bäckerladen früher zu schließen.

»Es lässt sich nicht verschieben, und es ist nicht irgendein Konzert. Wenn ich dir das Stichwort verrate, wirst du es verstehen.«

Meine Mutter sah mich fragend an. Ich machte ein geheimnisvolles Gesicht. Das kann ich besonders gut, denn ich habe es am Saint Martins College gelernt.

»Ich sage nur« – Kunstpause – »Billy Idol.«

Sie verstand es trotzdem nicht. Und auch ihre Freundinnen zuckten ratlos mit den Schultern. Manchmal brachte mich dieser Unverstand zur Verzweiflung.

Wenigstens Carmen riss die Augen auf. In ihrem Kinderzimmer hatte jahrelang ein Plakat von Billy Idol gehangen. Und deshalb geschah etwas, womit ich niemals gerechnet hätte: Carmen kam mir zu Hilfe.

»Ich sag's ja nicht gern, Tante Renate, aber wenn ich mit Billy Idol in einer Band spielen könnte …«, Carmen hatte jahrelang Blockflötenunterricht gehabt, »also dafür würde ich morden.«

Max und Felix hatten mit dem Telefon ihrer Mutter im Internet den Namen gesucht und präsentierten das Ergebnis meiner Mutter. Die hielt diesem Druck nicht mehr stand und rechnete schluchzend im Kopf durch, wen sie alles anrufen und absagen musste. Frau Klose verfiel in ihre Rolle als pflichtbewusste Grundschullehrerin und eilte, um Zettel und Stift für eine Liste zu holen.

»Und was soll sie den Leuten als Grund sagen? Wie steht denn deine arme Mutter nun da?«, empörte sich Frau Strumpf.

Meine arme Mutter schluchzte stärker. Oma Trude reichte ihr ein Taschentuch, hielt sich aber ansonsten wohltuend zurück.

»Du musst doch niemanden ausladen«, versuchte ich meine Mutter zu besänftigen. »Mach einfach ein Frühlingsfest draus.«

»Wir haben noch nie ein Frühlingsfest gemacht«, stellte Frau Sondermann unterkühlt fest.

Ich empfand es als zunehmend unangenehm, diese Familienangelegenheit im Beisein von Fremden zu besprechen. Deshalb versuchte ich die Diskussion mit einleuchtenden Argumenten zu verkürzen.

»Erzähl allen, dass ich ein großes Konzert in einem viktorianischen Theater mit Samtbestuhlung habe oder so etwas Ähnliches«, schlug ich vor.

Das Wort »Samtbestuhlung«, von mir eher zufällig gewählt, wirkte erstaunlicherweise wie eine Beruhigungspille.

Oma Trudes Augen begannen zu leuchten.

»Das gehört nun mal zu Mimis Beruf!«, verteidigte sie mich nun. »Nicht jeder kann machen, wonach ihm gerade ist. Das solltest du eigentlich am besten wissen, Renate!«

Meine Mutter ließ sich einschüchtern. Sofort griff ich nach dem rettenden Strohhalm.

»Ich werde auch eine Ansage machen«, versprach ich. »Ich werde allen erzählen, dass ich die Tochter von Renate und Heinz Balutzke bin, und Werbung für die Bäckerei machen.«

Davon fühlte sich mein Vater angesprochen, der sich bis dahin im Hintergrund gehalten hatte. Er ist ein sehr sachlicher Mann, und Geburtstage spielen in seinem Leben eine untergeordnete Rolle.

»Wie viele Leute kommen denn zu dem Konzert?«, wollte er nun wissen.

Wenn er tausend kleine Werbezettel druckte, erschienen, grob gerechnet, fünf Prozent zum Bäckereifest. Ich musste also etwas hochrechnen, wenn es für ihn erfolgversprechend klingen sollte.

»Dort kommen mindestens tausend Leute hin, vielleicht sogar zweitausend, und die erzählen es weiter«, klärte ich ihn auf.

»Das klingt doch gar nicht so schlecht, Renate«, fand nun Frau Sondermann.

Frau Strumpf äußerte ihre unbedingte Zustimmung. Frau Klose rechnete noch.

»Aber wenn dann die ganzen Engländer zu uns kommen, darauf sind wir doch gar nicht eingerichtet!«, machte sich meine Mutter plötzlich Sorgen.

»Soll ich es lieber weglassen?«, bot ich an.

»Nein«, widersprach sie heftig. »Das kannst du ruhig mal sagen, dass wir deine Eltern sind!«

Ihre Freundinnen nickten zustimmend.

»Wie viel kriegst du für das Konzert?«, erkundigte sich mein Vater.

Er verstand rein gar nichts.

»Da geht es doch nicht ums Geld!«, empörte ich mich.

»Es geht immer ums Geld!«, behauptete mein Vater.

So materialistisch konnte nur ein Kleinunternehmer denken.

»Es geht um Ruhm und Glanz und Gloria!«, schmetterte Oma Trude. »So eine Chance dürft ihr dem Mädel nicht verderben!« Und dann fügte sie sanfter hinzu: »Samtbestuhlung! Ach, könnt ich nur dabei sein und dich sehn!«

»Das würd ich mir wirklich wünschen!«, sagte ich aus tiefstem Herzen und war rundherum glücklich.

Das Datum des Konzerts erschien mir als ein gutes Vorzeichen. Feierlicher konnte ich diesen Tag nicht begehen!

Vor lauter Angst, meine Maschine für den Rückflug zu verpassen, ließ ich mich am nächsten Tag so zeitig zum Flughafen fahren, dass der einzige Schalter noch gar nicht geöffnet hatte. Als ich später bei der Sicherheitskontrolle meinen Koffer öffnen musste, verflüchtigte sich das Gefühl von Enge, das mich zu Hause immer befiel, schneller als der plötzlich herausquellende Duft nach Harzer Käse.

5.

EINE ÄUSSERST WICHTIGE PERSON
KÜNDIGT SICH AN

Der bedenklichste Unterschied zwischen den Einwoh-
nern von Limbach-Oberfrohna und London ist ihr Um-
gang mit Schmutz. In Limbach-Oberfrohna wird er
weggesaugt, aufgewischt und fortgeputzt. In London
wird er einfach mit Desinfektionsspray abgetötet.

* * *

Ich lag schräg über dem Ausklappbett in meinem Schlafzimmer in Camden Town. Durch meine geschlossenen Augenlider sickerte rötliches Licht. Die Finger meiner linken Hand zuckten im Halbschlaf und versuchten sich an ein Bassriff zu erinnern. Wir hatten am Abend zuvor bis in die Morgenstunden geprobt; und mir fehlte Schlaf.

Mein Fenster blickte auf die Einfahrtsschneise eines Krankenhauses. Draußen fuhr eine Sirene vorbei. Ich konnte sie weniger hören als vielmehr die Druckwelle spüren, denn ich trug nachts immer Ohrstöpsel. Ich lockerte den kleinen Gummipfropfen. Eine zweite Sirene gellte. Der Ton veränderte sich, wurde drängender, offensichtlich hatte der Krankenwagen einen Engpass erreicht.

In meiner ersten Nacht in dieser Wohnung war ich wegen des Lärms noch einmal aufgestanden, weil ich das Fenster verriegeln wollte, nur um festzustellen, dass es bereits geschlossen war. Unter dem fingerbreiten Spalt zwischen dem

Metallrahmen des traditionellen englischen Schiebefensters und der Fensterbank glitt ständig ein frischer Luftzug hindurch.

Im Erdgeschoss zu wohnen hatte nicht nur Nachteile. Es war ungünstig wegen der Ratten und der Einbrecher, aber es erleichterte auch das Fensterputzen. Von innen bestand keine Chance, die untere äußere Scheibe zu erreichen. Egal, wie ich die Fenster gegeneinander verschob, es gab einen bestimmten Bereich, der sich mit großer Hartnäckigkeit vor dem Fensterleder versteckte.

Wieder eine Sirene. Nun war ich endgültig wach.

Ich streckte mich und sah auf die Uhr in meinem Telefon. In kluger Voraussicht hatte ich es in dieser Nacht auf lautlos gestellt, und tatsächlich zeigte der kleine Bildschirm einen verpassten Anruf. Mein Vater fand, dass man um zehn Uhr Limbach-Oberfrohnaer Zeit, nämlich dann wenn er fertig mit seiner Arbeit war, wach zu sein hatte, egal wo auf der Welt man sich gerade befand. Ich aber hatte schon immer meine eigene Zeitrechnung gehabt.

Während meine Cousine Carmen längst hinter der Ladentheke stand, konnte ich in aller Ruhe meinen Pulverkaffee mit heißem Wasser aufgießen. Mit diesem angenehmen Gedanken begann ich entspannt meinen Tag.

Ich brauchte mich bis zum Abend nicht einmal anzuziehen. Eigentlich war ich gar nicht vorhanden. In meinem Café glaubten sie, ich sei in Deutschland: Niemand würde anrufen, um zu fragen, ob ich während meines Urlaubs für Manuel, der sicher wieder verschlafen hatte, einspringen würde. Ich konnte mich den ganzen Tag lang auf diesen bedeutsamen Abend vorbereiten.

Leider hatte ich es noch nicht geschafft, mir das blaue Taftkleid zu nähen. Sollte ich stattdessen das rote, lange mit dem tiefen Rückenausschnitt tragen und mein Haar hochstecken? Mir gefiel es, wenn ein starker Kontrast zwischen der Musik und der äußeren Erscheinung bestand. Aber würde das auch Billy Idol gefallen? Schnell flog das Kleid zurück in den Schrank. In der Portobello Road hatte ich für ein paar Pfund ein altes, kurzes Paillettenkleid mit Zebramuster erstanden. Es sah noch gut aus, nur ein Faden war gerissen, und eine weiße Paillettenreihe hatte sich gelöst. Das musste schnell zu reparieren sein, denn ich war geschickt darin. Oma Trude hatte recht behalten. Der Hutmacherkurs erwies sich soeben als nützlich.

Ich begann, mir die Nägel abwechselnd in Schwarz und Weiß zu lackieren, passend zum Kleid. Ich dachte, Billy würde das gefallen. Ich gurgelte mit Aspirinwasser wegen meiner Stimme und schluckte es hinunter wegen meiner Nervosität.

Ich würde an diesem Abend besser als lediglich gut sein. Meine Stimme würde das Publikum von den Barhockern fegen, so dass sie ihr schales Strongbow beim frenetischen Beifallklatschen verkleckerten und es nicht einmal bemerkten. Und Billy Idol? Er würde sich fragen, warum er noch nie zuvor etwas von Mimi Balu gehört hatte!

Es geschah alles genau zum richtigen Zeitpunkt. Der Kreis schloss sich. Vor zwanzig Jahren war ich seinetwegen nach London gekommen. Ich war kein Fan. Ich hatte keine Fragen an ihn. Ich wollte nur, dass er mir zuhörte und zum Rhythmus meiner Musik mit dem Fuß wippte.

Und niemand wusste, was an diesem Abend noch passieren würde. Mit der gleichen Wahrscheinlichkeit, mit der ich in einer Limbacher Kneipe einem ehemaligen Textilarbeiter begegnete, konnte ich in einem Londoner Pub auf einen Plattenproduzenten treffen.

Ich neige nicht zu Vorahnungen, aber an jenem Morgen wusste ich, dass eine für mich äußerst wichtige Person bei diesem Konzert im *Underworld* sitzen würde. Ganz deutlich schlug meine innere Wünschelrute aus, und ich fühlte, dass mein Leben an diesem Geburtstag eine entscheidende Wende nehmen würde.

Als mein Telefon erneut klingelte, war es genau zehn Uhr. Ich musste gerührt lächeln. Oma Trude wusste, wann ich aufstand, wenn ich einen freien Tag hatte. Sie wollte mich an meinem Geburtstag auf keinen Fall wecken. Ich nahm das Gespräch an.

»Mimi?«

»Oma Trude!«

Immer wenn ich ihre Stimme hörte, konnte ich ihren Duft nach Tosca und Eukalyptusbonbons riechen und fühlte die rutschige Oberfläche ihrer Dederonschürze.

Glücklich lehnte ich mich in die aufgetürmten Kissen meines Bettes zurück und freute mich auf einen gemütlichen Schwatz mit ihr.

»Mimi, bei dir wird heute eine Überraschung ankommen!«, verkündete Oma Trude ohne Einleitung und ohne mir zum Geburtstag zu gratulieren.

Ihrer Stimme war ein seltsamer Klang beigemischt, den ich nicht deuten konnte. Es fühlte sich nach Anspannung und Vorfreude an. So hatte ihre Stimme geklungen, als sie mir zu meinem siebenten Geburtstag Karten für das Ballett »Dornröschen« an der Oper Leipzig geschenkt hatte. Damit habe mich Oma Trude für die Bäckerei verdorben, behauptet mein Vater, der ständig auf der Suche nach einem Schuldigen für mein befremdliches Verhalten ist.

Was also hatte Oma Trude diesmal für mich? Gespannt angelte ich von dem kleinen Beistelltisch das Päckchen, das sie mir bei meinem Besuch mitgegeben hatte, und fragte, ob ich es öffnen durfte.

»Nein, Mimi, das ist bloß ein langweiliges Buch, das kannst du später aufmachen. Du kriegst etwas andres! Was viel Besseres! Und Größeres!«

Beim letzten Wort schwang ein aufgeregtes Zittern mit. Sie machte mich wirklich neugierig.

Wenn mir Oma Trude etwas schickte, erreichte es mich normalerweise Wochen vor dem Tag, an dem ich es auspacken sollte. Sie traute weder der deutschen noch der britischen Post und wollte auf Nummer sicher gehen. Ich hatte am Abend zuvor die wenigen Briefe sortiert, die während meiner Abwesenheit gekommen waren, und keinen Abholschein darunter gefunden.

Oma Trude schien das nicht zu beunruhigen.

»Die Überraschung ...«, sie holte noch einmal tief Luft, »die Überraschung bin ich, Mimi. So, jetzt hab ich's gesagt.«

Es dauerte einen Moment, bis ich begriff, was Oma Trude damit andeuten wollte.

»Du wirst doch nicht etwa allein in ein Flugzeug steigen?«, vergewisserte ich mich.

»Nicht allein. Da sind noch viele andere Passagiere und Stewardessen, und einen Piloten werden sie bestimmt auch haben.«

»Hast du nicht gesagt, du verreist nie wieder?«

Ich hatte immer gedacht, wenn auf das Wort einer Person Verlass sein konnte, dann auf Oma Trudes!

Ihre Stimme zitterte nicht mehr, und sie schien selbst überrascht zu sein von ihrem Mut und ihrer Entschlossenheit, als sie sagte: »Ich lasse meine Enkelin an ihrem vierzigsten Geburtstag nicht allein! Was sagst du nun.«

Ich war sprachlos.

»Überraschung gelungen?«, strahlte Oma Trude.

»Und wie«, musste ich zugeben.

»Du hast es dir so gewünscht, und ich konnte dir noch nie was abschlagen!«, erklärte sie mir.

Hatte ich mir das tatsächlich gewünscht?

Oma Trude versicherte mir noch, dass sie den Besuch meiner Gemäldeausstellung gar nicht abwarten könne. Außerdem würde sie mich am Abend zum großen Konzert mit der Samtbestuhlung begleiten und mir zujubeln, stellvertretend für die gesamte Familie Balutzke. Vorausgesetzt natürlich, sie würde nicht mit dem Flugzeug abstürzen.

Ich hatte gewusst, dass bei diesem Konzert eine äußerst wichtige Person auftauchen würde. Aber ich hätte niemals auf Oma Trude getippt.

Mit einem Schlag hatte ich mehrere kleinere und einige größere Probleme. Ich versuchte sie nach dem Schweregrad zu sortieren, um sie lösen zu können.

Punkt eins. Oma Trude wollte meine Bilder in einer Gemäldegalerie betrachten.

In dem kleinen Friseurladen an der Ecke hingen sie natürlich längst nicht mehr. Ich konnte den Inhaber bitten, sie für Oma Trude noch einmal aufzuhängen. Falls er sie schon entsorgt hatte, musste ich ihr erklären, wie eine Wechselausstellung funktioniert. Es war schon eine Weile her, dass ich ihr in meiner Begeisterung von der Ausstellung erzählt hatte. Sie würde verstehen, dass meine Bilder längst ausgetauscht worden waren. Damit betrachtete ich den Punkt als abgehakt.

Problem Nummer zwei war Billy Idol.

War das eigentlich ein Problem? Oma Trude kannte ihn ohnehin nicht. Es war Carmen gewesen, die aus der Erwähnung seines Namens geschlossen hatte, dass ich mit ihm zusammen auf der Bühne stehen würde. Ich hatte nur das Stichwort wiederholt, das mir selbst am Telefon genannt worden war. Es wäre viel zu kompliziert gewesen, die ganze Geschichte zu erklären, noch dazu im Beisein von Frau Sondermann, Frau Strumpf und Frau Klose. Die ganze Geschichte war, dass wir die Vorband für *Carbon/Silicon* sein würden. In dieser Band spielten Mick Jones, ehemals *The Clash*, und Tony James, einer der Ex-Bassisten von Billy Idol. Niemand in Limbach-Oberfrohna hätte verstanden, was daran eine Riesenchance war. Dabei lag es auf der Hand, denn die Band war sehr erfolgreich. Es würden viele Leute kommen, die den Glanz von Billy Idol flimmern sehen wollten, den er bei den zahlreichen Umarmungen auf seinen ehemaligen Bassisten abgestäubt hatte. Außerdem war ich sicher, dass Billy Idol tatsächlich auftauchen würde, um seinem Freund zuzusehen. Und es würden noch mehr Gäste kommen, die genau darauf hofften. All diese Leute waren an diesem Abend auch mein Publikum! Ich hatte die einmalige Chance, sie zu überzeugen! Dieses Problem war also eigentlich keines, und ich betrachtete es ebenfalls als gelöst.

Ich konnte mich Punkt Nummer drei zuwenden. Oma Trude freute sich auf ein Konzert mit Samtbestuhlung vor Massenpublikum.

Dass sie dieser nebensächlichen Bemerkung eine solche Bedeutung beimaß, hatte ich nicht ahnen können. Ins *Underworld* passten beim besten Willen keine zweitausend Gäste. Dreihundert Leute waren aber auch beeindruckend! Und mit so vielen Gästen rechnete der Veranstalter. Wenn sich dreihundert Leute im *Underworld* drängten, wirkte das besser, als wenn sich zweitausend in der O2-Arena verloren.

Und für die Samtbestuhlung hatte ich auch schon eine Idee. Sie umzusetzen kostete mich lediglich einen Anruf bei Charles, den ich bei einem Kulissenkurs kennengelernt hatte und der mir noch einen Gefallen schuldete.

Ich denke, mit ein wenig gutem Willen konnte ich diesen Punkt ebenfalls als geklärt betrachten.

Und das mit dem Haus, dem einzigen noch verbleibenden Problem, war nicht meine Schuld. Niemand hatte mich jemals gefragt, ob ich allein in dieser Wohnung lebte. Alle setzten es einfach voraus. Keiner am Fuße des Erzgebirges konnte sich vorstellen, dass jemand für ein einzelnes Zimmer so viel Geld ausgeben könnte. Ich war aber zuversichtlich, dass Oma Trude von meinen Mitbewohnern entzückt sein würde. Das war also nicht das Problem. Das Problem war das Haus als solches.

Natürlich kannte meine Familie das Haus. Keiner von ihnen konnte das Gegenteil behaupten, denn ich hatte vor Jahren, kurz nach meinem Einzug, ein Foto davon gezeigt. Ich war allerdings selbst überrascht, als meine Mutter beim Betrachten entzückt ausrief: »Nein, was für ein hübsches Haus!«, mein Vater anerkennend nickte und sogar Carmen neidvoll zugeben musste: »Würd ich auch gern drin wohnen.«

Nicht einmal ich konnte an diesem Haus etwas Schönes finden, und dabei verklärte ich doch alles, was mit London zusammenhing. Das Foto machte die Runde und kam wieder bei mir an. Und plötzlich wurde mir klar, dass alle das Nachbarhaus betrachtet hatten, an das sich meines wie eine kleine, borstige Warze drückte. Mein einziger Fehler in dieser Angelegenheit war also gewesen, dass ich es nicht richtiggestellt hatte. Aber sie waren so entzückt von diesem hübschen, pastellfarbenen, viktorianischen Haus, dass ich sie doch nicht enttäuschen konnte! Das andere Haus beachteten sie gar nicht. Sie sahen es als das, was es ursprünglich einmal gewesen war: eine heruntergekommene, zusammengeschusterte Doppelgarage. Der Besitzer hatte sich wohl irgendwann gedacht, dass die Mieter des Haupthauses selbst sehen sollten, wo sie parkten, und die Garage kurzerhand als Wohnraum vermietet. Diesen teilte ich mir mit dem indischen Bankangestellten Nilay, meiner Freundin Eva und ihrem amerikanischen Ludwig-Schlagzeug, über das ich immer stolperte, wenn ich nachts heimkam.

Oma Trude freute sich also auf pastellige Wände, Kronleuchter und einen stuckumkränzten Kamin. Dieses Problem ließ sich nicht so schnell und einfach lösen wie die anderen.

Ich beschloss, in kleinen Schritten vorzugehen und erst einmal sauber zu machen. Dafür musste ich widerstrebend mein eigenes Schönheitsprogramm auf ein Mindestmaß beschränken. Ich überlegte kurz, ob sich mein Haaransatz noch verstecken ließ, und rührte dann doch eine Tönung an. Während auf meinem Kopf die Chemikalien wirkten, klappte ich mein Bett zu einem Sofa zusammen und verwandelte das Schlafzimmer in ein Wohnzimmer. Ich schob Berge von Büchern, Kleidung und Papieren von den Fensterbrettern, schrubbte den schwarzen Londoner Feinstaub von den Schränken und Regalen, und als ich damit fertig war, rieselte unter den Fensterritzen schon wieder der Ruß hindurch.

Um davon abzulenken, drapierte ich Ketten und Schmuck über meine Deckenlampe und erzeugte die Illusion eines Kronleuchters. Sobald ich das Licht einschaltete, funkelte und glitzerte es.

In die Steckdose stöpselte ich einen kleinen Ultraschallpiepser ein. Manchmal, wenn ich mir eingebildet hatte, meine Wohnung sei endlich mäusefrei, legte ich einen kleinen Testkuchenkrümel auf dem Boden aus. Bisher hatte ich noch nie erlebt, dass er am nächsten Morgen nicht verschwunden gewesen wäre.

Im Badezimmer, das wir zu dritt benutzten, saugte ich den Schmutz aus dem Ventilator und wusste nicht, wohin mit den vielen Parfüms, Duschbädern und Haarsprays von Nilay. Er besaß mehr Pflegemittel für sämtliche vorstellbaren Körperregionen als Eva und ich zusammen.

Ich spülte in der winzigen Küche das Geschirr, das die anderen wie immer stehengelassen hatten, und versuchte es anschließend zu verstauen. Mir fehlte der rechte Unterschrank, der sich nicht mehr öffnen ließ. Vor kurzem hatte ich darin Schimmel entdeckt und das der Hausverwaltung gemeldet. Sie hatten umgehend reagiert und die Tür versiegelt.

Danach versuchte ich, eine abgefallene Wandfliese anzukleben und mit meiner teuren Künstlerölfarbe Flecken und Ränder an der Decke auszubessern. Das Dach war nur mit Teerpappe gedeckt. Immer wieder bahnte sich das Regenwasser seinen Weg durch die Nahtstellen. Dann musste ich wieder bei der Hausverwaltung anrufen, die schickte nach zähen Verhandlungen mit dem Vermieter einen polnischen Dachdecker, dessen Kunst darin bestand, das Dach an dieser einen einzigen Stelle, an der es leckte, zu teeren, so dass sich das Wasser einen anderen Weg in unsere Küche suchen musste.

Ich bemerkte, dass sich die braunen Flecken in strahlend weiße verwandelt hatten, die gegen das Gelblichgrau der restlichen Decke nun umso mehr abstachen.

Als die Wandfliese wieder abfiel und dabei zerbrach, beschloss ich, mit Oma Trude einfach zuerst eine Stadtbesichtigung zu machen und anschließend gleich in den Pub zu fahren. Wenn wir gegen Mitternacht hier ankamen, würde es dunkel sein, so dass sie sicher nicht merkte, welchen Eingang wir nahmen.

Zufrieden betrachtete ich all meine Probleme als gelöst und konnte mich wieder auf das Konzert konzentrieren.

Ich spülte meine Haare ab und stellte entsetzt fest, dass sie viel zu dunkel und pflaumenfarben geworden waren. Ich prüfte die Packung, es war der Farbton, den ich immer nahm, und dann fiel mein Blick auf die Tube. Ein Komiker hatte offensichtlich im Supermarkt die Pappschachteln geöffnet und die enthaltenen Farbtuben vertauscht.

Würde Billy Idol eine Farbe mögen, die alte Damen in Limbach-Oberfrohna wählten, wenn sie nicht aussehen wollten wie meine Mutter und Oma Trude?

Kurz entschlossen lackierte ich meine Fingernägel noch einmal farblich passend um und zog ein lila Kleid über. In so einem Fall half nur eiserne Konsequenz.

Ich wollte rechtzeitig zum Flughafen aufbrechen, damit Oma Trude auf keinen Fall warten musste.

Durch meine Reinigungsaktion hatte ich es nicht mehr geschafft zu frühstücken und wollte mir für die Fahrt in einem kleinen Laden an der Ecke etwas zu essen holen.

Diesen Laden teilten sich ein Friseur und ein Obsthändler. Alles war ausgesprochen preiswert, und ich kaufte dort gern ein. Draußen auf dem Lattenrost vor dem Schaufenster standen Apfelkisten. Über der Tür schwankte eine traurige, grüne Markise mit Schmutzschlieren. Auf dem Frisierstuhl saßen immer nur dunkelhäutige Männer, niemand sonst. Ich hatte mir bis zu diesem Moment keine tiefschürfenden Gedanken über diesen Laden gemacht. Natürlich war es eine ungewöhnliche Kombination, aber ich kaufte dort einfach nur jeden Tag das Obst für mein Frühstücksporridge.

Ich überblickte die Straße, die ich jeden Tag nahm. Morgen früh würde ich hier also mit Oma Trude entlangspazieren. Und plötzlich sah ich alles mit ihren Augen: den schmutzigen Gehweg mit den Papierfetzen und Bierbüchsen, aufgeplatzte Müllsäcke und eine Pfütze halbverdauter Bohnen, die sich wohl mit dem nachfolgenden Alkohol nicht vertragen hatten.

Wie gut, dass nachts die Stadtreinigung kommen und alles wegräumen würde!

Was aber war mit den schwarzen, bröckelnden Fassaden, den seit Jahren nicht geputzten Fenstern, an die sich im Inneren Papiere und Kleider quetschten, den Bettlern, die vor den Supermärkten saßen? Ich sollte mit Oma Trude auf keinen Fall die Hauptstraße entlanggehen. Wir würden die netten, beschaulichen Seitengassen mit den bonbonfarbenen Häusern und den hübschen Vorgärten nehmen.

Ich kaufte beim Obstfriseur dann lediglich eine Banane. Für unterwegs gibt es einfach nichts Praktischeres. Ich musste mir keine Gedanken machen, wie lange das Obst schon vom Abgasnebel der vorbeifahrenden Autos bedampft worden war, welcher Hund es in der bodennahen Auslage beschnuppert oder ob sich ein Flausch gekräuselter Schnitthaare daran verfangen hatte. Ich brauchte einfach nur die Schale abzuziehen, und schon hatte ich ein steriles, gesundes Frühstück, gegen das nicht einmal meine hygieneversessene Mutter etwas hätte einwenden können.

Ich richtete vor der verdreckten Ladenscheibe noch schnell meine Jacke und entdeckte, dass mein Reißverschluss kaputt war. Und plötzlich sah ich nicht nur die Straße mit Oma Trudes Augen, sondern auch mich selbst.

Ich hatte immer nur gewollt, dass sie diese Stadt ebenso liebte wie ich, und das tat sie. Solange sie in Limbach-Oberfrohna saß, war das auch keine Schwierigkeit. Würde sie London noch lieben, wenn sie erst hier war? Und vor allem – würde sie mich noch lieben?

Ich beschloss, uns beiden einen wunderschönen Tag in meiner alten Wohngegend, dem sauberen Kensington, zu bereiten. Jede Minute wollte ich mit ihr genießen, die uns bis zur unausweichlichen Katastrophe blieb.

6.

DIE ASSISTENTIN DES GAUKLERS

Der riskanteste Unterschied zwischen den Einwohnern von Limbach-Oberfrohna und London ist ihr Umgang mit Verkehrsampeln. In Limbach-Oberfrohna wird sich mit pedantischer Gründlichkeit nach ihnen gerichtet. In London lernt man schon in der Unterstufe, dass eine Straße nicht bei Grün, sondern schnell überquert werden muss.

✢ ✢ ✢

Halb erleichtert, halb verärgert stellte ich am Flughafen Stansted fest, dass mir noch viel Zeit bis zur geplanten Ankunft des Fliegers aus Altenburg blieb.

Die Luft zitterte von den Durchsagen in sämtlichen Sprachen und vom Stimmengewirr aufgeregter Passagiere, die nach der richtigen Wartereihe suchten. Parfümdüfte konkurrierten mit Kaffeearoma und den Ausdünstungen zu lang getragener Wäsche. All das nahm ich nur mit halber Aufmerksamkeit wahr, denn das *Underworld* und mein bevorstehender Auftritt machten sich in meinem lilagefärbten Kopf breit.

Ich drängte mich hinter die Absperrung im Ankunftsbereich zwischen uniformierte Hotel-Abholer mit sichtversperrenden Namensschildern, Firmenbeauftragte und Großfamilien mit Kleinkindern, denen dringend die Windeln gewechselt werden mussten.

Unruhig trippelte ich von einem Bein auf das andere und dachte über all die wichtigen Sachen nach, die ich in dieser verschwendeten Zeit bis zur Ankunft hätte anstellen können. Der blaue Zeitschriftenstand von *WHSmith* schräg gegenüber lockte mich, sie hatten sicher die neueste Ausgabe des *Bass Player*. Aber ich durfte meinen Beobachtungsplatz nicht verlassen. Oft landeten die Billigflieger überpünktlich, was im Passagierraum mit einer lautstark schmetternden Fanfare verkündet wurde. Oma Trude besaß natürlich kein Mobiltelefon, und wenn wir uns verfehlten, würden wir einander in diesem Ameisenhaufen niemals finden.

Nervös reckte ich den Kopf. So viele Menschen verschiedenster Nationen eilten an mir vorbei, wurden in die Arme geschlossen, mit Handschlag begrüßt oder suchten verunsichert nach Hinweisschildern, um ihre Reise fortsetzen zu können. Endlich hörte ich deutsche Wortfetzen, aber nun kamen immer weniger Passagiere, bis der Strom beinahe ganz versiegte. Ich versuchte, in den gewundenen Gang zu spähen, und entdeckte eine Menschenansammlung. Wie durch einen Trichter tropften nur noch vereinzelt Reisende hindurch. Der Auslöser für diesen Engpass war eine kleine, alte Dame in ihrem allerbesten honigfarbenen Tweedmantel – Oma Trude!

Ich winkte ihr zu und rief ihren Namen, aber sie bemerkte mich nicht. Es war zu laut, und sie war zu beschäftigt.

Mit ausgiebigem Händedruck verabschiedete sie sich von sämtlichen Passagieren, als wären sie eine eingeschworene Reisegruppe, die sich nach glücklich überstandener Abenteuersafari voneinander trennen musste, um in die Zivilisation zurückzukehren. Ihr runzliges, aber immer noch hübsches Puppengesicht wackelte vergnügt, während sie die Reisenden in kleine Gespräche verwickelte. Außer mir schien sich niemand an dieser Verzögerung zu stören, keiner versuchte sich an ihr vorbeizustehlen. Alle warteten geduldig, als hätten sie die Ehre einer Audienz bei der Queen, bis sie an die Reihe kamen, Oma Trudes mollige, weiche Hand zu drücken. Eine Stewardess umarmte sie sogar und musste sich dazu tief bücken.

All das beobachtete ich aus der Ferne, denn sie befanden sich noch im Transitbereich. Vermutlich würden gleich der Flugkapitän und ein paar Aktionäre von Ryanair auftauchen, um meine Großmutter zu verabschieden.

Endlich kam Oma Trude mit kurzen Schrittchen herausgetrippelt und wirkte sehr erleichtert, als sie mich entdeckte. Wir umarmten einander fest und lang. Ich legte mein Gesicht auf ihre Löckchen und sog den vertrauten Duft nach Heimat ein. Aber es fühlte sich ganz anders an als vor ein paar Tagen in Limbach-Oberfrohna. Hier in London war ich die Große von uns beiden und verantwortlich für sie.

Oma Trude wagte einen Blick in die Empfangshalle und wackelte erschüttert mit dem Kopf: »Das ist was anderes als Altenburg!«

Ich nahm ihr Gesicht in meine Hände, um mich zu vergewissern, dass sie die weite Reise auch heil überstanden hatte.

»Alles Gute zum Geburtstag!«, rief sie plötzlich. Und dann musste sie lachen. »Mir kommt es so vor, als hätte ich selbst Geburtstag heute!«

Ihr Atem ging vor Aufregung so schnell, dass sie zwischen den Worten nach Luft schnappen musste.

Ich zupfte ihr ein weißes Löckchen aus der Stirn, befühlte ihre Wange und wollte wissen: »Was war denn los?«

»Der Heinz und die Renate haben mich ganz verrückt gemacht, wegen der Fliegerei«, erklärte sie. »Aber ich bin vierundachtzig, da ist es nicht schade drum.«

Seit Opa Hermann nicht mehr da war, sagte sie oft so etwas, aber es war reine Koketterie und ganz sicher nicht ernst gemeint.

Sie atmete tief ein und wieder aus und wunderte sich: »Ich hätt aber auch nicht gedacht, dass es gut geht.«

Dann hakte sie sich mit festem Griff wie ein Vorhängeschloss bei mir ein, und wir liefen zusammen die gewundene Rampe hinab zu den Zügen. Wir konnten diesmal mit dem kostspieligen Stansted-Express fahren, denn Oma Trude wollte die Tickets spendieren.

Währenddessen erzählte sie mir im Adrenalinrausch von ihrer glücklich überstandenen Mutprobe. Es war schon damit losgegangen, dass sie das System der Billigfluggesellschaften nicht verstanden hatte. Sie hätte gern zur Sicherheit am Notausgang gesessen, aber dieser Platz war bereits besetzt gewesen, weil sie als einer der letzten Passagiere eingestiegen war. Das lange Stehen in einer Warteschlange war einfach nichts mehr für sie. Trotzdem schaffte sie es mit ihrem sächsischen Charme, dass sich das halbe Flugzeug noch einmal für sie umsortierte, bis sie auf einem Platz landete, der beste Aussicht und optimale Sicherheit versprach. Beim Start verkrampfte sie sich in die Hand ihres Sitznachbarn, der ihr zur Beruhigung Statistiken von Verkehrsunfällen aufzählte.

»Hast du gewusst, dass viel mehr Leute bei Autounfällen umkommen?«, fragte sie. »Wenn die sogar so einem wie dem Holler Bernd einen Führerschein geben, ist das aber auch kein Wunder!«

Holler Bernd war der, der als kleiner Junge mit dem Dreirad ihrer Katze über den Schwanz gefahren war, was ihm in Oma Trudes Augen jegliches Talent für den öffentlichen Straßenverkehr absprach.

Mit Hilfe solcher und ähnlicher Anekdoten überstand Oma Trude den Start. Aber schon kam das nächste Problem auf sie zu. Sie verstand kein Wort der Durchsagen, die vorwiegend in englischer Sprache gemacht wurden, noch dazu von einer Stewardess mit starkem osteuropäischem Akzent. Das ließ Oma Trude befürchten, die Anweisungen im Falle eines Absturzes nicht zu verstehen und sich falsch zu verhalten. Glücklicherweise fand sich für sie auf dem Platz hinter ihr ein Dolmetscher, der ihr soufflierte. Er übersetzte ihr freundlicherweise alles, sogar die Verkaufswerbung für Glückslose und die für rauchfreie Zigaretten, von denen sie zu gern eine probiert hätte, nur um das Prinzip zu ergründen. Bedauerlicherweise rauchte sie selbst nicht, aber eine Dame drei Reihen vor ihr, die sich zu einer kleinen Vorführung überreden ließ.

»Kann man denn eigentlich noch sagen, dass man raucht, wenn die Zigarette selbst gar nicht mehr raucht?«, überlegte sie zweifelnd.

»Wie es scheint, hast du dich während des Flugs mit sämtlichen Passieren angefreundet«, wunderte ich mich.

»Das musste ich ja, Mimi, wo sie mir doch bei der Sicherheitskontrolle meine Stricknadeln abgenommen haben.«

Oma Trude strickte mit Vorliebe Handtücher, und das auf vierzig Zentimeter langen Metallnadeln. Die wären sicher eine brauchbare Waffe gewesen, wenn Oma Trude das Flugzeug hätte entführen wollen. Die Sicherheitsbeamtin ruinierte beim Herausziehen die ganze Arbeit. Oma Trude hatte anschließend nur wenige Minuten gebraucht, bis alles wieder aufgetrennt und säuberlich zu einem Knäuel gewickelt war. Danach wusste sie nicht mehr, womit sie sich während der Reise beschäftigen sollte. Kein Wunder, dass sie Kontakte zu fremden Menschen aufnehmen musste.

Bald zeigte sich, dass ein Fensterplatz wunderbar für die Aussicht, aber ungünstig für eine nervöse Blase war. Die anderen Passagiere in Oma Trudes Reihe standen immer wieder gern für sie auf, denn sie wurden mit Buttertalern aus der Bäckerei Balutzke entschädigt. Zum Glück hatte sie davon mehr als genug eingepackt.

Buttertaler müssen natürlich unbedingt in ein Heißgetränk getunkt werden.

»Stell dir vor, Mimi«, schwärmte Oma Trude nun, »ich habe im Flugzeug, mitten in der Luft, meinen ersten englischen Tee getrunken! Tee über dem Ärmelkanal! Das war doch der Ärmelkanal, oder? Wenn das der Hermann hören könnte, der würd's nicht glauben!«

Wie es aussah, kam meine schüchterne Oma Trude in der Welt bestens zurecht.

»Wie hast du denn bezahlt?«, wollte ich wissen. »In Euro oder in Pfund?«

»Wieso bezahlt?«, wunderte sie sich.

Sie war davon ausgegangen, dass Getränke und Essen frei waren, so wie damals vor fünfunddreißig Jahren auf ihrem unvergessenen Flug nach Moskau mit Opa Hermann in einer Tupolew TU-134 der Interflug. Hunger hatte sie diesmal keinen verspürt, aber einen Tee nicht ablehnen wollen, als ihr Dolmetscher sie über die Durchsage aufklärte.

Entsetzt wurde ihr nun klar, dass sie den Tee hätte bezahlen müssen. Wo sie doch grundanständig war und nicht einmal richtig Schmu spielen konnte, weil man an ihrem nervösen Augenzwinkern sofort erkannte, wenn sie die falsche Karte legen wollte.

»Ich bin doch keine Betrügerin!«, jammerte sie nun und wollte am liebsten wieder zum Flughafen zurückkehren, obwohl sich der Zug längst in Bewegung gesetzt hatte und uns die schlingernde Streckenführung um Bishop's Stortford in den blauen Polstern hin- und herschubste.

Ich redete ihr ein, dass der Tee ganz sicher ein Geschenk der Fluggesellschaft gewesen sei, die es verschmerzen konnte. Aber erst als ich Oma Trude vorschlug, in der nächsten Kirche eine kleine Spende einzuwerfen, war ihr schlechtes Gewissen einigermaßen beruhigt, und sie wagte es endlich, aus dem Fenster zu sehen.

Wir näherten uns der Stadt. Die Häuser drängten sich enger aneinander und strebten in die Höhe. Wir rauschten durch kleine, schäbige Bahnstationen hindurch, die es nicht wert zu sein schienen, einen Expresszug aufzuhalten. Oma Trude war an den vordersten Rand ihres Sitzes gerutscht und versuchte alles aufzunehmen. Ihre Augen klammerten sich an die Schornsteine eines alten Kraftwerks und schnellten zurück wie von einem Gummiband gezogen, als ihr Blick sie verlor.

Zwischendurch sah sie mich immer wieder glücklich an und bemerkte plötzlich meine Haarfarbe, die ihr bisher in der Aufregung entgangen war.

»Das ist ein netter Farbton!«, fand sie.

Ich verzog die Mundwinkel.

»Genauso trägt es auch die Lössel Martha«, versicherte sie mir eifrig. »Das muss ich ihr unbedingt erzählen!«

Frau Lössel war eine ehemalige Klassenkameradin meiner Großmutter. Diese Haarfarbe wurde mir immer unsympathischer.

Im Bahnhof Liverpool Street erreichte der Expresszug seine Endstation. Ich nahm Oma Trudes schickes, kleines Lederköfferchen – sie hatte schon immer Stil gehabt – und half ihr beim Aussteigen. Vorsichtig tasteten sich ihre Slipper mit den kleinen

Lederquasten auf den Londoner Boden und testeten, ob er auch nicht rutschig war. Für einen Moment blieb Oma Trude stehen, blinzelte und sah nach oben in den blassgrauen Himmel. Kleine Tröpfchen zerplatzten auf der Glashaut, die ein Stahlskelett wie einen riesigen Regenschirm über die Ankunftshalle spannte.

»Hach«, sagte sie und sah sich erstaunt um. »Und unseren Bahnhof haben sie zugemacht. Den in Limbach und den in Oberfrohna noch dazu.«

Offensichtlich wunderte sie sich, wie es dieser Bahnhof geschafft hatte, zu überleben und so groß zu werden.

Vor der Rolltreppe in der U-Bahn-Station saß ein Mann mit einer riesigen Harfe, die er mit den öffentlichen Verkehrsmitteln transportiert haben musste, und spielte »Here Comes the Sun«.

Oma Trude begann etwas in ihrer Handtasche zu suchen.

»Meinst du, er kann mit so einem Euro was anfangen?«, fragte sie unsicher.

Sie drehte das Geldstück hin und her, als wäre es eine dieser Plastikwertmarken, die man im Schwimmbad zum Bezahlen eintauschen musste und mit denen man außerhalb nichts mehr anfangen konnte. Als ich bestätigte, dass diesen Euro jede Bank in Pfund eintauschen würde, griff Oma Trude noch einmal in ihre Geldbörse und ließ ein paar große Münzen in das Kästchen vor dem Harfenspieler klimpern.

Der Musiker sah auf, ihre Blicke trafen sich, die Finger auf den Saiten zögerten eine Sechzehntelnote lang, und Oma Trude errötete.

»Bestimmt hat er keine Oma mehr, die ihn unterstützt«, verteidigte sie diese unvorhergesehene Ausgabe.

Ich kannte sie besser. Sie hatte sich damit soeben von der Sünde freigekauft, irgendjemanden um einen Tee betrogen zu haben.

Die U-Bahn war um diese Tageszeit mäßig gefüllt, und das gab einer älteren Frau die Gelegenheit, an einer der senkrechten Haltestangen Kreise zu drehen. Sie hielt sich mit einer Hand fest, stellte sich ganz nah an die Verschraubung am Boden, ließ sich nach außen fallen und sauste wie ein Zirkel um das Zentrum, Runde um Runde.

In London taten erwachsene Menschen Dinge, die in Limbach-Oberfrohna ausschließlich Kindern vorbehalten waren, und auch die wären in diesem Fall wohl gerügt worden. Außer Oma Trude wunderte sich demzufolge niemand über die zirkelschlagende Frau. Wir anderen lächelten und freuten uns über den Spaß, den sie hatte. Mir war danach, es auch zu probieren, aber leider waren alle anderen Haltestangen besetzt.

Wie Maulwürfe verließen wir den U-Bahn-Schacht an der Station Knightsbridge. Oma Trude blinzelte, als richtete sie sich darauf ein, vom Glanz geblendet zu werden, aber die Straßen waren überfüllt, wolkenverhangen und staubig.

Sie tappte verwirrt vom Fußweg herunter, ich zog sie zurück und machte sie mit der wichtigsten und einzigen Verkehrsregel für Fußgänger bekannt. Aber Oma Trude war eigensinnig und weigerte sich, schneller zu gehen, als es einer alten Dame zustand. Und schon fand sie ganz allein die wichtigste Verkehrsregel für Autofahrer heraus: Immer Gentleman bleiben, besonders einer alten Dame gegenüber. Die Autos, die sich gerade noch laut hupend durch die engen Straßen gedrängt hatten, warteten nun geduldig, bis wir die andere Straßenseite erreicht hatten. Oma Trude hob entzückt ihre Hand und dankte winkend. Genauso hatte sie sich die Monarchie vorgestellt.

Glücklich berührte sie ein paar Schritte weiter ein gusseisernes Geländer und spürte mit den Fingern den verschlungenen Formen nach, die ihre Augen nicht mehr in aller Klarheit erfassen konnten.

Ich hatte mich an so vieles gewöhnt – Dienstmänner in Fantasieuniformen vor den Luxushotels, vorübertrabende Polizeipferde, Blumen vor jedem Kellereingang. Ich verspürte längst nicht mehr die Begeisterung der ersten Jahre, in denen ich bei jedem Messingtürklopfer in einen Freudentaumel verfallen war. Erst jetzt fiel mir auf, dass ich in den letzten Jahren wie blind durch die Straßen gehastet war, immer in Gedanken an das nächste Vorstellungsgespräch und die nächste große Chance.

Innerhalb weniger Tage war es Frühling geworden. Das Grün zwischen den Mauern und Steinen war von einer ungeheuren Kraft. Es kroch und kletterte, zwängte sich in jeden Mauerriss und überschwemmte ganze Straßenzüge mit Lebensfreude. Hier wurden Pflanzen behandelt wie anderswo Haustiere. Sie wurden geliebt und verhätschelt und durften nahezu alles.

Von oben nickten Magnolienblüten auf uns herab. Oma Trude versuchte an einen Zweig zu gelangen und balancierte dazu auf einem kippelnden Stein. Wenn ich sie nicht gefangen hätte, wäre sie gestürzt. Das fehlte gerade noch, dass sie sich etwas brach. Ich wollte mit ihr hier ganz sicher nicht zum Arzt gehen.

»Oma Trude«, zog ich sie deshalb auf. »Eine alte Dame macht so etwas nicht.«

Sie kicherte in allerbester Laune: »Na, dann merk dir das nur gut für später, Mimi!«

Das prächtige Kaufhaus *Harrods* kam in Sicht. Mit seinem Kuppeldach, den stolzen Fahnen, der roten Klinkerfront, den unzähligen Türmchen und Zinnen erstrahlte es wie ein Märchenschloss. Obwohl es uns schon so nah erschien, zog sich der Weg, und Oma Trude konnte gar nicht so schnell laufen, wie sie den Palast erreichen wollte.

Ein livrierter Portier öffnete uns die Tür. Oma Trude hätte das Kaufhaus am liebsten sofort wieder verlassen, nur um noch einmal durchs Portal schreiten zu können, das jedes Mal von blitzweißen Handschuhen über dunkelbraunen Händen aufgehalten wurde.

Wir benutzten den Eingang vor dem ägyptischen Raum, mit dem sich der Besitzer eine Erinnerung an seine Heimat hatte herzaubern wollen. Oma Trude vergewisserte sich kurz, dass wir uns nicht in einem Museum befanden, und bestaunte die wie Artefakte drapierten Handtaschen in den Vitrinen. Sie entdeckte handgenähte Einzelstücke von Dior im Wert eines gut ausgestatteten Kleinwagens, Kostbarkeiten von Alexander McQueen oder Judith Leiber, gefertigt aus genuesischem Krokodilleder und Edelmetall, besetzt mit echten Diamanten oder ganz schlicht, mit der vornehmen Zurückhaltung von Gucci und Chanel.

»Was meinst du?«, fragte mich Oma Trude übermütig. »Wär das was für mich?«

Da keine Preise ausgewiesen waren, gab sie sich der angenehmen Vorstellung hin, vielleicht eine davon zu kaufen.

Es gibt genau zwei Gründe, warum jemand keine Handtasche von Chanel besitzt. Entweder man kann sie sich nicht leisten, oder man will gar keine haben.

Und da es sich einfach besser anfühlt, wenn Letzteres zutrifft, gab ich zu bedenken: »Findest du die Modelle nicht ein bisschen gewagt, Oma Trude?«

»Wirklich?«, überlegte sie und präsentierte mir dann ein Gegenargument: »Aber ich war auch mutig genug, allein nach London zu reisen!«

Ich riet ihr, sich erst am Ende für ein Souvenir zu entscheiden. Nicht umsonst hatte der Besitzer einmal erklärt, dass es nichts gäbe, was man bei *Harrods* nicht kaufen könne, und das galt bis vor ein paar Jahren sogar für Krokodile und Elefanten. Das sah Oma Trude ein, auch wenn sie beteuerte, kein Interesse an Krokodilen zu haben.

Wir schoben uns an den ledergepolsterten Säulen vorbei in die Lebensmittelhallen.

War Oma Trude schon von den Jugendstilkacheln und Bronzeskulpturen in der Fleischhalle begeistert gewesen und beglückt von den mit Porzellanfrüchten überladenen Kronleuchtern in der Obsthalle, so blieb sie nun mit andächtig vor der Brust gefalteten Händen im nächsten Tempel stehen.

Hier waren die Backkunst und die Patisserie vertreten, Oma Trudes Fachgebiet. Wenn in der Bäckerei Balutzke eine Hochzeitstorte bestellt wurde, dann begab sich Oma Trude immer noch persönlich in die Backstube, legte mit Hand an und gab ihr den letzten Schliff.

Die Angestellten in der Konditorei von *Harrods* trugen adrette Schürzen und weiße Boater-Sommerhüte im Kreissägenstil. Oma Trude war sich sofort sicher, dass so etwas auch ihrer Schwiegertochter Renate und ihrer anderen Enkelin stehen würde. Ich hatte meine Zweifel, vor allem was Carmen betraf, aber ich ließ ihr die Freude und stimmte ihr zu. Von überall flogen Oma Trude plötzlich Anregungen zu, wie die Familie Balutzke mit wenig Aufwand und überraschenden Ideen die Backerei aufmöbeln könnte. Ihr Sohn Heinz war einfach zu bieder. Das wurde ihr in diesem Moment klar.

Allein die schlichten, mit Schleifen verzierten Gläser, in denen Gebäck ausgestellt war, die bauchigen Glashauben, unter denen in Pastelltönen gefärbte Torten hockten, die appetitlichen Küchlein oben auf der Theke, in denen Porzellanschildchen mit fantasievollen Namen steckten: *Little Treasures*, *Sweet Memory*, *Ode to Madeleine*, *Marie Antoinette*! Und über allem schwebte der Duft nach Zuckerwatte und glücklicher Kindheit.

»Ach, Mimi«, flüsterte Oma Trude. »Bisher hab ich immer geglaubt, ich versteh, was du an London findest! Aber erst jetzt, erst hier, versteh ich es wirklich! Hier ist alles so …«, sie suchte nach dem richtigen Wort, »… eigenwillig!«

Oma Trude sah mich mit glänzenden Augen an, und ich war so stolz, als hätte ich all diese Pracht mit meinen eigenen Händen selbst erschaffen.

Nichts war in London genormt. Alles tanzte auf irgendeine Weise aus der Reihe. Deshalb gehörte auch ich hierher und nirgendwo anders hin. In Limbach-Oberfrohna war ich unangenehm aufgefallen, weil ich mein Mathematikheft nicht ordentlich wie alle Schüler hinlegte, sondern ins Querformat drehte, damit auch die längste Rechenaufgabe in einer Zeile Platz fand. Sie hatten versucht, mir dieses Improvisationstalent und die Spontaneität abzugewöhnen, erst zu Hause und im Kindergarten und dann mit besonderem Nachdruck in der Schule. War das nicht etwas, das wir alle einmal besessen hatten, selbst Carmen? Wann hatte sie damit aufgehört? Ich fühlte sie noch immer in mir, diese unbändige Lust, jederzeit etwas Neues zu beginnen, ohne nachzudenken, und sich davon überraschen zu lassen – einfach zu sehen, was daraus wird und ob es hält. Das ist eine Eigenschaft, die ich auch bei anderen liebe. Allerdings eher bei einem Szenekünstler als bei einem Fahrstuhlmonteur. Ich muss gestehen, dass ich es immer vermeide, in London mit dem Fahrstuhl zu fahren.

Oma Trude fotografierte mittlerweile. Natürlich hatte sie sich zuvor vergewissert, dass es erlaubt und keineswegs un höflich war. Später würde sie ganz Limbach-Oberfrohna an einer Fülle verhuschter Bilder teilhaben lassen.

Oma Trude konnte sich kaum von den Lebensmittelhallen trennen. Aber dann erregte etwas anderes ihre Aufmerksamkeit. Sie ging an den Fahrstühlen vorbei, deren Inneres an ein U-Boot erinnerte, auf die ägyptischen Rolltreppen zu, gelockt von einer feenhaften Stimme, die sich wie ein süßer Duft durch das Kaufhaus wand, uns weiterzog, vorbei an Pharaonengesichtern und Hieroglyphen, an papyrusblattförmigen Lampen, die ein seltsam schimmerndes Licht aussandten, immer weiter, bis wir die Ursache fanden. Für einen Moment, nur im Vorbeifahren, erblickten wir auf dem obersten Innenbalkon eine Sängerin in blutroter Robe, die eine Verdi-Arie sang. Oma Trude verdrehte den Hals und verpasste prompt das Ende der Rolltreppe. Ich fing sie auf und sah, dass sie Tränen in den Augen hatte. Sie suchte hektisch die gegenläufige Treppe, und solange die Arie andauerte, fuhr sie immer wieder hinauf und hinab, nur für den flüchtigen Moment, in dem sie einen Blick auf die Diva erhaschen konnte.

Danach überlegten wir gemeinsam, welches Andenken sie mitnehmen sollte. Sie wurde am Ende sehr glücklich mit einem Souvenirtuch, auf dem das Bildnis der Königin prangte.

Wenn es nach Oma Trude gegangen wäre, hätte sie ihren gesamten London-Aufenthalt bei *Harrods* verbringen können. Ich drängte sie nicht. Solange sie sich in Knightsbridge aufhielt, war sie weit weg von Camden Town.

Wir fuhren dann aber doch weiter nach Covent Garden und schlenderten die Southampton Street hinunter, die von lebenden Statuen gesäumt wurde.

Auf dem Platz vor der St.-Paul's-Kirche blieb Oma Trude stehen und dachte an Eliza Doolittle, die dort ihre Blumen verkauft hatte. Oma Trude liebte *My Fair Lady*. Dies war heiliger Boden für sie.

An diesem Tag hatte dort ein Straßenkünstler seine Requisiten aufgebaut und animierte das Publikum zum Mitmachen. Die Einheimischen verrieten sich mit ihrer Begeisterung für dieses Spiel. Während sich die Touristen zurückzogen oder verschämt wegsahen, beteiligten sich die Londoner mit lautem Rufen. Auch ich reckte meinen Arm nach oben und bettelte um Aufmerksamkeit. Wir liebten diese kleinen Spiele, die oft eine überraschende Wendung nahmen. Manchmal, wenn ich das Glück hatte, auserwählt zu sein, genoss ich diesen kleinen Moment der Aufmerksamkeit und füllte meine Rolle der Assistentin mit großer Leidenschaft aus. Aber diesmal ignorierte der Gaukler all die Arme, die sich ihm entgegenstreckten. Er wandte sich zielsicher der Person zu, die am wenigsten ausgewählt werden wollte und neben mir geschrumpft zu sein schien in ihrem Bemühen, sich zu verstecken: Oma Trude. Das half ihr natürlich wenig. Sie wurde hervorgezogen und wagte es nicht, sich allzu heftig zu sträuben, um sich nicht lächerlich zu machen. Ich hielt ihr Lederköfferchen und ihre Handtasche und sah zu, wie sie unter großem Jubel ein rohes Ei auf ihrem Kopf balancieren musste. Sie gab sich die größte Mühe, den Kopf gerade zu halten, damit das Ei nur nicht herunterfiel. Eine artistische Einlage hatte sie sich für ihren London-Ausflug sicher nicht gewünscht. Meistens bekam man eben genau das, was man nicht wollte. In diesem Moment, als ich das ängstliche Gesicht von Oma Trude sah, die fürchtete, das Ei könne ihren guten Mantel verderben, wurde mir klar, dass ich die ganze Sache all die Jahre verkehrt angegangen war. Auch ich fand es natürlich amüsanter, wenn jemand vorgeführt wurde, der ungeschickt und verlegen war. Der Straßenkünstler brauchte einen Gegenpol, keinen Konkurrenten.

Man musste sich einfach das Falsche wünschen, damit man das Richtige bekam!

Plötzlich rutschte das Ei von Oma Trudes Kopf und verwandelte sich, bevor es ihren Mantel streifen und auf dem Boden zerschellen konnte, in eine weiße Taube!

Als ich Oma Trude unversehrt wieder an meiner Seite hatte, meinte sie mit einem tiefen Vibrieren in der Stimme, dass sie inzwischen ganz schön was zu erzählen habe in Limbach-Oberfrohna.

Sie war dann trotzdem sehr froh, dass wir von keinem weiteren Artisten angehalten wurden und die Markthallen betreten konnten. Sie streichelte kurz eine der Säulen am Eingang und stellte sich vor, dass Audrey Hepburn genau dieselbe Stelle berührt hatte. Dann drehte sie sich im Kreis und versuchte wiederzuerkennen, was sie im Film gesehen hatte.

»Ich weiß nicht«, wunderte sie sich. »Ich hab das anders in Erinnerung. Es war so wie ein riesiges Gewächshaus, eben der Blumenmarkt!«

Sie beschrieb mit ihren Händen die Form und fragte plötzlich erschrocken: »Das haben wir doch nicht etwa im Krieg zerdeppert?«

»Ach«, fiel mir ein, »du meinst bestimmt die Blumenhalle neben dem Royal Opera House!«

Ich zog Oma Trude einmal quer durch die Markthallen mit ihren Ziegelwänden und den aufstrebenden Eisenträgern, die die gläserne Außenhaut hielten. Ein Laden drängte sich neben den anderen, es duftete nach Seife, Tee und Bier, an den Ständen boten Künstler ihre Arbeiten an, Fotografien, Schmuck, Plastiken, Gemälde und Grafiken, aus einer der unteren offenen Etagen drang Geigenmusik, aber sie hielt uns nicht auf.

Wir liefen noch um eine weitere Ecke, und dann standen wir vor dem Königlichen Opernhaus in der Bow Street, links davon die flache Front der nach oben gewölbten Blumenhalle. Das filigrane Stahlskelett strahlte weiß, und die Glasscheiben dazwischen spiegelten den blassen Himmel.

»Ja!«, schluchzte Oma Trude begeistert und war ganz außer sich. »Das ist es! Genau das ist es!«

Sie konnte gar nicht verstehen, warum nicht mehr Leute ebenso ergriffen wie sie davorstanden. Ich musste ein Bild knipsen, auf dem sie davor posierte, damit Frau Strumpf das auch wirklich alles glauben würde.

Anschließend trank Oma Trude glücklich und erschöpft mit mir Veilchentee aus einer blassblauen Tasse mit Goldrand im *Ladurée* im Covent Garden.

Vor uns stand ein Tellerchen mit Macarons in Pastellfarben. Ich schob ihn zu Oma Trude hinüber, damit ich in der nächsten Woche wieder in meine Kellneruniform passen würde, die etwas knapp saß. Oma Trude kannte diese Sorgen nicht mehr. Sie nahm sich ein Macaron nach dem anderen und knabberte mit spitzem Mäusemund daran herum, ein wenig respektvoll ob des stolzen Preises, aber sehr genießerisch.

»Zwei Pfund für einen zusammengeklebten Keks!«, kicherte sie. »Wenn das der Hermann wüsste, der tät schön schimpfen!«

Dieser Gedanke löste bei ihr offensichtlich große Heiterkeit aus.

Meine Großeltern waren mir immer als eine Einheit erschienen. So wie es Brot nicht ohne Rinde gab oder auf einer Obsttorte immer glitschiger Geleeguss klebte. Das eine bekam man eben nicht ohne das andere. Opa Hermann war in meiner Kindheit immer vorhanden gewesen wie der Frohnbach hinter der Straße, den die Abwässer der Färberei jeden Tag in einer anderen Farbe leuchten ließen. Und so wie ich mich als Kind darüber nie gewundert hatte, stellte ich auch Opa Hermann nie in Frage. Er war eben einfach da. Erst jetzt fiel mir auf, dass meine Großeltern kein bisschen zusammengepasst hatten.

»Wie hast du Opa Hermann eigentlich kennengelernt?«, wollte ich plötzlich wissen.

»Das weißt du doch«, sagte sie und nippte an ihrem Tee. »Er war Geselle bei meinem Vater.«

Ob man es ahnte, wenn man denjenigen traf, mit dem man dann sein ganzes Leben teilte?

»Hast du es gleich gefühlt?«, bohrte ich deshalb weiter. »Schon als du ihn zum allerersten Mal gesehen hast? Wo war das überhaupt?«

Oma Trude guckte erstaunt von ihrer Tasse auf. Bisher hatte ich mich immer mit der ersten Auskunft zufriedengegeben.

»Zu Hause«, sagte sie schließlich. »In unserer guten Stube, wo jetzt das Wohnzimmer deiner Eltern ist. Ich habe meinem Vater Kaffee gebracht. Wir hatten nämlich noch Kaffee, während die anderen längst Zichorienbrühe trinken mussten. Er saß da mit meinem Vater. Wir brauchten den Hermann, weil Ernst nicht wiedergekommen war.«

Onkel Ernst, der ältere Bruder von Oma Trude, den außer ihr niemand mehr kannte. Zu Beginn des Krieges war der junge Bäckermeister unabkömmlich gestellt worden, wo sein Vater doch Invalide war und die Bäckerei seine Arbeitskraft brauchte. Gegen Kriegsende nützte ihm das aber nichts mehr. Als Kind habe ich mir eingebildet, dass Onkel Ernst berühmt gewesen war. Schließlich gibt es in der Johanniskirche eine Holztafel, auf der sein Name steht, zusammen mit denen der anderen gefallenen Söhne der Stadt. Nach dem Krieg suchte mein Urgroßvater einen neuen Gesellen, der die Firma irgendwann übernehmen würde, damit sie nicht den Bach runterging. Da kam Hermann gerade recht, der aus einer Bäckerei in Leipzig stammte und alles verloren hatte außer seinem Leben.

»Und da hast du dich in ihn verliebt?«, wollte ich wissen.

»Er sich in mich«, gab Oma Trude zur Antwort und setzte hastig hinterher: »Er war ein guter Mann, dein Großvater.«

Bisher hatte ich das niemals angezweifelt.

Was wusste ich eigentlich von ihm? Er hatte sicher nicht immer eine Glatze und einen stattlichen Bauch gehabt. Ich kannte nicht ein einziges Jugendbild von ihm.

Oma Trude zog ihre Schuhe aus und sah sich um.

»Aber ich glaube, das hier wär nichts für ihn«, überlegte sie und ließ keinen Zweifel daran, dass es ihr umso besser gefiel.

Die Holzvertäfelungen mit der Illusionsmalerei und die naiven Portraits von Herrschern vergangener Zeiten ließen uns glauben, dass wir bei einer netten, reichen Tante zu Besuch waren. Ich machte ein Foto von Oma Trude und hielt den Moment fest, in dem sie, tief in das Plüschsofa versunken, die handbemalten Ranken und Vögel an der Wand bestaunte.

Ich wusste eben genau, was meiner Oma Trude gefiel!

Und je glücklicher und erschöpfter sie wirkte, umso mehr stieg meine Hoffnung, mich auch dieses Mal durchmogeln zu können. Denn London ist tatsächlich eine zauberhafte Stadt, solange man weiß, wo man hingehen muss und welche Gegenden man besser meiden sollte.

Ich vergaß beinahe selbst, dass noch ein Problem in Camden Town auf mich wartete. Aber Oma Trude war so vergnügt! Diesen Moment konnte ich doch nicht mit Geständnissen verderben. Außerdem war ich nahezu sicher, dass mir bis zum Abend etwas einfallen würde.

7.

KONZERT MIT SAMTBESTUHLUNG

Der seltsamste Unterschied zwischen den Einwohnern von Limbach-Oberfrohna und London ist ihr Verhalten im Theater. Die Limbach-Oberfrohnaer versuchen während der Vorstellung angestrengt, jedes Husten zu unterdrücken, und applaudieren am Ende so lange, bis sie eine Zugabe bekommen. Die Londoner trinken während des Stücks Bier, greifen in raschelnde Chipstüten, und wenn der Vorhang fällt, sind sie schon auf dem Weg nach draußen.

❊ ❊ ❊

Wir kamen in Camden Town an. Als wir aus der U-Bahn-Station traten, begann es zu nieseln. Oma Trude holte aus ihrem Köfferchen eine Pelerine, die sie sich über den Mantel stülpte. Behutsam zog ich ihr die Kapuze noch ein wenig mehr ins Gesicht, damit sie möglichst wenig von den Schmutzecken sehen konnte. Dann dirigierte ich sie zum *World's End.*

Vor dem Pub blieben wir stehen.

»Und das ist das viktorianische Theater?«, fragte Oma Trude arglos und mit gespannter Vorfreude.

Sie war eine Person mit Blick fürs Detail. Wenn wir früher zusammen über die Rußdorfer Höhe gewandert waren, hatte ich darauf gehofft, in der Ferne die Hochhäuser von Karl-

89

Marx-Stadt zu entdecken, während sie sich beglückt nach einem kleinen Leberblümchen zu ihren Füßen bückte. Auch jetzt sah sie nicht an der Hausfassade hoch, sondern bestaunte die blankgeputzte Sprossentür mit den vielen Scheiben und die goldene Schrift darüber. Das letzte Theater, das sie vor Jahren besucht hatte, war das Schauspielhaus in Chemnitz gewesen. Dieses ist vom Äußeren her an Sachlichkeit kaum zu überbieten, und vielleicht erschien ihr daher eine Samtbestuhlung als der Gipfel von kulturellem Luxus. Wenn ihre Seligkeit daran hing und wenn Charles sein Versprechen gehalten hatte, würde sie ihre Samtbestuhlung bekommen!

Staunend sah sich Oma Trude im Pub um. Mein Barkeeper war beschäftigt und winkte mir nur kurz zu.

Oma Trudes Blick tastete die Wände ab und landete schließlich an der Decke. Sie war aus farbigem Stuck, der den Eindruck von Bodenfliesen vermittelte. Es sah aus, als stünde die Welt im *World's End* auf dem Kopf.

»Hast du auch eine Eintrittskarte für mich?«, fragte Oma Trude besorgt. »Nicht dass es nachher ausverkauft ist und ich keinen Samtstuhl mehr bekomme!«

Ich dirigierte sie zum Saal des *Underworld*. Von drinnen dröhnte ein Soundcheck, davor langweilte sich ein übernächtigtes Mädchen, das sich offensichtlich in einem schwach ausgeleuchteten Badezimmer geschminkt hatte. Auf ihrem Tisch stand eine kleine Metallkassette, daneben lagen ein bekritzelter Schreibblock und ein Stempel samt Farbkissen. Ich nannte ihr den Namen Trude Balutzke, der auf der Gästeliste stehen sollte. Ich musste buchstabieren, guckte selbst nach, trotzdem fand sich der Name nicht. Ich begann mich zu fragen, ob es jemanden namens Rudy Baskerville gab oder Oma Trude damit gemeint war.

Diese mischte sich nun ein. Als verlässlicher Förderer der schönen Künste wollte sie ihre Karte ohnehin unbedingt bezahlen.

Das Mädchen erkundigte sich, für welche Band Oma Trude gekommen war, und notierte sich das. Einen Fan hatten wir also schon. Wenn wir noch vierzehn weitere zahlende Gäste brachten, würden wir wieder gebucht werden.

Oma Trude wartete auf ihre Karte, aber sie bekam nur einen Stempel auf ihren runzligen Handrücken gedrückt. Überrascht sah sie erst auf die Tinte, betupfte sie mit der Fingerspitze der anderen Hand, und lächelte dann. Ein Tag voller Abenteuer! Dann jedoch kam ihr ein unangenehmer Gedanke.

»Meinst du, die lassen mich überhaupt rein? In meinem Alter?«

Ich zeigte hinüber an die Theke. Dort stand eine ältere, füllige Frau in Badeschlappen und Blümchenkleid. Im Hintergrund lief ein Lied von den *Stones*. Plötzlich fing die Frau an, völlig textsicher mitzusingen, wiegte sich rhythmisch im Takt, und vor unseren Augen verwandelte sie sich in das junge Groupie, das sie einmal gewesen sein musste und das sie unter der gealterten Hülle immer noch war. Sie lächelte Oma Trude zu, und diese revanchierte sich mit einem schüchternen Winken. Durch diese kleine Begegnung fühlte sie sich nicht mehr so fehl am Platz.

Hier wollte ich alt werden. Ich würde noch mit siebzig ein kurzes Fransenröckchen anziehen, und niemand würde etwas Ungewöhnliches dabei finden. In dieser Stadt konnte ich sogar eine Frisur für alte Damen tragen, und niemand stieß sich daran. Außer mir selbst natürlich.

»Und was kommt jetzt?«, fragte Oma Trude erwartungsvoll.

Ihre Wangen glühten wie bei einem Kind, das zum ersten Mal auf den Rummel gehen darf und von einer Attraktion zur nächsten taumelt.

Ich machte ein verheißungsvolles Gesicht, ging mit ihr zum Barkeeper, dessen Namen mir immer noch nicht eingefallen war, und fragte, ob Charles etwas für mich abgegeben hätte.

Tatsächlich holte er hinter der Bar einen Stuhl für Oma Trude hervor. Und zwar nicht irgendeinen Stuhl, sondern den ersehnten Samtstuhl.

Er war ein wenig kleiner, als wir ihn uns vorgestellt hatten, aber mit einem Bezug aus prächtigem Königsblau.

Bewundernd streichelte Oma Trude über den Sitz.

»Du machst dir so viel Mühe mit mir!«, lobte sie mich. »Aber du hättest doch nicht extra einen der Stühle aus dem Saal holen müssen. Die Samtbestuhlung hätte ich auch nachher ansehen können, beim Konzert.«

»Ich bring ihn zurück«, stimmte ich ihr zu und schleppte den Stuhl in den Zuschauerraum. Dort rückte ich ihn vor eine der blaugrauen Säulen. Die Stelle war perfekt für einen ausgezeichneten Blick auf die Bühne, und er passte farblich sehr gut hierher.

Oma Trude sah sich verunsichert um.

Es war ein kahler, nüchterner Raum, wie eine Fabrikhalle mit glatten Wänden, und selbst die Säulen sahen kein bisschen viktorianisch aus.

»Wo sind denn die anderen?«, fragte sie schließlich.

»Die kommen schon noch«, beruhigte ich sie. »Es ist noch viel Zeit.«

»Ich meine«, sagte sie beharrlich, »wo sind denn die anderen Samtstühle?«

Sie trippelte unsicher auf den einsamen Stuhl zu und guckte einigermaßen enttäuscht. Diesen Blick konnte ich nicht ertragen.

Schnell sagte ich: »Das ist ein Rockkonzert, Oma Trude, und du weißt doch, wie es auf einem Rockkonzert zugeht.«

Sie wackelte mit dem Kopf und war nicht sicher, ob sie das wusste.

»Da müssen immer alle guten Stühle aus dem Saal geräumt werden, damit die keiner ruiniert«, versicherte ich ihr. »Ich habe aber darauf bestanden, dass deiner hierbleibt. Es war nicht einfach, aber ich habe es durchsetzen können!«

Wenn man einmal mit dem Lügen anfängt, nimmt es kein Ende.

Oma Trudes Gesicht erhellte sich. Sie wollte es hier schön finden. Also fand sie es auch schön. So eine Kleinigkeit wie fehlende 1999 Samtstühle konnte ihr nicht die Laune verderben, solange der eine, nämlich ihrer, hier stand.

»Ach, du hättest mir doch keine Extrawurst braten müssen!«, wehrte sie ab. »Wie du dich immer um mich sorgst!«

Dann ließ sie sich ein wenig schwerfällig in den Sessel plumpsen, und ich wurde nicht einmal rot. Immerhin hatte ich diesen lästigen Stuhl organisiert. Das Lob durfte ich also guten Gewissens einstecken.

Ich wollte Oma Trude einen Irish Coffee bei meinem Freund, dem Barkeeper, besorgen. Ich traute mich inzwischen nicht mehr, nach seinem Namen zu fragen, und hoffte, dass ihn jemand rufen würde. Während ich an der Bar stand und wartete, drängte mich eine junge Frau ab, verwickelte meinen Freund in ein Gespräch und schaffte es, seine Nummer zu bekommen. Nirgendwo auf der Welt gibt es so begehrliche Frauen wie in London.

Als ich Oma Trude den Kaffee brachte, fragte sie mich: »Brauche ich denn keine Eintrittskarte? Nicht dass mich jemand danach fragt!«

»Das ist deine Eintrittskarte«, sagte ich und zeigte auf ihr Handgelenk. »Und außerdem bist du schon im Zuschauerraum.«

Sie betrachtete verständnislos den Stempel auf ihrer Haut und schien sich zu fragen, wie er dorthin gekommen war.

Ich zeigte auf den Eingang: »Den haben wir vorhin dort drüben bekommen. Statt einer Eintrittskarte!«

Jetzt schlug sie sich lachend an die Stirn und wusste es wieder. Es war aber auch so viel passiert an diesem Tag!

Der Kaffee schmeckte ihr dann ausgezeichnet, und sie stellte die Tasse auf ihr Köfferchen.

Eva tauchte auf. Sie kletterte auf die Bühne, schraubte die Becken an und baute ihre Fußmaschine an das Schlagzeug, auf dem sie und der Schlagzeuger der zweiten Vorband spielen sollten. Hatte ich erwähnt, dass nach uns noch eine zweite Vorband spielte?

Eva kam kurz zu uns herüber. Sie wirkte nervös und drückte Oma Trude nur flüchtig die Hand. Ihr Englisch hatte einen harten Akzent, und ich konnte oft nur raten, was sie gerade meinte. Deshalb redeten wir meistens nicht viel miteinander. Vielleicht verstanden wir uns ja gerade deshalb besonders gut.

Sie hatte meinen Bass und Abbys Gitarre mitgebracht, die wir ihr gestern nach der Probe übergeben hatten, weil sie mit dem Auto herfahren wollte. Auf Eva war Verlass.

Da wir als Erste spielen sollten, waren wir die Letzten beim Soundcheck und bekamen vom Tontechniker des *Underworld* ein Zeichen, dass es losgehen könne.

Ich bat Oma Trude, einfach sitzen zu bleiben und zu warten.

Ich ging zu Eva auf die Bühne, und der Tontechniker begann, den Pegel des Schlagzeugs einzustellen. Oma Trude drehte ihr Hörgerät leiser und beobachtete alles ganz genau. Als zum Schluss die Gesangsmikrofone getestet werden sollten, sang ich nur für Oma Trude: »Ich hätt getanzt heut Nacht« aus *My Fair Lady.*

Oma Trude saß ergriffen in ihrem blauen Samtstuhl und strahlte mich an.

Da Abby immer noch nicht da war, übernahm der Gitarrist der zweiten Vorband ihre Gitarre, und wir spielten einfach einen Standard von den *Kinks.* Damit waren wir mit dem Soundcheck fertig.

Aber das Gefühl der Vorfreude und Spannung, das ich sonst immer an diesem Punkt des Abends hatte, wollte sich diesmal nicht einstellen. Wenigstens war Oma Trude restlos begeistert.

»Hach, Mimi!«, rief sie mir zu. »Ich hab dich noch nie bei der Arbeit erlebt! Und noch nie durfte ich hinter die Kulissen gucken! Das ist alles so spannend! Als normaler Mensch kann man sich ja gar nicht vorstellen, was da alles so dazugehört!«

Ich freute mich, dass ihr nicht langweilig war. Und vor allem freute ich mich, dass sie meine Arbeit nicht als sinnlosen Spaß abtat, wie mein Vater.

»Du musst dich aber nicht die ganze Zeit um mich kümmern«, versicherte sie. »Ich versteh doch, dass du jetzt Wichtigeres im Kopf hast!«

Langsam wurde ich wirklich nervös und sollte in die Garderobe gehen. Aber ich war unsicher, ob ich Oma Trude ganz allein auf ihrem Samtstühlchen sitzen lassen konnte.

Sie versicherte mir: »Mach dir mal keine Gedanken, Mädchen. Ich bin alt genug, um auf mich aufzupassen.«

Ich bat meinen Barkeeper, ab und zu in den Saal zu sehen und ein Auge auf Oma Trude zu haben, und verschwand in den Bereich hinter der Bühne.

Kaum hatte ich die Verantwortung für Oma Trude abgegeben, war es wieder da, dieses vorfreudige Prickeln im Bauch!

Im Gang schlug mir der typische Backstage-Geruch entgegen, diese nicht beschreibbare Mischung aus Schweiß, Bier, Aufregung, verschmorten Kabeln, Zigaretten, Essen und noch einigen anderen undefinierbaren Aromen. Sofort fühlte ich mich zu Hause! Ich überlegte nicht mehr ängstlich, wie viele Zuschauer kommen würden. Das Einzige, was zählte, war: *Girls Club* würde auf der Bühne maximalen Spaß haben!

Die Garderobe war eine kleine, muffige Kammer, nicht viel größer als eine Toilettenkabine. Aber in dem Koffer, den Eva für mich mitgebracht hatte, befand sich alles, was wir brauchten.

Ich hängte einen Spiegel auf, besorgte uns Bier und stellte eine Schüssel mit Knabberzeug hin.

Danach half ich Eva beim Schminken. Ich gab mir keine übermäßige Mühe, nach dem ersten Titel lief ohnehin alles wieder herunter. Danach legte ich mir selbst lila Lidschatten auf. Ab und zu lauschte Eva in den Gang hinaus, aber es war nicht auszumachen, ob das Stimmengewirr aus dem Schankraum oder aus dem Saal kam.

Wenn die erste Vorband für 19 Uhr angekündigt wird und erst gegen 23 Uhr die Hauptband spielt, kann es passieren, dass am frühen Abend noch keine Zuschauer da sind. Es konnte deshalb nicht schaden, wenn sich unser Auftritt ein wenig nach hinten verschob. Vermutlich sagte sich Abby das auch und ließ sich deshalb immer noch nicht blicken.

Schon mehrmals hatte ich versucht, sie anzurufen, aber ihr Telefon hatte keinen Empfang. Vermutlich steckte sie irgendwo unter der Erde in einem U-Bahn-Schacht. Also gingen Eva und ich die Reihenfolge der Titel allein durch. Wir wollten mit einem schnellen, witzigen Titel einsteigen und am Ende unseren Hit spielen, das Lied, das wir als Demo aufgenommen hatten. Wenn es gut ankam, konnten wir gleich ein paar der CDs verkaufen, die ich extra für diesen Abend gebrannt und bedruckt hatte. Ich musste nur aufpassen, dass genügend Exemplare für Billy Idol und sein Management übrig blieben.

Der Tontechniker steckte den Kopf in unsere Garderobe. Wir sollten auf die Bühne. Eva und ich sahen uns ratlos an. Er erfasste die Situation und fragte, ob wir jemanden hätten, der für Abby einspringen könne. Ich konnte ja mal Oma Trude fragen. Die war heute in Abenteuerstimmung.

Zwanzig endlose Minuten später rauschte Abby herein, eine dunkelhäutige Schönheit, randvoll mit Temperament und schlechter Laune. Sie feuerte ihre Handtasche quer durch den Raum und warf sich auf einen Stuhl. Ihr kunstvoll geglättetes Haar reichte ihr bis zur Taille, ihre enge Leopardenhose hatte eine Laufmasche, und sie trug mindestens zwanzig Ketten über einer Paillettenkorsage.

Sie empörte sich über die vollen U-Bahnen und dass sie bei *Chicken Cottage* ewig auf ihre frittierten Hühnerschenkel habe warten müssen.

Eva zog die Augenbrauen hoch und fauchte Abby mit ihrem rollenden »R« an. Wieso hatte sie uns für ein verdammtes Brathähnchen warten lassen?

Abbys Begründung war ganz einfach: Sie habe eben Hunger gehabt. Allmählich begann ich zu ahnen, warum sie in den letzten beiden Jahren aus fünf verschiedenen Bands rausgeflogen war.

Dann sah sich Abby unsere Liste an und warf alles wieder um. Sie wollte nicht nur die Reihenfolge ändern, sondern auch andere Titel spielen. Vermutlich waren unsere neuen Sachen wirklich besser, aber sie saßen einfach noch nicht richtig. Wir hatten sie erst zweimal geprobt, und ich wollte kein Risiko eingehen. Nicht an diesem Tag. Nicht, wenn meine liebe Oma Trude im Zuschauerraum saß. Und erst recht nicht, wenn Billy Idol kam.

Der Tontechniker steckte wieder den Kopf in unsere Garderobe, und Eva schloss sich in der Toilette ein. Sie hatte keine Lust mehr.

Ich drückte Abby die Gitarre in die Hand. Dann schnappte ich mir meinen Bass und kratzte an der Toilettentür, hinter der die bockige Eva hockte.

Es stank so stark nach Urin, dass es mir schwerfiel zu sprechen. Trotzdem rief ich tapfer: »Eva!«, und beschwor sie, mit auf die Bühne zu kommen. Ich versprach ihr, dass wir bei der ursprünglichen Titelreihenfolge bleiben würden und ich zusätzlich noch den Rest meines Lebens ihren Abwasch erledigen wolle. Daraufhin öffnete Eva die Kabinentür und meinte, ich hätte sie überredet. Ich glaube aber, sie hatte einfach keine Luft mehr bekommen.

Als wir auf die Bühne sprangen, sah ich das ganze Elend. Kaum zwei Handvoll Leute lungerten locker gruppiert im Raum herum und unterhielten sich miteinander. Vermutlich standen die meisten Besucher draußen vor dem Pub und rauchten und tranken Bier und warteten auf *Carbon/Silicon*. Offensichtlich störte sie das Nieseln kein bisschen. Konnte es nicht einen ordentlichen Platzregen geben?

Durch das übersichtliche Publikum hatte ich einen sehr guten und unversperrten Blick auf Oma Trude, die eingenickt war. Wenigstens besaß der Samtstuhl Armlehnen, so dass sie es einigermaßen bequem hatte.

Als ich das Mikrofon in die Hand nahm und die Leute begrüßte, schreckte Oma Trude hoch und brauchte einen winzigen Moment, um zu begreifen, wo sie war. Dann suchte sie ihren Fotoapparat heraus und war wieder vollständig bei der Sache.

Mit gespannter Aufmerksamkeit sah die Vertreterin der Familie Balutzke zu mir herauf. Sie war bereit, alles zu dokumentieren, damit sie für die Daheimgebliebenen in Limbach-Oberfrohna jedes noch so kleine Detail wiedergeben konnte.

Ich hielt mein Versprechen und verkündete in meiner ersten Ansage, dass ich die Tochter von Renate und Heinz Balutzke sei. Und wenn einer der Anwesenden nach Limbach-Oberfrohna reisen würde, sei er herzlich in die Bäckerei meiner Familie eingeladen. Die Aussicht auf kostenlosen Kuchen bescherte mir fröhliche Zustimmung aus dem Publikum.

Oma Trude faltete ergriffen ihre Hände vor der Brust. Renate und Heinz Balutzke! Das war das Einzige, was sie verstanden hatte. Der Name ihrer Familie war auf einer Bühne gesprochen worden, noch dazu in ein Mikrofon! Er war durch die Kabel bis in die riesigen Lautsprecher gekrochen und tönte von dort hinaus in die Welt!

Das musste Oma Trude sofort in einem Foto festhalten!

Ich nahm mit Eva Blickkontakt auf, sie zählte ein – und Abby fing in aller Ruhe an, ihre Gitarre zu stimmen.

Wir verloren zwei Leute, die daraufhin den Saal verließen, und die Aufmerksamkeit aller anderen. Man unterhielt sich wieder lauter und drehte uns den Rücken zu. Nur Oma Trude saß gespannt wie eine Feder in ihrem Sessel und fieberte mit. Endlich ließ Abby ihre Finger über die Saiten gleiten, das Zeichen für Eva und mich. Eva zählte erneut ein.

Abby war es egal, mit welchen Versprechungen ich Eva auf die Bühne gelockt hatte. Sie ignorierte unser Intro und setzte

einfach mit dem Song ein, den sie am geeignetsten für den Anfang fand. Sie war sicher eine großartige Gitarristin, aber leider
nicht teamfähig. Eva und mir blieb nichts anderes übrig, als uns
ihrem Willen zu beugen und zu versuchen, im Takt zu bleiben.

Immerhin lockten wir damit wieder Zuschauer an. Ein paar
neugierige Gäste blieben in der Tür stehen und überlegten, ob
sie hereinkommen sollten. Ich rief ihnen zu, dass sich das unbedingt lohnen würde, und ein paar glaubten mir tatsächlich.

Und dann entdeckte ich Steven. Steven aus der Druckerei,
mit dem ich ein halbes Jahr zusammengewohnt hatte. Er trug
immer noch ein kariertes Hemd, und die Haare klebten ihm
an den Schläfen. Ich wusste selbst nicht mehr genau, was ich
an ihm gefunden hatte. All meine Beziehungen waren von
Zufällen geprägt. Ich ließ mich immer mit dem ein, der gerade
verfügbar war, und sobald es anstrengend wurde, verabschiedete ich mich. Steven war sehr schnell anstrengend geworden,
und ich hatte es nur so lange mit ihm ausgehalten, weil ich
billig in der Druckerei wohnen konnte. Ich war froh, dass ich
ihm danach nie wieder begegnen musste. Jetzt allerdings war
ich dankbar für seine Anwesenheit. Noch ein zahlender Gast
auf unserer Liste! Vielleicht bekamen wir tatsächlich die ma-
gischen fünfzehn zusammen.

Während ich das dachte, merkte ich, dass ich meinen Text
vergessen hatte. Ich hatte nicht einmal einen Hauch von Erinnerung daran und dachte mir einfach irgendetwas aus. Das
war nicht meine Schuld. Ich hatte gleich gesagt, dass ich dieses
Lied nicht singen wollte.

Abby spielte wie immer großartig, wenn auch etwas völlig
anderes als Eva und ich. Wenigstens sah sie gut dabei aus, wie
sie mit gefletschten Zähnen über die Bühne fegte. Ich ertappte
mich dabei, wie ich ihre Gestik nachahmte. Aber ich war nur
eine Imitation, die einer näheren Prüfung nicht standhielt.

Noch immer saßen mir die Regeln der deutschen Provinz im Nacken, die mich daran hinderten, in einen Rausch zu stürzen, so wie Abby.

Eva verlor einen Trommelstock, bekam den Ersatz nicht schnell genug aus der Halterung, und das Lied endete mit einem sehr kläglichen Schlussakkord.

Aus dem Samtstuhl drang stürmischer Beifall, gefolgt von ein paar freundlichen Klatschern. Das Publikum hier war immer sehr wohlwollend.

Oma Trude sprang auf und rief: »Bravo!«

Abby warf mir einen triumphierenden Blick zu und rief: »Hu! She likes it«, und verneigte sich tief, als wäre Oma Trude die Queen persönlich.

Das gefiel dieser natürlich, und sie schlug ihre Hände noch heftiger zusammen.

Nun würde Abby tatsächlich für den Rest ihres Lebens davon überzeugt sein, dass dies die richtige Konzerteröffnung gewesen war.

Ich muss leider gestehen, dass wir auch beim nächsten Lied nicht besser wurden. Wieder drückte Abby ihre Titelauswahl durch, indem sie das Gitarrenriff vorgab, wieder mussten wir notgedrungen mitmachen. Eva spielte nur noch auf Sparflamme, dafür drehte Abby doppelt auf, so dass ihr die E-Seite riss. Ich sang falsch und fand mich erst kurz vorm letzten Refrain wieder in die Melodie hinein.

Wieder war Oma Trude begeistert, und Steven, der gerade von der Toilette zurückkam und gar nichts gehört haben konnte, klatschte ebenfalls und pfiff auf zwei Fingern.

»Hu! He likes it«, rief Abby mir zu und deutete in den Saal. Wir haben Fans im Publikum, wollte sie damit sagen.

Unsere Fans bestanden aus meinem betrunkenen Ex-Freund und meiner Oma. Wir konnten stolz auf uns sein.

Und schon zeigte der Tontechniker auf die Uhr und bedeutete mir, dass wir nur noch ein letztes Lied spielen sollten. Abbys Verspätung hatte uns viel Zeit gekostet. Vielleicht war es auch besser, dass wir deshalb unseren Auftritt um mehr als die Hälfte kürzen mussten.

Diesmal ging ich kein Risiko ein. Wir hatten nur noch dieses eine Lied, nur noch diese eine Chance. Bisher war Billy Idol nicht aufgetaucht. Wenn er jetzt hereinkam, konnte ich noch alles retten. Deshalb fing ich einfach an zu singen, ohne Begleitung.

Eva kapierte sofort und griff den Rhythmus auf. Diesmal hatte Abby keine andere Wahl, als mitzumachen. Dafür rammte sie mir mehrfach mit voller Wucht den Gitarrenhals in die Seite, so dass ich nach Luft schnappen musste und mein Gesang weit weniger strahlend klang als sonst. Aus dem Augenwinkel bemerkte ich, dass Steven zu viel getrunken hatte und auf Oma Trude zusteuerte. Die beiden waren die Einzigen gewesen, die geklatscht hatten. Das schien zu verbinden. Er stützte sich auf die Armlehne der Samtbestuhlung und redete auf sie ein, was mir nicht gefiel. Ich machte mir keine Sorgen darüber, was er ihr erzählen könnte. Sie verstand ohnehin nichts. Aber er schwankte beträchtlich, und ich fürchtete um ihren Mantel und den geliehenen Samtstuhl. Das waren die Gedanken, die mir durch den Kopf gingen, während ich sang. Unter solchen Umständen ist es eigentlich unmöglich, ein Publikum mitzureißen.

Bei Oma Trude schaffte ich es trotzdem. Begeistert trippelte sie nach vorn, um zu zeigen, dass sie zur Band gehörte, was natürlich niemanden interessierte. Der letzte Ton war noch nicht ganz verklungen, da stürmten alle nach draußen und waren erleichtert, es überstanden zu haben.

Nur Oma Trude beteuerte immer wieder: »Am schönsten war deine Ansage! Wie du den Namen Balutzke gesagt hast! Zu schade, dass man das auf dem Foto nicht hören kann!«

Zum Glück war ihr das Geheimnis des Videofilmens, das ihr Fotoapparat nämlich durchaus beherrschte, bisher verborgen geblieben. Ich hätte mich sonst niemals wieder in Limbach-Oberfrohna blicken lassen können.

Ich beschloss, diesen schmerzlichen Punkt meiner Karriere einfach zu vergessen, und hoffte darauf, dass Oma Trude unmusikalisch war. Die Chancen dafür standen nicht besonders gut. Schließlich hatte sie sich einmal für Tanz begeistert.

Inzwischen strömten die Leute für die nächste Band zurück in den Saal. Es war erst kurz vor acht, wie sollten wir die Zeit bis 23 Uhr überbrücken? Oma Trude machte einen erschöpften Eindruck nach der ganzen Aufregung, und deshalb schleppte ich sie mitsamt ihrem Stuhl in den Pub hinüber. Sie war seit dem Morgen auf den Beinen. Wir mussten etwas essen, danach würde es ihr sicher besser gehen.

Ungefragt setzte sich Steven mit an unseren Tisch.

Ich besprach von ihm abgewandt und demonstrativ auf Deutsch mit Oma Trude, was wir essen wollten. Aber wenn Oma Trude einen Fehler hat, dann ist es der, dass sie zu lieb ist. Sie lächelte Steven nett an und versuchte, ihm pantomimisch begreiflich zu machen, dass sie meine Großmutter sei. Er griff diese Geheimsprache auf und machte ihr klar, dass wir beide ein Paar gewesen seien. Das gefiel mir nicht besonders. Steven befand sich in einem Zustand, der mich nicht gerade stolz auf unsere gemeinsame Vergangenheit machte.

Ich konnte nur mit halber Aufmerksamkeit die Konversation der beiden überwachen. Nebenbei musste ich die Umgebung im Auge behalten. Leider sah ich nicht einmal einen Zipfel von Tony James. War er vielleicht in seiner Garderobe? War Billy Idol schon bei ihm? Oma Trude würde sicher einen

Moment allein klarkommen, und ich gab vor, etwas hinter der Bühne vergessen zu haben.

Ich tat so, als hätte ich mich in der Tür geirrt, aber die Garderobe der Stars war noch leer.

Anschließend sah ich in unser Kämmerchen. Dort saß Eva, von Abby keine Spur. Eva hatte zwei Freunde dabei und schimpfte wie ein Rohrspatz über unsere Gitarristin. Ich bat sie, meinen Bass wieder mit nach Hause zu nehmen. Auch wenn es nicht weit war, ich hatte schon genug mit Oma Trude und ihrem Koffer zu tun.

Dann ging ich zu meinem Barkeeper, der inzwischen mit seiner neuen Eroberung beschäftigt war. Ich bat ihn, auf den Samtstuhl achtzugeben, bis Charles ihn wieder abholen würde.

Als ich zurück an den Tisch kam, hatte Steven schon das nächste Bier vor sich stehen und war neben Oma Trude gekrochen, der das Ganze nun doch etwas unheimlich wurde. Steven sah mich, stand auf und stützte sich schwer auf Oma Trudes Schulter, weil er mir Platz machen wollte. Ich schob empört seinen Arm weg, woraufhin er das Gleichgewicht verlor und zu Boden rutschte. Wir halfen ihm hoch, und Oma Trude überlegte, ob wir vielleicht woanders essen sollten.

»Wir könnten doch auch was Kleines bei dir zu Hause kochen, Mimi, das würde mir völlig reichen!«, beteuerte sie.

»Kommt nicht in Frage«, protestierte ich und dachte an Billy Idol. »Ich möchte gern noch die letzte Band sehen, und außerdem ist das mein Geburtstag, da will ich nicht kochen!«

»Mir würde auch eine Scheibe Brot genügen«, erwiderte Oma Trude kleinlaut.

Aus dem Saal dröhnten inzwischen die zweite Vorband und Jubel. Noch immer blieb schrecklich viel Zeit, bis *Carbon/Silicon* an die Reihe kommen würden.

In diesem Moment umarmte Steven meine Oma Trude, die er inzwischen ins Herz geschlossen hatte. Allerdings vergaß er dabei, dass er ein volles Bierglas in der Hand hielt, und schüttete es über ihren guten Tweedmantel.

Sie sprang auf, Steven rutschte wieder zwischen Bank und Tisch, ich tupfte mit einer Serviette an Oma Trudes Revers herum, und unter dem Tisch zerrte Steven an ihrem Rock und lallte: »Sorry, madam, so so sorry! Wasn't me …«

Oma Trude sah mich an. Nicht traurig, nicht verärgert, sie erwartete einfach die richtige Entscheidung von mir. Es half nichts, wir mussten gehen.

Damit stand fest, Billy Idol und Mimi Balu würden sich niemals begegnen.

8.

ENTENBRATEN MIT SCHNABEL

Der spürbarste Unterschied zwischen den Einwohnern von Limbach-Oberfrohna und London ist ihre Vorliebe für bestimmte Geschmacksrichtungen. In Limbach-Oberfrohna mag man es lieber süß, in London begeistert man sich für Essig.

* * *

Wir waren zu einem der hinteren Ausgänge hinausgegangen. Ein Mann saß auf den Stufen und spielte Didgeridoo. Das tiefe Brummen wurde übertönt durch laute Musik aus einem heranfahrenden Auto. Der Fahrer hatte die Scheibe heruntergelassen, lenkte mit dem Fuß und tanzte mit dem ganzen Oberkörper auf seinem Sitz. Ein Mädchen kroch auf allen vieren vor uns über den Gehsteig, ihre Freundinnen sprangen hinzu und halfen ihr auf. Keuchend lehnte sie nun an der Mauer und kriegte sich nicht mehr ein vor Lachen. Oma Trude beobachtete das Ganze staunend, und ich zog sie ein Stück weiter.

In diesem Moment entdeckte uns Steven wieder, der uns nachgelaufen war, und steuerte schwankend auf uns zu. Oma Trudes Augen weiteten sich angstvoll, und sie presste ihr gutes Lederköfferchen schützend an sich.

»Hier gefällt es mir nicht«, beklagte sie sich. »Gehen wir jetzt nach Hause? Meine Schuhe drücken, und ich habe Hunger.«

Meine Wohnung lag nicht weit von hier. Aber plötzlich sah ich von hinten den Bus Nr. 29 Richtung Trafalgar Square heranschwanken.

»Soho!«, rief ich schnell. »Ich habe einen Tisch in Soho bestellt!«

Ich schnappte mir den Koffer, riss meinen Arm hoch und gab dem Busfahrer das Zeichen, dass wir mitfahren wollten.

»Oh«, machte Oma Trude. »Na, wenn das so ist?«

Der rote Doppeldecker wand sich millimetergenau zwischen die parkenden Autos, so dass er mit seiner Tür genau vor uns zum Halten kam. Wir stiegen ein, und die Türen schlossen sich vor Steven, der in seinem Zustand keine schnellen Entscheidungen mehr treffen konnte.

»Wir woll'n doch noch ein bisschen Geburtstag feiern!«, rief ich, um die Stimmung zu heben.

»Ich hab wirklich Hunger«, bekräftigte Oma Trude, zog ihre Schuhe aus und guckte neugierig zum Fenster hinaus.

Leider gab es nicht viel zu sehen. Wir fuhren durch eine trostlose Arbeitergegend, die zum bisherigen Abend passte. Eine endlos lange Schlange vor dem *Koko* an der Mornington Crescent Station und unsere eigenen Gesichter auf dem Bildschirm der Busüberwachung waren das einzig Aufregende. Oma Trude wies mich jedes Mal vergnügt darauf hin, wenn die Kamera uns beide zeigte.

Damit wir nicht über mein Konzert mit Samtbestuhlung sprechen mussten, schimpfte ich auf Steven. Die beste Art, von den eigenen Unzulänglichkeiten abzulenken, ist, über jemand anderen herzuziehen. Immerhin hatte er Oma Trudes Mantel ruiniert.

Wir stiegen am Cambridge Circus aus und stolperten mitten ins strahlende, summende West End. Auf dem Platz kreisten die berühmten schwarzen Taxis, Busse und Fahrradrikschas. Auf der gegenüberliegenden Seite thronte das viktorianische Palace-Theater, das seinen Namen wirklich verdient hatte. Oma Trude starrte auf die rote Backsteinfassade mit den verschlungenen Sandsteinornamenten, den Bogenfenstern, den prächtigen Kuppeltürmchen, Balustraden und Statuen. Ich wusste genau, was sie jetzt dachte. So hätte das Theater mit der Samtbestuhlung aussehen müssen.

Ich zog sie schnell weiter, bis wir an eins der rot-goldenen Pagodentore gerieten, die den Eingang zu Chinatown markierten. Die Straße war überfüllt, in der Luft lag eine Mischung aus Fett und Honig, über den Läden standen chinesische und lateinische Schriftzeichen, alles war zweisprachig. In den Schaufenstern hingen nebeneinander aufgefädelte braun glänzende Enten. Vor den Restaurants fächelten sich zierliche Asiatinnen, die wie Schülerinnen wirkten, mit Menükarten Luft zu und sprachen mögliche Kunden an.

Oma Trude sah sich suchend um.

»Wo hast du denn nun den Tisch bestellt?«, wollte sie wissen.

Die Ärmste hatte den ganzen Tag nichts außer Buttertalern und Macarons gegessen.

Ich steuerte zielsicher auf das nächstbeste Restaurant zu, das nicht überfüllt aussah. Vor dem Eingang thronten zwei Löwen, und die Speisekarte im Glaskasten daneben bestand aus Fotos. So würde Oma Trude kein Problem haben zu bestellen.

In diesem Moment huschte eine fette Ratte über die Straße und schnupperte unverfroren neben uns die Ritzen in der Hauswand nach einer Lücke ab. Ich hatte gehofft, Oma Trude hätte nichts gesehen, aber schon bückte sie sich erfreut.

»Miez, Miez, Miez, was für ein süßes kleines Kätzchen!«, lockte sie.

Im Glas ihrer Gleitsichtbrille suchte sie nach der richtigen Stelle für diese halbnahe Entfernung. Ich wartete nicht, bis sie diese gefunden hatte, sondern schob sie schnell durch die Tür.

Neben uns plätscherte beruhigend ein Zimmerspringbrunnen. Oma Trude studierte die Karte. Sie traute diesem Essen nicht ganz und wollte nur einen kleinen Salat. Aber das ließ ich natürlich nicht zu.

»Also, wenn du schon in Soho bei einem echten Chinesen bist, musst du natürlich Pekingente essen!«, bestimmte ich.

Ich ließ keine Widerrede zu und bestellte für uns beide. Danach stießen wir mit grünem Tee auf mich an. Oma Trude vertrug keinen Alkohol um diese Tageszeit, und ich wollte nüchtern bleiben. Schließlich war ich für Oma Trude verantwortlich.

Wir übten probeweise Luftessen mit den Stäbchen, und sie hatte Spaß dabei, aber ich spürte trotzdem, dass etwas Unausgesprochenes zwischen uns lag.

Zum Glück kam das Essen sehr schnell, so dass wir erneut abgelenkt waren. Oma Trude drehte ihren Teller suchend einmal im Uhrzeigersinn um sich selbst. Bei einer sächsischen Ente mussten oben die Klöße liegen, links das Rotkraut, rechts unten ein Stück Entenfleisch, und dazwischen schwamm die Soße. Diese Ente hier war ohne jegliche Beilage, rot glänzend, in schmale Streifen geschnitten, roch nach seltsamen Gewürzen und war auch sonst anders als im Erzgebirge und den davorliegenden Gebieten.

»Diese Ente hat einen Schnabel«, sagte Oma Trude schließlich.

»Ja, aber du musst ihn nicht mitessen«, beruhigte ich sie.

Oma Trude war nicht zimperlich. Ihre Großmutter hatte einen Bauernhof gehabt, auf dem geschlachtet wurde, und sie wusste, wie Fleisch aussah, bevor es in handlichen, appetitlichen Portionen im Tiefkühlfach landete. Außerdem war sie sehr hungrig. Also kostete sie, fand es nicht übel und ließ am Ende nur die Knochen und den Schnabel auf dem Teller liegen.

Ich hatte ebenfalls Hunger und trank dann doch ein oder zwei Schluck Bambusschnaps, nur zur besseren Verdauung.

Am Ende bekamen wir ein Schälchen mit heißem Wasser, damit wir unsere Finger reinigen konnten, und ich wischte Oma Trude das fettglänzende Kinn ab.

Danach verließen wir Chinatown und standen auf der Dean Street.

»Und jetzt machen wir noch einen kleinen Verdauungsspaziergang!«, schlug ich vor.

»Nein«, wehrte sich Oma Trude. »Jetzt möchte ich endlich den stuckumkränzten Kamin sehen und die Pastellfarben an den Wänden!«

Ihre Stimme klang ein wenig ungeduldig. Das kannte ich von ihr gar nicht. Es half wohl alles nichts: Die Stunde der Wahrheit ließ sich nicht mehr aufschieben. Wie zur Bekräftigung fing irgendwo eine Glocke an zu läuten. Es war 23 Uhr. Genau in diesem Moment betrat Mick Jones die Bühne.

»In Ordnung«, seufzte ich geknickt, »wir fahren nach Hause.« Und damit winkte ich einem Bus, der gerade vorbeikam und in die falsche Richtung fuhr, nämlich nach Westen. So bekam sie gleich noch eine kleine Stadtrundfahrt. Unterwegs konnten wir in die richtige Linie umsteigen. Oma Trude hatte keinerlei Orientierung, und London war weitläufig. Sie würde gar nicht merken, dass wir nicht auf direktem Weg zurück-

fuhren, und mir wurde noch eine kleine Galgenfrist geschenkt.

Ich schob Oma Trude die schwankende Bustreppe hinauf,
und wir setzten uns im oberen Stock direkt hinter die große,
bis zur Straße hinabreichende Glasfront. Legte ich ihr nicht
die wunderbarste Welt zu Füßen? War das nicht viel besser als
jeder Stuck an den Wanden? Unter uns reihten sich in der
Dunkelheit die Rücklichter der Autos wie eine rote Perlenkette aneinander. Über den Straßen schaukelten leuchtende
Girlanden, und an den Theatern blinkten Lauflichter.

Wie Peter Pan flogen wir durch die Straßen Londons, auf
die taghell angestrahlten weißen Prachtbauten am Piccadilly
Circus zu, vorbei an den flackernden Reklametafeln über dem
Drogeriemarkt *Boots*, hinein in die riesige sich anschließende
Geschäftsstraße, erhaschten einen Blick in die Piccadilly-Ar-
kaden – Holzsprossenfenster, Milchglaslaternen, an Messing-
stangen hängende Ladenschilder –, und schon waren wir vorbei und streiften das *Ritz*, in dem ich mit Carmen gegessen
hatte. Dann tauchte der dunkle Green Park zur Linken auf
und gleich darauf rechts das hell erleuchtete *Hard Rock Café*.

An diesem Punkt fiel mir auf, dass Oma Trude schon lange
nichts mehr gesagt hatte. Je mehr ich erzählte, umso stiller
wurde sie.

»Schläfst du?«, fragte ich.

Sie schüttelte nur den Kopf und sah mich nicht an.

Ob sie über mein missglücktes Konzert nachdachte? Würde sie davon in Limbach-Oberfrohna berichten? War sie enttäuscht und wollte es nur nicht zugeben, weil es doch mein
Geburtstag war? War sie vielleicht nur müde, und ich machte
mir umsonst Sorgen? Oder hatte sie inzwischen gemerkt, dass
wir in die falsche Richtung fuhren und ich nur Zeit schinden
wollte? Ahnte sie, was heute noch auf sie zukommen würde?

In diesem Moment glaubte ich, es könnte nichts Schlimmeres geben, als dass meine Oma Trude von mir enttäuscht wäre.

Ich konnte es nicht mehr aushalten, dass etwas zwischen uns beiden stand. Vielleicht war es das Beste, ihr einfach alles zu beichten. Und am Ende würde ich sie bitten, die ganze Blamage für sich zu behalten. Wir hatten schon so viele Geheimnisse. Da kam es auf dieses auch nicht mehr an.

Es war ganz sicher besser, das Gespräch behutsam zu beginnen.

Also fragte ich erst einmal: »Oma Trude? Hast du was? Wollen wir darüber reden?«

»Ja«, gab sie zu, und ich hatte nun doch ein wenig Angst vor dem, was ich zu hören bekommen könnte.

»Ich geb's nicht gern zu, Mimi …« Sie stockte.

»Na, komm schon, Oma Trude, raus damit, ich kann das verkraften«, behauptete ich und zitterte innerlich.

»Mir ist so schlecht, Mimi«, kam die klägliche Antwort.

Das war alles? Mehr nicht?

Ich war unglaublich erleichtert. Sie war nicht böse auf mich. Ihr Bauchweh war unser gemeinsamer Feind. Gegen den konnten wir nun Seite an Seite kämpfen. Ich drängte ihr eine Gavilast gegen Sodbrennen und Völlegefühl auf und fuhr fort mit der Stadtführung. Als wir den Wellington-Triumphbogen am Hyde Park erreichten, zeigte sich, dass die Gavilast nichts nützte. Jetzt glaubte sie Magendrücken zu haben und riss ihren Mantel auf.

»Hast du vielleicht noch eine andere Tablette?«, fragte sie mich.

Erst jetzt wurde mir bewusst, wie viel ich ihr zugemutet hatte.

Ich wollte doch nur, dass wir im Dunkeln ankamen und sie ausreichend müde war. Beides hatte ich erreicht. Inzwischen war es ihr völlig egal, wo sie schlafen würde, und sie erwähnte auch mit keiner Silbe mehr einen stuckumkränzten Kamin oder irgendwelche Wandfarben.

Für heute war ich gerettet. Mit meinem Teekocher würde ich ihr Wasser für eine Wärmflasche erhitzen, ganz so, wie sie es immer für mich tat, wenn ich Bauchweh hatte. Und morgen früh würde ich weitersehen. Wir konnten jetzt irgendwo aussteigen und ein Taxi nehmen.

Aber Oma Trude wollte in diesem schaukelnden, schwingenden Bus nicht aufstehen. Sie hockte wie ein frierendes Vögelchen auf ihrer Bank und klammerte sich an den Haltegriff.

Ich spürte, wie ein ungutes, eisiges Gefühl meinen Hals hinaufkroch.

Oma Trude war nicht wehleidig. Wer einen Krieg und den Sozialismus mitgemacht hat, hält was aus. Sie war noch nie freiwillig zu einem Arzt gegangen. Ich erinnerte mich daran, wie sie einmal gestürzt und mit dem Ohr an einem Kuchenblech hängengeblieben war. Ihr Ohrläppchen riss ein wie Kuchenteig, ein langer Spalt klaffte, aus dem mindestens eine Kaffeetasse Blut tropfte.

Sie klebte ihr Ohr kurzerhand mit einem Pflaster wieder an und behauptete: »Das ist nichts weiter.«

Doch da war sie zu Hause gewesen und Doktor Bähr ein guter Kunde, der nur drei Straßen weiter wohnte.

Wenn mich also so eine Frau in einem fremden Land und noch dazu mitten in der Nacht fragte, ob ich eventuell einen Arzt kannte, dann sah es nicht gut aus.

Warum war ich nur mit ihr in diesen Bus gestiegen, der uns immer weiter weg von zu Hause führte? Wir befanden uns inzwischen schon im Westen, in Kensington. In der Nähe, in einer riesigen Villa, kannte ich die Praxis der Privatärztin von

Niklas' Eltern. Ich hatte Niklas einmal dorthin begleitet. Die Messingklingel war auf Hochglanz poliert gewesen, und ich wagte sie kaum zu drücken, um keinen Fingerabdruck zu hinterlassen. Ein eleganter Butler empfing uns mit einem Silbertablett. Darauf legte ich die Visitenkarte von Niklas. Der Butler hatte sich anschließend rückwärts entfernt, um uns zu melden.

Aber Oma Trude besaß keine Visitenkarte.

Der Warteraum war ein Salon mit Deckengemälden und Chippendale-Möbeln gewesen, und für die kleine Blutentnahme hatte ich den Eltern meines Schützlings eine Rechnung über mehr als dreihundert Pfund überreicht. Irgendwie musste die Ärztin diesen Luxus ja bezahlen. Was würde also bei ihr die Behandlung eines größeren Problems kosten? Und was eine Operation?

Wir mussten in ein Krankenhaus des National-Health-Systems. Die nächste Station war das Chelsea and Westminster Hospital. Ich drückte auf den Halteknopf neben mir.

9.

DIE FABELHAFTE WIRKUNG
VON MORPHIUM

Der am wenigsten zu überhörende Unterschied zwischen den Einwohnern von Limbach-Oberfrohna und London ist ihr Umgang mit Sirenen. In Limbach-Oberfrohna werden sie eingesetzt, um sich im Notfall damit Platz zu verschaffen. In London benutzt man sie, weil es mächtigen Spaß macht.

∗ ∗ ∗

Im Warteraum des Krankenhauses in der Fulham Road wurde mir wieder bewusst, dass Wochenende war. Auf den unbequemen Plastikstühlen hockten all die ramponierten Nachtfalter, die sich am Stroboskop verbrannt hatten. Sie pflegten ihren Kater und ihre Blessuren von Stürzen und Schlägereien, sie kühlten ihre blutunterlaufenen Augen, versuchten herauszufinden, welche der Pillen sie nicht vertragen hatten, und warfen als Gegenmittel neue ein.

Ich setzte Oma Trude auf den letzten leeren Stuhl, kauerte mich neben sie und streichelte ihren Arm. Sie nickte tapfer vor sich hin und wünschte sich weit weg, ins Vorerzgebirge zum Doktor Bähr.

Und auch ich verfluchte mich, weil ich Oma Trude den Besuch nicht ausgeredet hatte. Wenn man in einem Alter ist, in dem man medizinische Hilfe brauchen könnte, ist London nicht der richtige Ort.

Oma Trude jammerte: »Jetzt hab ich dir auch noch deinen Geburtstag verdorben!«

Ich schüttelte entschieden den Kopf und hielt Ausschau nach einer Schwester. Hinter einer Glasscheibe unterhielten sich Pfleger und ignorierten mich eine Zeitlang. Dann erbarmte sich ein junger Mann und kam mit einem Block auf einem Klemmbrett herüber. Er befragte mich zu Oma Trude, notierte sich einiges und bat uns dann um Geduld. Wir warteten über eine Stunde, in der außer einem heftigen Streit zwischen einem russischen Paar nichts Wesentliches passierte.

Über uns summten die Neonröhren. Oma Trude bereute alle zehn Minuten aufs Neue, mir von ihren Schmerzen erzählt zu haben, und wollte jedes Mal wieder gehen.

Als eine Frau im weißen Kittel vorbeihastete, stürzten sich sämtliche Patienten und Angehörige auf sie. Normalerweise dränge ich mich nicht vor. Aber da es um Oma Trude ging, pochte ich darauf, dass eine alte Dame eine sofortige Behandlung verdient hatte! Alle, die hier saßen, waren auf irgendeine Weise selbst schuld an ihrem Zustand. Auf meine Oma Trude traf das nicht zu!

Schließlich gab sich die Pflegekraft geschlagen und forderte uns auf mitzukommen. Eine Frau mittleren Alters, die schon gewartet hatte, als wir kamen, jammerte daraufhin lautstark und anklagend.

Wir wurden in einen Gang geführt, den man mit Tüchern in Kabinen unterteilt hatte. Das waren die Untersuchungszimmer. Dort, auf einer unbequemen Pritsche, sollte Oma Trude auf den Arzt warten. Ich hoffte immer noch, dass sie sich nur ein wenig den Magen verdorben hatte. In einem Londoner Chinarestaurant herrschten nicht so strenge Hygienevorschriften wie in einer Oberfrohnaer Bäckerei.

Eine dunkelhäutige Hand zerteilte den Vorhang, ein Kopf schob sich hindurch, ein freundliches Gesicht mit einem wissenden Lächeln erschien.

Oma Trude ging es noch schlechter. Sie saß steif in ihrem guten Tweedmantel auf der Pritsche – an Liegen war überhaupt nicht zu denken – und starrte verschreckt den Arzt an.

Er betastete die schmerzende Stelle, nahm Blut ab und sagte freundlich zu mir, dass sie nur ein wenig ausnüchtern müsse. Das könne sie hier tun oder zu Hause, ganz wie wir wollten. Und dann bot er ihr auch noch eine Kopfschmerztablette an. Damit war die Patientin für ihn kuriert, und er konnte sich dem nächsten Fall zuwenden.

Fassungslos hielt ich ihn zurück und schilderte noch einmal eindringlich ihre Symptome. Nun tippte er plötzlich auf eine Bauchspeicheldrüsenreizung, ausgelöst durch unmäßigen Alkoholkonsum. Auch das wäre problemlos zu beheben mit Ausnüchtern und Abstinenz. Ein bisschen Schlaf würde ihr guttun, versicherte er und ging.

Ich rannte ihm nach. Ich flehte ihn an, ihre Beschwerden ernst zu nehmen, schwor, dass ich vielleicht ein wenig Bambusschnaps getrunken habe, aber niemals meine Großmutter, und erzählte ihm schließlich sogar die Geschichte von ihrem Ohrläppchen. Er lächelte geduldig und glaubte mir kein Wort.

Als ich zurück zu Oma Trude kam, verstand ich, warum. In der Kabine roch es wie in einem Pub. Es war das Bier, das Steven über Oma Trudes Mantel verschüttet hatte. Meine Wut auf ihn steigerte sich ins Unermessliche.

»Und nun?«, fragte mich Oma Trude zaghaft.

Ich gab ihr das Gefühl, dass sich sofort jemand um sie kümmern würde und alles gut sei. Dabei war ich ratlos. Mussten wir gleich die Kabine für einen anderen Patienten räumen?

117

In den nächsten beiden Stunden interessierte sich allerdings niemand für uns. Wir waren vergessen worden. Ich lauschte den kleinen und großen Dramen in den Kabinen neben uns, während sich auf Oma Trudes Stirn Schweißperlen bildeten.

Plötzlich entstand draußen Unruhe, und eine Schwester rief laut über die Tücher hinweg, ob die alte deutsche Lady noch da sei. Ich machte erleichtert auf uns aufmerksam.

Die Blutergebnisse waren da. Sie bewiesen, dass meine Großmutter nichts getrunken hatte. Und sie bestätigten den Verdacht, dass mit ihrer Bauchspeicheldrüse etwas nicht stimmte. Der Arzt kam wieder vorbei und nahm uns nun etwas ernster. Er wollte wissen, ob sie schon einmal Probleme mit der Galle gehabt habe.

Plötzlich fand ich, dass sie gelb aussah, und mir fiel ein, dass Oma Trude Gallensteine hatte.

»Das ist doch aber halb so schlimm«, beruhigte sie mich. »So eine dumme Kolik haut mich normalerweise nicht aus den Latschen.«

»Hast du das etwa schon mal gehabt?«, rief ich.

»Aber nie so lange«, versicherte sie. »Und so weh getan hat es sonst auch nicht. Jedenfalls nicht so lang.«

Wie es aussah, hatte sich der Stein diesmal verklemmt.

Ich fragte verzweifelt, warum er sich ausgerechnet jetzt und hier gelöst habe. Der Arzt meinte, so etwas läge entweder an exzessivem Alkoholmissbrauch oder an zu fettem Essen.

Und ich hatte ihr diese verwünschte Pekingente auch noch aufgedrängt!

Der Arzt wollte sich mit einem Spezialisten beraten und mit ihm entscheiden, wie sie ihr helfen konnten. Aber auf jeden Fall – so viel stand fest – musste sie im Krankenhaus bleiben.

»Ach«, jammerte Oma Trude. »Jetzt seh ich gar nicht deine schöne Wohnung und den Kamin!«

»Und dabei hast du dich so darauf gefreut!«, stimmte ich bedauernd zu und wäre dabei am liebsten im Erdboden versunken.

Der Arzt kam mit einer Spritze zurück und versicherte, dass es Oma Trude gleich besser gehen würde. Er tätschelte beruhigend ihren Arm und drückte die gesamte Kolbenfüllung hinein. Auf meine misstrauische Frage, was er ihr da gerade gegeben habe, meinte er leichthin: »Morphium.«

Noch vor zwei Stunden hatte er ihr eine Aspirin verpassen wollen, und jetzt gab es Morphium?

Das Morphium entfaltete in Oma Trudes Körper eine erstaunliche Wirkung. Gerade noch hatte sie apathisch und schmerzgekrümmt auf dem Bett gelegen und nicht darauf geachtet, ob sich ihr Rock nach oben schob oder ihr Blusenausschnitt verrutschte. Nun richtete sie sich auf und ordnete ihre Kleidung. Sie löste die Kragenschleife an ihrer Bluse, band sie noch einmal ordentlich und kontrollierte die kleinen Perlmuttknöpfe.

»So«, sagte sie aufgekratzt und suchte nach ihren Schuhen. »Ich bin wieder gesund. Wir können gehen.«

Ich erklärte ihr, dass dies nur am Morphium liege und demzufolge nicht echt sei.

»Na, und ob das echt ist! Ich fühl mich so gut wie ...«, sie überlegte angestrengt, durchflog in Gedanken die Jahre und stellte dann erstaunt fest: »Ich weiß gar nicht, ob ich mich überhaupt schon mal so gut gefühlt habe! Höchstens damals, als wir ...«

Sie beendete den Satz nicht und lächelte wieder dieses feine, weiche Lächeln, das ihre Gesichtszüge schmelzen ließ.

Ich musste sie bremsen: »Wir können nicht einfach verschwinden, Oma Trude! Dir geht es nicht wirklich gut. Das ist nur das Morphium!«

»Und warum bekomm ich so etwas Gutes erst jetzt?«, empörte sie sich. »Warum hat man mir das ein ganzes Leben lang vorenthalten?«

Auf diese Frage wusste ich keine genaue Antwort.

»Vielleicht macht es süchtig«, vermutete ich.

»Mir egal. Ich bin vierundachtzig«, rief sie und hopste vom Bett. »Jetzt feiern wir Geburtstag! Lass uns tanzen gehn!«

Wir gingen natürlich nicht tanzen. Und wir gingen auch nicht woandershin. Ich sagte Oma Trude, dass sich eine Flucht nicht gehöre und den Arzt verärgern würde. So ein Argument zog bei meiner höflichen Großmutter immer.

Ich erledigte die Formalitäten, und Oma Trude wurde mit ihrem Metallbett in einen riesigen Saal geschoben, der ihr größer vorkam als die Bahnhofshalle in Zwickau. Anfang und Ende ließen sich nur erahnen, denn Metallgestelle mit Tüchern separierten alles in Zellen. In Oma Trudes Bienenwabe lagen noch fünf weitere Patientinnen. Über ihrer Bettstelle dämmerte ein blasses Licht.

Wie in der Notaufnahme schützten auch hier die dünnen Tücher vor Blicken, aber durch sie hindurch drang ein beständiger Geräuschpegel. Wir konnten die Anweisungen eines Arztes zehn Zellen entfernt von uns hören. Irgendwo links von uns putzte sich jemand die Nase, und weiter vorn seufzte eine Frau mehrmals tief und sehr unglücklich. Die meisten Patienten aber schliefen hörbar.

Ich half Oma Trude in ihr Nachthemd, und sie meinte erleichtert: »Was für ein Glück, dass ich meinen Koffer noch dabeihabe!«

Sie schaffte es tatsächlich, immer das Gute an einer Situation zu finden.

Eine Schwester kam und lächelte uns an. Sie streichelte Oma Trude übers Haar und klemmte ein Namensschild ans Bett.

»Hier hat niemand meine Versicherungskarte sehen wollen«, wunderte sich Oma Trude. »Und meine Bescheinigung von der Krankenkasse auch nicht. Nicht dass nachher eine dicke Rechnung kommt!«

Sie zog ein besorgtes Gesicht.

Frau Strumpf hatte ihr im Zuge der Reisevorbereitungen Schauergeschichten über Krankheiten im Ausland erzählt und sie ermahnt, einen Auslandskrankenschein mitzunehmen. Und nun wollte den gar niemand haben! Vielleicht begriff Oma Trude nun endlich, dass man Frau Strumpf nicht alles glauben durfte.

Wir befanden uns in einem Krankenhaus des National-Health-Systems. Hier wurde jedem geholfen. Man brauchte nur seinen Namen zu nennen. Das war alles. Es war keine Versicherungskarte nötig, kein Schein, kein Geld. Ich hatte bei der Anmeldung alle Angaben eingetragen, und niemand kontrollierte sie nach, nicht einmal nach einem Ausweis wurde gefragt.

»Hoffentlich steht da auch alles richtig«, argwöhnte Oma Trude in Erinnerung an die Gästeliste im *Underworld*. »Balutzke ist ein schwieriger Name!«

»Der Name ist richtig«, versicherte ich. »Ich hab ihn selbst hingeschrieben.«

Oma Trude zog die Karte vom Bettrahmen ab und kontrollierte es nach.

Auf dem Schild stand: »Trudy Stern«.

Oma Trude schnappte nach Luft.

Ich drückte ihre Hand und erklärte: »Du hast gesagt, es würde dir genügen, einen einzigen Tag im Leben Trudy Stern zu sein. Heute ist dieser Tag!«

Sie strich über das Schild und probierte flüsternd den neuen Namen aus: »Trudy Stern ...«

Dann begann sie, unruhig auf dem Laken herumzurutschen.

»Weißt du«, sagte sie verlegen. »Nicht dass du denkst, ich bin übergeschnappt. Den Namen Trude habe ich von meinem Vater und Balutzke von meinem Hermann. Das ist ein anständiger, solider Name.«

»Genau das ist er«, bestätigte ich und wollte wissen: »Und Trudy Stern kommt von deinem Bruder?«

»Nein«, sagte sie gedankenvoll, »den hat mir jemand anderer geschenkt.«

Plötzlich steckte sie das Namensschild hastig wieder an den Bettrahmen und rief: »Schnell! Mach ein Foto! Bevor es jemand merkt!«

Das Blitzlicht meines Telefons weckte Oma Trudes Bettnachbarin. Sie zog ein Gesicht wie eine Kröte, die sich gestört fühlt, und wälzte sich schwerfällig auf die andere Seite. Ich wagte es nicht, ein zweites Mal auf den Auslöser zu drücken.

Im Flur, neben meinem Spiegel, hängt noch immer dieses Bild. Jedes Mal, wenn ich die Wohnung verlasse und kurz mein Haar überprüfe, sieht mich eine zeitlos schöne Dame mit überraschtem Blick an, vor ihr das Namensschild, das beweist: Das ist Trudy Stern!

Ich musste Oma Trude allein im Krankenhaus zurücklassen. Als ich ging, verblasste die Wirkung des Morphiums schon, und sie war mit sich selbst beschäftigt. Ich schob ihr Köfferchen unter das Bett. Ihre Handtasche mit Geldbörse, Schlüsselbund und Papieren hängte ich mir um, damit nichts gestohlen werden konnte, während sie schlief. Ich nahm außerdem ihren guten Tweedmantel mit, um ihn reinigen zu lassen. Auf keinen Fall würde ich ihn zu *Super Laundry* an der Ecke geben. Dort hatte ich vor kurzem aus einem eierschalenfarbenen Wollmantel einen Fettfleck entfernen lassen wollen. Zurück bekam ich einen grellweißen Mantel – mit Fettfleck. Ich sollte diesmal zu *Jeeves* in Belgravia gehen. Dort kostete eine Reinigung so viel wie ein nagelneuer Mantel. Die Rechnung dafür würde ich natürlich Steven schicken.

Mit der abgeschabten braunen Handtasche und dem Tweedmantel durch die Straßen zu laufen fühlte sich an, als trüge ich Oma Trudes Hülle mit mir herum.

Opa Hermann hatte mir und Carmen, als wir noch Kinder waren, auf einem Spaziergang einen großen Laufkäfer gezeigt. Von der einen Seite sah er unversehrt aus. Der Kopf mit den Antennen und die grün glänzenden Deckflügel waren vollkommen intakt. Von der anderen Seite aber war er ausgehöhlt und nur noch eine leere Fassade, so leicht, dass Opa Hermann ihn von seiner Hand pusten konnte. Oma Trude hatte mit ihm geschimpft, weil die Käferhülle uns erschreckte und ängstigte.

Ob sie schlafen konnte? Wie würde sie sich fühlen, allein in einem fremden Land, dessen Sprache sie nicht beherrschte, um sich herum das Rascheln und Husten fremder Menschen, das Röcheln, Schnarchen, Atmen und Stöhnen, das in der Stille der Nacht noch näher rücken würde?

Ich fuhr mit dem Nachtbus nach Hause. Auf dem letzten Stück fing es an zu schütten. Bevor ich ausstieg, zog ich meine eigene Jacke aus und wickelte sie um Oma Trudes Sachen.

Ich kämpfte mich durch die Menschentrauben, die auf der Straße herumlungerten und auf ihr Vergnügen aus waren, schloss die Haustür auf und stolperte über die große Trommel von Evas Schlagzeug. Über den Boden verstreut lagen Schuhe. Sie war wohl noch einmal ausgegangen und hatte nach der passenden Garderobe gesucht.

Die Feuchtigkeit erweckte in meinem Haar den Geruch nach Pekingente. Mir wurde übel.

Beim Duschen stellte ich fest, dass die Haarfarbe nicht so beständig war, wie auf der Packung behauptet wurde. Nur ein leichter lila Schimmer blieb zurück. Ich musste an Tante Brigitte denken, die immer Silberspülung gegen den Gelbstich in ihren Haaren benutzte.

In ein Handtuch gewickelt, suchte ich in der Küche nach einer Flasche Wein und entdeckte einen angebrochenen Pinot Grigio im Kühlschrank. Er gehörte wohl Nilay. Eva besaß nur Wodkaflaschen.

Die blitzblanke Arbeitsplatte hatte meine Mitbewohner inspiriert, endlich einmal wieder zu kochen. Da Eva laut meinem Versprechen nie wieder abwaschen musste, waren sie sehr großzügig mit dem Geschirr vorgegangen. Sie hatten es nicht einmal in der Spüle zusammengestellt. Dabei wussten sie genau, dass ich an diesem Abend eigentlich Besuch hätte mitbringen wollen.

Ich hockte in meinem dunklen Zimmer auf dem ausgeklappten Sofa. Der Wein machte nichts besser. Regen plätscherte an der Hauswand herunter. Neben meinem Zimmerfenster drückte Nässe durch die Wand, und die braunen Flecken vergrößerten sich um einen weiteren ausgefransten Ring. Ich zündete ein Räucherstäbchen an. Wenigstens brauchte ich hier keinen Brand zu befürchten. Die klammen Wände würden niemals Feuer fangen. Der Flüssigkeitsspiegel in der Weinflasche auf dem Tisch zitterte furchtsam. Das Haus vibrierte von den Autos, die draußen vorbeifuhren.

Vor meinem Fenster klackten Pferdehufe über das Straßenpflaster. Dunkelblaue Polizeihelme mit der schwarz-weiß karierten Banderole glitten vorüber und tauchten unter, als die Reiter abstiegen. Eine Sirene jaulte kurz auf. Der Streifenwagen war zur Verstärkung eingetroffen. Ich hatte nicht einmal Lust, ans Fenster zu gehen und mir eine Verhaftung anzugucken.

Den ganzen Tag hatte ich mich darum bemüht, Oma Trude von hier fernzuhalten. Und es hatte geklappt. Wieder war eins von meinen Problemen auf geheimnisvolle Weise über Nacht verschwunden wie die schwarzen Müllsäcke, die ich jeden Abend an den Straßenrand stellte. Aber ich fühlte mich trotzdem kein bisschen erleichtert.

10.

BILDER VON ALTEN
LONDONER BÄCKEREIEN

Der augenscheinlichste Unterschied zwischen den Ein-
wohnern von Limbach-Oberfrohna und London ist ihre
Art, Blumen zu binden. In Limbach-Oberfrohna be-
kommt man mit Vorliebe unverwüstliche Chrysanthe-
men-Buketts, die länger halten, als einem lieb ist. In Lon-
don kriegt man bevorzugt filigrane Natursträuße, die
auseinanderfallen, bevor man sie überreichen kann.

✳ ✳ ✳

Im Krankenhaus hatten sie mich als entscheidungsberechtig-
te Person für Oma Trude eingetragen. Niemals bisher hatte
ich eine solche Verantwortung tragen müssen. Ich fühlte mich
etwas unbeholfen in dieser Rolle. Was würde meine Mutter in
so einem Fall tun?

Blumen! Man nahm immer Blumen in ein Krankenhaus
mit. Und etwas gegen die Langeweile. Deutsche Zeitungen
würde ich hier nicht bekommen, aber ich wollte neue Stricknadeln besorgen.

Ich ging in einen kleinen Blumenladen, vor dessen Tür überquellende Schnittblumen in Zinkeimern standen. Geflammte
Inkalilien drängten sich neben Japanrosen in Eiscremetönen,
und korallenrote Gloriosa lehnten sich an wunderbar altmodi-
sche Hippie-Gerbera in leuchtenden Farben. Aber welche davon würden Oma Trude gefallen? Sie war schon eine kleine

Dame, bäuerliche Ranunkeln schieden damit aus. Aber sie war auch bodenständig, also kamen die hochnäsigen Lilien mit Köpfen wie aus Wachs auch nicht in Frage. Meine Wahl fiel auf Anemonen, samtig und leuchtend und mit einem dunklen Auge in der Mitte. Diese Blumen passten zu ihr.

Die Blumenbinderin holte für mich die gewünschten Stengel aus dem Eimer und bastelte sie mit der Ernsthaftigkeit eines in sein Spiel versunkenen Kindes auf dem Ladentisch zusammen. Ab und zu hob sie den Strauß an, betrachtete ihn entzückt von allen Seiten – und legte ihn schließlich wieder ab, um einen hübschen zweifarbigen Bindfaden darumzuwickeln. Jedes Mal, wenn die Stiele wieder auseinanderrutschten, versuchte sie es mit Engelsgeduld von neuem. Ich bemühte mich, nicht auf die Uhr zu sehen und nicht herumzuzappeln, um ihre Kompetenz nicht in Frage zu stellen. Schließlich schaffte sie es irgendwie und überreichte mir stolz den windschiefen Strauß.

Oma Trude hatte mich gebeten, für sie in die Kirche zu gehen. Gotteshäuser mochte ich schon seit meiner Kindheit nicht besonders, weil man dort still sein musste. Ich konnte noch nie meinen Mund halten.

Ein Gebet sollte ich für Oma Trude nicht sprechen – dazu kannte sie mich zu gut –, sondern mich einfach nur in eine Kirchenbank setzen und ganz fest an sie denken. Dann würde sie sich sicherer fühlen. Vielleicht fühlte auch ich mich dann sicherer.

Bisher hatte ich mich nicht viel um die Kirchen in meiner Umgebung gekümmert. Nun musste ich feststellen, dass sie strengere Öffnungszeiten als das Postamt hatten und nur zu den Gottesdiensten betreten werden konnten. Diese waren nicht täglich, sondern zwei bis drei Mal in der Woche. Für einen Christen war es in London gar nicht so einfach, Kontakt zu seiner Obrigkeit aufzunehmen. Schließlich fand ich eine weit geöffnete griechisch-orthodoxe Kirche, aus der ein Duft von Weihrauch quoll. Das musste genügen.

Ich schob mich in eine der schmalen Bankreihen und stellte mir vor, wie sich Oma Trude in ihrer weißen Bienenwabe gesundschlief. Sie besaß eine eiserne Gesundheit, einen unerschütterlichen Optimismus, eine so sanfte Kraft, dass es ihr bestimmt bald besser ging. Vielleicht würde sie am nächsten Tag schon wieder entlassen werden.

Meine Eltern hatte ich deshalb gar nicht erst benachrichtigt. Ich wusste doch genau, wie sehr sie sich aufregen würden. Und Carmen erst. Und auch Frau Strumpf. Und Frau Klose und Frau Sondermann ebenfalls. Und schuld würde natürlich ich sein, weil ich zu diesem Konzert zurückgeflogen war. Glücklicherweise wusste niemand, dass es das nicht einmal wert gewesen war. Nicht einmal Oma Trude.

Auch wenn die Kirche ein guter Ort dafür gewesen wäre, ich bereute trotzdem nichts. So lief es nun einmal hier. Nur wenn ich jedes Mal aufs Neue ganz fest daran glaubte, alles riskierte, mich rücksichtslos hineinstürzte, gab es eine Chance für meinen großen Durchbruch. Wenn ich von vornherein zweifelte und mich absicherte, hatte ich schon verloren.

Das mit Oma Trude hätte natürlich nicht passieren dürfen. Aber eigentlich war es Stevens Schuld: Wenn er nicht aufgetaucht wäre und uns belästigt hätte, wären wir im Pub geblieben. Sie hätte niemals diese fettige Ente in Soho gegessen, und die Welt wäre noch in Ordnung.

Ich fand, dass dies genug reumütige Gedanken gewesen waren, und verließ die Kirche.

In einem kleinen Handarbeitsladen gleich daneben besorgte ich noch ein Paar Stricknadeln.

Auf dem Weg zur U-Bahn sah ich zufällig einen alten Bäckerladen. Ich holte schnell mein Telefon heraus und machte ein Foto. Noch eine Freude, die ich Oma Trude mitbringen konnte. Ich überlegte, ob ich die vielen anderen Bilder, die ich im Laufe der Jahre schon für sie gemacht hatte, noch finden würde. Vielleicht sollte ich ihr davon ein Album machen. Dann konnte sie sich die Bilder der alten Londoner Bäckereien so oft anschauen, wie sie wollte.

»Mrs. Stern?«, wisperte die nette Krankenschwester.

Oma Trude schlief oder tat so, weil sie auf eine Wiederholung des wunderbaren Namens hoffte.

»Mrs. Stern?«, fragte die Schwester noch einmal und berührte sanft ihren Arm.

Oma Trude schlug die Augen auf und lächelte erleichtert, als sie mich entdeckte.

Ich legte die Anemonen auf den kleinen Nachttisch, weil es keine Vasen gab. Oma Trude streichelte behutsam die Blüten, und ich war froh, dass ich weiche, samtige Blumen gewählt hatte.

Die Schwester brachte eine Ramschkiste voll kleiner Klicker und stanzte mit einem davon in Oma Trudes Finger ein winziges Loch. An dem austretenden Blutstropfen kontrollierte sie mit einem Papierstreifen den Zuckerwert. Das wiederholte sie jede Stunde und bei allen Patienten. Ich fragte mich, ob die Klicker nach jeder Benutzung sterilisiert oder weggeworfen wurden, und fürchtete, dass keines von beidem zutraf.

Aus dem Bett führte ein Schlauch nach unten in einen durchsichtigen Beutel, der mit einer gelblichen Flüssigkeit gefüllt war. Auf ihrem Nachttisch stand ein Plastikkrug mit einer Messskala. Sie hatten ihr einen Katheter gelegt und kontrollierten nun, ob das, was in Oma Trude oben hineingefüllt wurde, auch unten wieder herauslief.

»Ich komme mir vor wie eine Kaffeemaschine«, behauptete sie.

Wenn es Oma Trude schlecht ging, bekam sie Morphium. Wenn es ihr gut ging, auch.

Und damit waren bereits alle medizinischen Maßnahmen beschrieben.

Die Luft stand zwischen den Tüchern. Die Frau mit dem übelgelaunten Krötengesicht im Bett neben Oma Trude führte ihren bellenden Husten vor.

Gegenüber lag ein junges Mädchen mit Schädel-Hirn-Trauma. Immer wieder musste sie sich übergeben. Eine Hilfskraft hielt ihr liebevoll eine Brechschale hin und schützte ihre Haare, aber mehr konnte sie nicht tun. Die Eltern besprachen sich ständig mit Ärzten, und das Mädchen lag einfach nur da. Niemand tat etwas. Ich frage mich bis heute, was aus ihr geworden ist.

Die anderen Patientinnen im Zimmer verhielten sich mehr oder weniger unauffällig. Ein hübsches, schwarzes Mädchen blätterte Zeitschriften durch, eine Schwangere befühlte den Gips an ihrem Arm, und eine kleine Inderin hörte so laut über ihre Kopfhörer Musik, dass ich die einzelnen Titel erkennen konnte. Ihr Musikgeschmack deckte sich nicht mit meinem.

Ich suchte einen Arzt, der mir bestätigte, dass man im Moment nichts weiter für Oma Trude tun könne. Leider sei es auch nicht möglich, sie mit Ultraschall zu untersuchen. Der zuständige Kollege sei im Urlaub.

Ich muss sehr besorgt ausgesehen haben, denn der Arzt tröstete mich. Der Stein im Gallengang würde sich ganz sicher von allein lösen. Bis dahin müsse sie mit Hilfe des Morphiums durchhalten.

Den ganzen Tag blieb ich bei Oma Trude am Bett und vertrieb ihr die Zeit. Wir sprachen über das, was ich eigentlich an diesem Tag mit ihr hätte unternehmen wollen.

Da befand sie sich nun mitten in South Kensington, einem der elegantesten Viertel Londons, und sah nicht einmal einen Zipfel der Dächer mit den typischen Schornsteinreihen, wie gemacht für einen Mary-Poppins-Film! Ich erzählte ihr, dass sie die Themse entdecken würde, könnte ihr Blick durch die weißen Tücher und die Betonmauern dringen, und vielleicht sähe sie dann sogar die Kuppel der rot-goldenen Royal Albert Hall.

»Du musst es dir einfach ganz fest vorstellen, Oma Trude«, sagte ich, »als wäre es wirklich!«

Sie nickte und lächelte: »So wie das Konzert im Theater?«

Ich wurde rot.

»Ja«, gestand ich.

Und wie die Wohnung mit stuckumkränztem Kamin und Pastellfarben. Aber das sagte ich nicht. Man sollte immer nur das zugeben, wobei man ohnehin schon erwischt worden war.

Während ich mir eingebildet hatte, sie sei zu betagt, um meine Übertreibungen und Beschönigungen zu durchschauen, hatte sie mit klarem Blick durchaus begriffen, was schiefgelaufen war. Dass sie nicht mehr gut hörte, hieß nicht, dass sie nichts verstand. Und dass sie nicht alles kommentierte, bedeutete keineswegs, dass sie sich nicht trotzdem ihren Teil dachte.

»Sei nicht traurig, Mimi«, sagte Oma Trude nun. »Nicht jeder Auftritt kann der größte sein. Hauptsache, du hast ihn gemacht! Hauptsache, du hast dein Bestes gegeben!«

Nun versuchte sie mich auch noch zu trösten! Sie ist der großzügigste Mensch, den ich kenne. Und damit meine ich nicht das Geld, das sie mir immer wieder zukommen ließ.

»Das Wichtigste ist doch«, sagte sie nun und tätschelte meine Hand, »dass jemand an dich glaubt.«

Ich hoffte natürlich immer noch, dass irgendwann die ganze Nation an mich glauben würde. Aber wenn Oma Trude an mich glaubte, war das tatsächlich das Wichtigste.

»Wir alle brauchen jemanden, der an uns glaubt«, fand sie.

Und ich hatte gedacht, nur Künstler und Gott brauchten jemanden, der an sie glaubt.

Aber Oma Trude sagte leise: »Der Ernst, der hat an mich geglaubt.«

Ihr Bruder Ernst. Von dem nichts mehr übrig war außer diesem einen Foto, auf dem er seine kleine Schwester im Arm hielt. Und dann war er nicht wiedergekommen. Nun glaubte keiner mehr an sie.

Aber Oma Trude sah das anders: »Ich fühl das immer noch, sein Vertrauen in mich. Ich bin sicher, er glaubt noch immer an mich.«

Sie blieb in der Vergangenheit hängen.

»Mein Bruder war davon überzeugt«, erzählte sie, »dass ich große Tanzkarriere machen würde. So wie Ginger Rogers und Fred Astaire in einem. Er fand, dass ich ein Wunderkind sei.«

Sie kicherte und machte einen spitzen Mund: »Ich war ja noch blutjung damals. Und ich sollte den Namen Trudy Stern bis nach England bringen!«

Vergnügt zeigte sie auf das Schildchen zu ihren Füßen: »Und da ist er ja nun endlich angekommen.«

Sie erzählte mir, dass ein Freund ihres Bruders, mit dem er das Geschäft in London hatte aufbauen wollen, eine Schelllackplatte mitgebracht habe.

»›Black Coffee‹«, sagte sie bedeutsam. »Mit Nat Gonella!«

Mir sagte der Name nichts.

»Nach der Musik musste man einfach tanzen, mein Liebes!«, versicherte sie. »So etwas hatten wir in Limbach-Oberfrohna noch nie gehört.«

»Dadurch bist du zum Tanzen gekommen?«

Sie nickte. »Wir haben diese Platte bestimmt hundertmal gehört, und mein Vater schimpfte jedes Mal.«

»Weil er die Musik nicht mochte?«, wollte ich wissen.

»Die Musik war ihm egal. Es ging um die Verschwendung der Nadeln. Nach jedem Hören musste eine neue eingesetzt werden. Wir haben schachtelweise Sprechmaschinennadeln verschlissen«, gluckste sie bei der Erinnerung daran. »Gonella wurde dann verboten, weil sie dachten, er wäre ein Schwarzer.« Sie schüttelte ungläubig den Kopf. »Von da an haben wir die Platte eben heimlich gehört.«

Erschöpft ließ sie sich zurück ins Kissen fallen und wollte ein kurzes Nickerchen machen.

Ich besorgte in der Zwischenzeit bei *Hummingsbirds* kleine Cupcakes mit bunten Cremehäubchen.

Es bereitete ihr später Freude, die kleinen Kunstwerke zu betrachten, doch sie weigerte sich, davon zu kosten. Außer einem bisschen Tee wollte sie nichts zu sich nehmen. Mir blieb nichts anderes übrig, als den Kuchen allein zu essen.

Dann testeten wir die neuen Bambusstricknadeln, die eine Nummer zu dünn für die Wolle waren, weil ich mich damit nicht auskannte.

Seit meiner Kindheit war ich nicht mehr so lange ohne Unterbrechung mit Oma Trude zusammen gewesen. Erst jetzt wurde mir bewusst, wie sehr ich dieses vertraute Schwatzen über Haarpflege und Fleckentfernung, formgebende Schlüpfer und die Saugkraft von Küchenhandtüchern vermisst hatte. Beinahe vergaß ich, wo wir uns befanden.

Vermutlich hatte ich sie auch noch nie so aufmerksam betrachtet wie in diesen Stunden, da sie auf dem weißen Kissen wie auf einem Präsentierteller vor mir lag. Ihre Haut war wächsern. Im Laufe der Jahre schien alles an ihr verblasst zu sein, das Haar, die Augenbrauen, die Wimpern, die Haut, nur die dunklen Augen waren geblieben und leuchteten nun noch mehr aus ihrem Gesicht heraus. Wie das dunkle Zentrum der Anemonen neben ihr.

Über der Nase hatte sie eine Querfalte, die mir nie zuvor aufgefallen war, weil sie sonst vom Brillenbügel oder wenigstens von dessen Abdruck verdeckt wurde. Diese Falte besaß ich auch und hatte mich bisher immer darüber geärgert. Ich retuschierte sie auf Fotos weg und überschminkte sie, was sie nach kurzer Zeit nur noch mehr hervorhob, weil das Make-up hineinkroch. Jetzt freute ich mich plötzlich über dieses äußere Zeichen unserer Verbundenheit. Ich würde es in Zukunft als Mitgliedsabzeichen betrachten. Carmen besaß diese Falte nicht.

Kurz bevor ich am Abend gehen wollte, fiel mir noch das Bild von der verlassenen Bäckerei ein, das ich auf dem Weg hierher gemacht hatte. Ich holte mein Telefon heraus und zeigte es ihr.

Oma Trude war schon sehr müde. Sie freute sich aber trotzdem und tastete nach ihrer Brille.

Wie immer betrachtete sie das Foto aufmerksam.

Schließlich gab sie mir das Telefon zurück und sagte: »Nein. Das ist es auch nicht.«

Dann legte sie ihre Brille wieder weg, kuschelte sich zurück in das Kissen und schloss die Augen.

Ich schlich auf Zehenspitzen davon. Sie musste sich ausruhen.

Auf dem Gang befragte ich noch eine der Schwestern nach Oma Trudes Prognose. Die Ärzte gingen davon aus, dass ich sie am nächsten Morgen mitnehmen konnte. Dann würden wir immer noch einen ganzen Tag zusammen haben! Wir durften natürlich nicht herumlaufen, aber eine Bootsfahrt auf der Themse würde ihr sicher gefallen.

Wenn Oma Trude wirklich entlassen wurde, wäre es nun an der Zeit gewesen, auf dem Heimweg im Baumarkt eine stuckumkränzte Kaminumrandung und Pastellfarben zu besorgen. Aber der Tag im Krankenhaus hatte mich so ausgetrocknet und erschöpft, dass ich mich nicht mehr dazu aufraffen konnte, sondern auf direktem Weg nach Hause fuhr.

Und statt dort die Küche aufzuräumen, suchte ich im Internet nach dem Lied, das Oma Trude erwähnt hatte, und fand es tatsächlich. »Black Coffee«. Mit viel Knistern im Hintergrund und einer flotten Trompete. Das war Swing! Danach hatte meine brave Großmutter getanzt? Unglaublich! Und ich dachte, sie und ihr Bruder Ernst hätten langweiligen Walzer praktiziert.

Plötzlich kam mir wieder ihre Bemerkung zu dem Bild von der Bäckerei in den Kopf.

»Nein, das ist es auch nicht«, hatte sie gesagt.

Und endlich begriff ich: Es ging nicht um irgendeine alte Londoner Bäckerei. Sie suchte etwas! All die Jahre hatte sie etwas ganz Bestimmtes gesucht! Ich musste sie am nächsten Tag unbedingt danach fragen.

11.

KEIN HUBSCHRAUBER
UND EIN MONDFAHRZEUG

Der bemerkenswerteste Unterschied zwischen den Einwohnern von Limbach-Oberfrohna und London ist ihr Verhalten bei Frakturen. In London humpelt der Beinbruchpatient auf Krücken zu den öffentlichen Verkehrsmitteln. In Limbach-Oberfrohna besteht er natürlich auf einem Krankentransport.

✻ ✻ ✻

Es gab keine Möglichkeit, Oma Trude im Krankenhaus telefonisch zu erreichen. Für den Notfall hatte ich einer der angelernten Hilfskräfte meine Nummer hinterlassen, doch mein Telefon war in der Nacht beruhigend still geblieben.

Weil davon auszugehen war, dass ich Oma Trude bei meinem nächsten Besuch gleich mitnehmen konnte, räumte ich nun doch die Küche auf. Gegen den Krankensaal würde ihr meine Wohnung wie eine herrschaftliche Villa erscheinen.

Ich freute mich auf die Themse-Fahrt mit Oma Trude. Und ich war gespannt auf ihre Antwort auf die Frage, die ich ihr stellen wollte.

Oma Trude lag in ihrem Bett im Hospital, und ihr Gesicht hatte eine ungesunde Brötchenfarbe angenommen.

»Komisch, Mimi«, wisperte sie. »Es ist alles hinter Milchglas hier.«

Sie sah und hörte nur noch gedämpft und sagte für die nächsten zwei Stunden gar nichts mehr. Ich konnte zusehen, wie sie verfiel. Aus unserem Ausflug auf der Themse würde also nichts werden. Und überhaupt erschien mir plötzlich alles andere unwichtig.

Nachdem ich endlich einen Arzt auftreiben konnte, erfuhr ich, dass der Stein immer noch irgendwo in einer brisanten Ecke von Oma Trude klemmte und ihre Blutwerte schlechter geworden waren.

Nun kam ich wohl doch nicht um den Anruf nach Limbach-Oberfrohna herum.

Ich setzte mich draußen auf eine Bank und rief nicht auf der privaten Leitung meiner Eltern, sondern im Laden an. Damit wollte ich meinen Vater umgehen. Er saß um diese Zeit immer im Wohnzimmer, las die *Freie Presse* und schlürfte die Suppe, die ihm meine Mutter in einem Thermosbehälter warm hielt.

Meine Mutter, die alle Bestellungen koordinierte, meldete sich und versuchte hochdeutsch zu sprechen, um amtlich zu klingen: »Bäckerei Balutzke, womit kann ich helfen?«

Auch wenn ich einen harmlos plaudernden Ton anschlug, war sie sofort beunruhigt. Ich rief sonst nie im Laden an.

Ich schilderte kurz die Lage, und meiner Mutter fiel nichts Besseres ein, als Dr. Bähr holen zu wollen.

»Ich bitte dich, Mutti. Was soll denn Dr. Bähr machen? Ihr einen seiner berühmten Überweisungsscheine ausstellen?«

»Dann hol ich den Vati!«

Offensichtlich war sie wild darauf, irgendjemanden zu holen.

»Bloß gut, dass sie den Auslandskrankenversicherungsschein mitgenommen hat!«, fiel ihr nun ein.

Sie klammerte sich an die Vorstellung, dass dieses von Frau Strumpf empfohlene Papier Oma Trude retten würde.

Ich versuchte sie zu beruhigen: »So schlimm steht es doch gar nicht.«

»Wenn es nicht so schlimm stehen würde, hättest du garantiert nicht angerufen«, tönte plötzlich Carmens erregte Stimme aus dem Hörer.

Damit verriet sie, dass meine Mutter den Lautsprecher des Telefons angestellt hatte. Also konnten alle im Laden Anwesenden mithören, und das waren außer Carmen ausgerechnet Frau Strumpf, die das gar nichts anging, eine ehemalige Schulkameradin von mir und eine ältere Dame, deren Name mir nichts sagte und die sich glücklicherweise unauffällig verhielt. Ich war froh, dass ich mich noch nicht über Frau Strumpf ausgelassen hatte, obwohl es mir bereits auf der Zunge gelegen hatte.

»Was für ein Glück, dass ihr mich habt«, lobte sie sich gerade. »Genau so was hab ich nämlich geahnt!«

Und gleich danach kam: »Du hättest eine so alte Dame eben nicht nach London schleppen dürfen, Michaela!«

Meine Mutter bezog sofort den Verteidigungsposten: »Sie kann doch nichts dafür, dass Oma Trude Gallensteine hat!«

»Aber sie hat es gewusst!«, beschuldigte mich Carmen.

Und was änderte das? Niemand hatte mir gesagt, dass fettiges Essen aus dem Chinarestaurant nicht gut bei Gallensteinen ist! Um den medizinischen Bereich hatte ich bei all meinen Kursen aus gutem Grund immer einen großen Bogen gemacht. Damit wollte ich mich überhaupt nicht auskennen. Abby suchte ständig im Internet ihre Symptome und bekam daraufhin alle möglichen Krankheiten. Das würde mir nicht passieren. Was ich nicht kannte, bekam ich auch nicht.

Auf der anderen Seite des Ärmelkanals wurde inzwischen heftig weiterdiskutiert.

»Die Reise war außerdem Oma Trudes Idee!«, stellte meine Mutter gerade klar. »Ich war ja gleich dagegen! Aber ihr wisst doch, wenn sie sich was in den Kopf gesetzt hat, kann sie keiner davon abbringen!«

»Immer verteidigst du die Michaela«, bemerkte Carmen bitter.

Es entwickelte sich eine lebhafte Debatte darüber, ob Oma Trude selbständig oder auf meine Einladung hin gereist war. Sie gipfelte darin, dass sich alle einig waren, ich hätte besser Carmen einladen sollen.

Inzwischen konnte ich auch die Stimme meines Vaters hören, der sich am meisten darüber aufregte, dass ich mich erst jetzt meldete. Schließlich war Oma Trude seine Mutter, und er hätte ein Anrecht auf Information gehabt.

»Das Kind wollte uns eben nicht beunruhigen!«, rief meine Mutter. »Es hätte ja auch sein können, dass unsere Muttel nur versetzte Luft im Bauch hat.«

»Unsere Muttel hatte noch nie versetzte Luft im Bauch!«, empörte sich mein Vater.

»Sie hat jedenfalls nicht richtig auf Oma Trude aufgepasst!«, schluchzte Carmen. »Weil sie immer nur ihren Kunstquatsch im Kopf hat!«

Ich saß mit dem Hörer in der Hand da und konnte förmlich sehen, wie meine Familie und ihre Kunden im weißgekachelten Laden standen und aufgeregt gestikulierten. Ihnen schien nicht bewusst zu sein, dass die Leitung noch offen war.

»Hallo?«, rief ich deshalb. »Ich kann euch immer noch hören!«

»Na und?«, fauchte mich Carmen an.

Und dann traf auch noch Dr. Bähr ein. Ich begriff, dass sich die unauffällige Dame gar nicht unauffällig verhalten hatte, sondern in der Zwischenzeit losgelaufen war, um Dr. Bähr zu holen. Eine wirklich scheinheilige Person.

Dr. Bähr interessierte sich nicht für die Schuldfrage, sondern für die Symptome und machte den ersten konstruktiven Vorschlag: Er wollte beim Arbeiter-Samariter-Bund anrufen.

Als ich endlich auflegen durfte, schwor ich mir, niemals und unter keinen Umständen jemals wieder nach Limbach-Oberfrohna zurückzuziehen.

Als Oma Trude hörte, dass sich der Samariterbund ihrer annehmen wolle, war sie zunächst sehr zufrieden. Sie hatte schon befürchtet, zu sterben, bevor sich die jahrelange Mitgliedschaft ausgezahlt hatte.

Dann erzählte ich ihr, dass noch am Abend eine deutsche Ärztin nach ihr sehen werde. Mich beruhigte das, aber Oma Trude bekam es mit der Angst zu tun.

»Die wird mich für eine Hochstaplerin halten!«, fürchtete sie mit Blick auf das Namensschild an ihrem Fußende.

»Ich habe deinen Ausweis und die Versicherungskarte mitgebracht. Damit ist für den Samariterbund alles geklärt!«, beruhigte ich sie.

Aber Oma Trude wollte auch nicht, dass die netten Schwestern im Hospital etwas Schlechtes von ihr dachten. Darum machte sie sich viel mehr Sorgen als um ihre Gesundheit.

»Ich bin vierundachtzig«, meinte sie. »Ich muss sowieso demnächst gehen. Aber mein Ruf, der bleibt!«

Mit meiner Hilfe teilte sie deshalb Doris, der schwarzen Nachtschwester, sehr aufgeregt und nervös mit, dass Trudy Stern ihr Künstlername sei. Wie ich ihr vorausgesagt hatte, wurde das von Doris lediglich mit einem Schulterzucken quittiert. Nach ihren Fingerkuppen zu urteilen, spielte sie in drei verschiedenen Bands Gitarre und hatte vermutlich selbst einen Künstlernamen.

Die deutsche Ärztin untersuchte und befragte Oma Trude sehr gründlich. Außerdem besprach sie sich mit ihren Kollegen in der Klinik und mit dem Samariterbund. Oma Trude befand sich ihrer Auffassung nach in keinem lebensbedrohlichen Zustand und konnte zunächst weiter in London behandelt werden, bis sich ihr Zustand änderte. Und diese Änderung müsse man erst einmal abwarten.

Das Abwarten zog sich über mehrere Tage hin.

Immer wieder telefonierte ich mit meinen Eltern oder Dr. Bähr. Sobald Oma Trude eine frische Portion Morphium bekommen hatte, entriss sie mir das Telefon und rief halb Limbach-Oberfrohna an, um von ihren Abenteuern zu berichten.

Es gab keine deutliche Änderung in Oma Trudes Befinden, und der Samariterbund wartete weiter geduldig ab.

Oma Trude stellte sich allmählich darauf ein, ihre geliebte Heimat niemals wiederzusehen. Sie tröstete sich mit der Vorstellung, dass dann auf ihren Grabstein gemeißelt würde: »Geboren in Limbach-Oberfrohna, gestorben in London.«

Das gefiel ihr.

»Da werden die Leute auf dem Oberfrohnaer Friedhof aber gucken«, kicherte sie.

Ihr Zustand hatte sich inzwischen halbwegs gefestigt. Allerdings wusste niemand, ob das von Dauer sein würde. Und so beschlossen meine Eltern, sie auf eigenes Risiko ins sichere Limbach-Oberfrohna zurückzuholen.

Eine Reisebüroangestellte, die immer in der Balutzke-Bäckerei einkaufte, wollte Plätze in einer Linienmaschine organisieren. Mir wurde der Auftrag erteilt, Oma Trude zu erklären, was wir vorhatten.

»Ach«, sagte sie enttäuscht. »Dann werde ich also gar nicht mit dem Hubschrauber abgeholt?«

»Nein. Man fliegt eher selten mit einem Hubschrauber über den Ärmelkanal.«

»Aber die Strumpf Karsta hat mir versichert ...«, beharrte sie.

»Du solltest vielleicht nicht alles glauben, was Frau Strumpf erzählt. Vermutlich hat ihr das Bad im Schafteich geschadet«, gab ich zu bedenken.

Oma Trude blieb trotzdem verunsichert.

»Ich weiß nicht, Mimi. Ich fühle mich gar nicht gut genug zum In-der-Weltgeschichte-Herumreisen.«

Daran hatten wir natürlich auch gedacht.

»Dr. Bähr kommt und holt dich«, beruhigte ich sie. »Er wird dich auf dem Flug medizinisch betreuen.«

Das änderte die Lage vollständig. Oma Trude faltete ihre Hände vor der Brust zusammen. Dr. Bähr war einer der angesehensten Ärzte von Limbach-Oberfrohna, und Oma Trude vertraute ihm blind. Er hatte sich dieses Vertrauen allerdings hart erarbeiten müssen. Schließlich hatte sie ihm als kleinem Jungen immer die Rotznase mit der Schürze blank gewischt und zusammengebackene Kekse geschenkt, wenn er Brot für seine Eltern holte. Und so sah sie ihn auch noch viele Jahre später, als er schon längst promoviert hatte und eine eigene Praxis leitete. Es fiel ihr schon schwer, ihn nicht mehr mit »Matzel«, sondern mit »Dr. Bähr« anzusprechen. Aber dann fuchtelte der alte Meier Josef im Bäckerladen beim Erzählen so stark mit den Armen, dass er die Glastheke durchstieß und sich das Handgelenk zerschnitt. Dr. Bähr, den Oma Trude gerade bedienen wollte, rettete den alten Josef, der sonst vielleicht verblutet wäre. Seitdem genoss Dr. Bähr Oma Trudes grenzenloses Vertrauen. In Begleitung von Dr. Bähr konnte ihr nichts passieren.

142

Es gab noch einen Punkt, der Oma Trude die Krankheit ein wenig versüßte. Dr. Bähr war einer der begehrtesten Junggesellen in der Stadt. Wenn dieser Arzt extra von Limbach-Oberfrohna nach London flog, um Trude Balutzke persönlich abzuholen, würde das ihr Ansehen ins Unermessliche steigern.

Mir gefiel daran besonders die Vorstellung, dass Frau Strumpf vor Neid grün werden würde, wenn sie es erfuhr.

An dem Tag, an dem die Rückreise von Oma Trude stattfinden sollte, brachte ich ihre Handtasche und den gereinigten Mantel mit, der nun besser als jemals zuvor aussah und nach Lavendelpuder duftete.

Die Rechnung dafür hatte ich schon in einen Umschlag gesteckt und kommentarlos an Steven geschickt, der sie nie bezahlte.

Oma Trude zog das Namensschild von ihrem Bett ab und verstaute es behutsam in ihrer Handtasche.

»Das nehme ich als Andenken mit«, erklärte sie. »Und außerdem, was soll denn der Dr. Bähr von mir denken?«

Dr. Bähr war ein angenehmer Mann mit beginnender Glatze und Brille, der keine Fragen stellte, die nicht zu seinem Fachgebiet gehörten. Er begrüßte mich ohne ein Wort des Vorwurfs und sprach mir Mut zu.

»Machen Sie sich keine Sorgen, Frau Balutzke! Ich bringe Ihre Oma sicher zurück nach Hause«, beteuerte er.

An dieser Stelle brach ich in Tränen aus. Es war die Erleichterung darüber, die Verantwortung an Dr. Bähr abgeben zu können.

Dr. Bähr legte das anders aus. Der Flug war nahezu ausgebucht gewesen, und es hatte nur noch zwei freie Plätze gegeben. Während der Arzt also glaubte, dass ich deshalb weinte, war ich in Wahrheit sehr erleichtert. Ich wollte weder Carmen noch meinem Vater und schon gar nicht Frau Strumpf begegnen. Ich fühlte mich auch ohne ihre Vorwürfe schon schlecht genug.

Dr. Bähr regelte zusammen mit der deutschen Ärztin die Formalitäten und besorgte Medikamente für den Flug und die erforderlichen Dokumente für die Spritze und das Morphium.

Oma Trude genierte sich ein wenig, weil sich Dr. Bähr ihretwegen so viele Umstände machen musste.

»Ach, Mimi«, sagte sie, »das ist mir gar nicht recht, dass ich schon wieder eine Extrawurst krieg!«

Ich behauptete, dass sich Dr. Bähr sicher über den kleinen Ausflug freute. Immerhin hatten meine Eltern den Flug bezahlt. Es musste doch auch irgendeinen Vorteil haben, dass sich die Leute in unserer Straße immer in alles einmischten. So fühlten sie sich füreinander verantwortlich, und Dr. Bähr hatte nicht gezögert, als meine Eltern ihn um Hilfe baten. Schließlich kannten sich unsere Familien schon seit Generationen.

Ich half Oma Trude beim Waschen und Anziehen und stellte besorgt fest, dass sie abgenommen hatte. Glücklicherweise war sie keine von diesen knochigen alten Frauen und hatte ein paar Pölsterchen zum Zusetzen, aber ich merkte trotzdem, wie locker ihre Kleider saßen.

Sämtliche Schwestern und Ärzte, mit denen Oma Trude hier zu tun gehabt hatte, kamen, um sich von ihr zu verabschieden und ihr Glück zu wünschen. Selbst die Kröte im Bett neben ihr verzog den breiten Mund noch mehr nach unten, als sie Oma Trude wegbrachten.

Normalerweise nahm hier niemand Abschiedsfloskeln ernst. Aber nun, als sie zu Oma Trude gesagt wurden, kam es mir so vor, als wünschten sich alle ehrlichen Herzens, sie wiederzusehen.

Woran lag es, dass Oma Trude die Welt bewegte? Wenn sie einen Ort verließ, war nichts mehr wie vorher.

Zwei Pfleger hoben sie auf eine Trage und schnallten sie mit abgeschabten Ledergurten fest. Obwohl dies nur ihrer Sicherheit diente, tat es mir weh. Dr. Bähr legte eine Medikamententasche an ihr Fußende, und dann wurde sie durch die Gänge in den Fahrstuhl geschoben, hinaus aus dem Krankenhaus und die Rampe hoch in das Auto.

Ich durfte bis zum Flughafen mitfahren und streichelte unterwegs Oma Trudes Hand. Wir unterhielten uns wispernd. Dr. Bähr sah währenddessen auf seine Schuhe und tat so, als gäbe es da eine sehr interessante Naht.

Ich zupfte Oma Trudes Blusenkragen zurecht und sagte: »Nun hast du gar nichts von deiner Reise gehabt! So hast du dir das ganz sicher nicht vorgestellt!«

Sie klopfte auf ihre Handtasche, die das kostbare Namensschild barg: »Ich hab mir vorgestellt, dass sich die Reise lohnen würde. Und ich hab recht behalten!«

Am Flughafen setzten wir Oma Trude in einen Rollstuhl, den das Krankenhaus angefordert hatte. Die Trage fuhr mit dem Krankenwagen zurück ins Chelsea and Westminster Hospital.

Oma Trude wäre am liebsten gleich wieder aus dem Rollstuhl aufgestanden.

»Als ob ich keine Beine hätte«, protestierte sie.

Ohne Flugticket durfte ich sie nicht in den Transitbereich begleiten. Ich beobachtete noch, wie Oma Trude, gut behütet von Dr. Bähr und geschoben von einem Flughafenmitarbeiter, zur Sicherheitskontrolle rollte.

Das Letzte, was ich von ihr sah, war ihre kleine, gelbliche Hand, die sie hob, um mir tröstend zuzuwinken.

Später erzählte sie mir, dass extra für sie eine Art Mondfahrzeug gekommen sei und sie mitsamt ihrem Rollstuhl nach oben bis zum Einstieg gehoben habe. Das wäre beinahe so gut wie ein Hubschrauber gewesen. Alles in allem schien Oma Trude recht zufrieden zu sein mit dem Ausgang ihrer Reise.

12.

MIMI BALUS GROSSE CHANCE

*Der merkwürdigste Unterschied zwischen den Einwoh-
nern von Limbach-Oberfrohna und London ist ihr Verhalten auf Friedhöfen. In Limbach-Oberfrohna wird
dort Unkraut gezupft und getrauert. In London kann
man auf Friedhöfen joggen, sonnenbaden, Filme drehen,
und die Polizei patrouilliert mit Blaulicht über die Kies-
wege.*

✳ ✳ ✳

Nun würde auf Oma Trudes Grabstein glücklicherweise
doch nicht »London« als Endstation stehen. Bestens behütet von Dr. Bähr, befand sie sich auf dem Weg in die Diakonie in Hartmannsdorf bei Limbach-Oberfrohna, und alles
war wieder gut.

Hinter der riesigen Panoramascheibe sah ich einem Flugzeug nach, von dem ich glaubte, es könnte ihres sein. Dann
drehte ich mich um, lief zu den Bushaltestellen und überlegte,
ob wir Abby aus der Band werfen sollten.

Plötzlich ging mein Leben wieder weiter, das in den letzten
Tagen zum Stillstand gekommen war. Es setzte nahtlos an der
gleichen Stelle ein, an der es unterbrochen worden war. Als
wäre es ein Film, bei dem ich kurz auf Pause gedrückt hatte,
um zwischendurch etwas zu erledigen, und den ich nun weiterlaufen ließ.

Mit dem Bus fuhr ich zurück nach London und stieg in Golders Green in die U-Bahn um. Das letzte Stück des Wegs legte ich in einem sanft schaukelnden Bus zurück.

Mit meinem Ärmel wischte ich ein Loch in die beschlagene Scheibe und sah in die gestaffelten Ebenen der Schaufenster, prächtig und scheinheilig wie Theaterkulissen. Die Passanten vor den Fenstern sahen nichts von den Klebebändern und Schnüren, die alles festzurrten und in Form hielten. Das Wichtigste im Leben war doch die Fassade!

Ich sollte einen Bericht über unseren Auftritt im *Underworld* ins Internet stellen! Immerhin standen wir dort am gleichen Abend wie der Bassist von Billy Idol auf der Bühne. Das würde viele interessieren. Und es war ein Anfang, etwas, worauf wir aufbauen konnten. Wir mussten einfach weitermachen.

Ich stieg aus dem Bus und sah, dass der experimentelle Friseur an der Hauptstraße, der damals meine Bilder ausgestellt hatte, verschwunden war. Hinter den Schaufenstern klebten Papierbahnen. Ein Schild verkündete, dass hier demnächst eine Joghurteisbar einziehen würde.

Das Schnelllebige dieser Straße hatte mich immer fasziniert. Nie konnte ich wissen, was mich am nächsten Morgen erwartete, ob es den kleinen Imbiss mit den koscheren Fleischküchlein noch gab oder das Künstlercafé *Renoir*. Jedes Mal war ich gespannt, was danach kam. Vielleicht eine neue Galerie oder ein Laden für Künstlerbedarf? Wer hier aufgeben musste, machte Platz für etwas Neues. Irgendjemand bekam dadurch eine Chance. Je mehr scheiterten, umso mehr bekamen eine Chance. Auch auf mich wartete irgendwo im Universum meine Chance.

Noch bevor ich unsere Haustür aufschloss, hörte ich Evas Schlagzeug. Das war ein weiterer Vorteil von Camden. Man konnte hier zu jeder Tages- und Nachtzeit außerordentlichen Lärm veranstalten, und niemanden interessierte es. Wenn ich nachts eine Eingebung hatte, schaltete ich sofort mein Keyboard an und klimperte mit voller Lautstärke los. Es klopfte nicht einmal jemand an die Wand.

Der Riegel an der Badezimmertür zeigte mir, dass der Raum frei war. Ich wollte den Krankenhausgeruch loswerden und stellte mich unter die Dusche. Mit Hilfe der beiden Hähne balancierte ich eine angenehme Temperatur aus und seifte mich ein. In diesem Moment drehte jemand in der Küche den Heißwasserhahn auf, leitete damit das Warmwasser um, und ich bekam eine kalte Ladung über den Kopf geschüttet.

Frierend und in ein Handtuch gewickelt, tappte ich einen Moment später in die Küche. Mein Mitbewohner Nilay hatte sich Kaffee gekocht, indem er Pulver in heißem Wasser aufgelöst hatte. Nun durchsuchte er die Schränke nach etwas Essbarem. Sein Wein stand wieder in der Kühlschranktür und sah ganz normal aus. Ich hatte ihn mit etwas Wasser aufgefüllt.

Nilay bot mir auch einen Kaffee an. Er sprach nahezu akzentlos Englisch. Sein Maßanzug saß wie angegossen, seine Fingernägel waren unauffällig manikürt, und sein glänzendes, schwarzes Haar war akkurat geschnitten und mit Pomade nach hinten gekämmt. Sein Zimmer war ein Warenlager von Anzügen, Hemden und Krawatten, alles in Foliensäcke verpackt und übereinandergestapelt. Eine Kleiderstange lehnte in der Ecke, es gab ein Bügelbrett und ein Bett, sonst nichts. Nilay stand jeden Morgen lange vor uns auf. So hatte er ausreichend Zeit im Badezimmer und konnte das Haus in einem Zustand verlassen, der ihn aussehen ließ, als besäße er die ganze Bank. Auch Nilay wartete auf seine ganz spezielle Chance. Auch Nilay hoffte darauf, dass jemand für ihn Platz machte.

Ich hatte nach dem Bankencrash Banker im feinsten Zwirn auf dem verklebten Straßenpflaster sitzen sehen, betrunken, fassungslos und ein klein wenig amüsiert. London ließ so schnell fallen, wie es erhob.

Der Kaffeeduft lockte auch Eva und ihren slowenischen Freund Bela an. Bela lungerte ständig hier herum, schlief meistens in Evas Zimmer, nahm ausgiebige Vollbäder und aß meinen Joghurt. Ich konnte nicht verhindern, dass er sich auch einen Kaffee anrührte – mit drei Löffeln Zucker –, und machte Eva klar, dass wir unbedingt proben mussten. Wir wussten natürlich, was Abby zu diesem Vorschlag sagen würde: Wer übt, hat kein Talent.

Doch wir sollten Abby trotzdem davon überzeugen. Wir mussten proben, und ich musste weiter die Clubs auf der Suche nach Auftrittsmöglichkeiten abgrasen.

In meinem Zimmer packte ich endlich Oma Trudes Geschenk aus, das ich in der Aufregung um ihren Krankenhausaufenthalt ganz vergessen hatte. Unter dem knisternden Blümchenpapier kam, wie angekündigt, ein Buch zum Vorschein, aber alles andere als ein langweiliges! Hatte ich nicht die wunderbarste Oma der Welt? Andere bekamen von ihrer Socken und Wärmflaschen, und ich kriegte einen Bildband von Billy Idol! Ich fragte mich, wo Oma Trude den so schnell hergezaubert hatte. Eigentlich kam nur der Buchladen von Frau Schöne am Johannisplatz in Frage. Schöne Rangna, das war die, die man früher bei jedem Konzert in der Parkschänke in der ersten Reihe finden konnte und die jede Nacht um die Häuser gezo-

150

gen war. Aber ihren Buchladen hatte sie am nächsten Morgen trotzdem pünktlich aufgeschlossen. Dort lagen Musikbücher über britische und amerikanische Bands und Biographien von Rockmusikern im Schaufenster und noch andere Sachen, die man in Limbach-Oberfrohna nicht unbedingt vermuten würde.

Ich legte »Rebel Yell« in einer der Musikrichtung angemessenen Lautstärke ein, setzte mich mit gekreuzten Beinen auf mein Bett und blätterte den Bildband behutsam durch. Es gab darin sogar ein Foto mit Tony James, und je länger ich die Bilder studierte, umso vertrauter wurde mir das Gesicht mit den aufgeworfenen Lippen. Als ich das Buch zuklappte, war ich selbst nicht mehr ganz sicher, ob Billy Idol nicht doch bei unserem Konzert aufgetaucht war.

Dr. Bähr rief an, um mir Bescheid zu geben, dass Oma Trude gut in der Diakonie angekommen war, und diktierte mir ihre Telefonnummer.

Ich pflückte den Schmuck von meiner Lampe, den ich für Oma Trude hingehängt hatte.

Plötzlich wünschte ich mir, sie wäre hier gewesen. Wünschte, dass ihr Blick die Gegenstände gestreift hätte, die mir wichtig waren, die Kunstdrucke von Waterhouse, den kleinen aus Speckstein geschnittenen Elefanten, den mit Intarsien verzierten Halter für Räucherstäbchen, die vielen Bücherstapel, die alten Blechdosen mit Waschmittelwerbung und Schokoladenreklame. Dann hätte sie gewusst, was ich sah, wenn ich morgens aufwachte und worüber ich stolperte, wenn ich abends heimkam. Plötzlich fehlte sie mir schrecklich.

Ich würde sie noch einmal einladen. Wenn sie wieder gesund war und wenn ich wieder in Kensington wohnte. Dann konnten wir alles nachholen!

Oma Trude hatte noch ein Lesezeichen in das Buch gesteckt – einen Geldschein, den ich wohl besser auf mein Konto einzahlen sollte, als eiserne Reserve.

Sie würde vom Krankenbett aus ohne Hilfe keine Überweisungen vornehmen können. Ich war also erst einmal auf mich allein gestellt. Erschwerend kam hinzu, dass ich noch am gleichen Tag meinen Nebenjob im Café verlor, weil ich eine ganze Woche wegen Oma Trude nicht hatte arbeiten können.

Dann würde ich mich eben im Buchladen in unserer Straße vorstellen. Dort hing seit ein paar Tagen ein Zettel, auf dem ein Verkaufsassistent gesucht wurde.

Zum Glück zahlten hier die meisten Arbeitgeber den Lohn wöchentlich aus. Mein Taschengeld hatte ich früher auch immer auf diese Weise bekommen, weil ich nicht in der Lage war, es mir selbst einzuteilen. Offensichtlich hatte sich daran nicht viel geändert.

Kurze Zeit später musste sich Oma Trude einer Operation unterziehen, bei der ihr die Gallenblase entfernt wurde. Das überstand sie gut. Nun war sie tatsächlich wiederhergestellt und konnte nach wenigen Tagen nach Hause entlassen werden.

Und es gab noch mehr gute Nachrichten. Abby hatte einen Produzenten aufgetrieben, der sich für uns interessierte!

Aus diesem Grund wollten wir uns in einem Pub in Islington treffen, in dessen Hinterzimmer wir proben durften.

Es herrschte die übliche Unterwasserstimmung, als ich mit Eva das Haus verließ. Am Himmel stand eine trübselige Mischung aus Regenwolken und Staubschwaden.

Doch nichts konnte mir die Vorfreude verderben! Nicht einmal Evas Freund Bela, der bei diesem Treffen eigentlich nichts zu suchen hatte und trotzdem mitgekommen war, um das elektronische Schlagzeug zu tragen.

Wir stiegen in die U-Bahn, die im Berufsverkehr rettungslos überfüllt war. An jeder Station war ich fest davon überzeugt, dass nun wirklich niemand mehr hineinpasste, und doch quetschte sich jedes Mal noch jemand dazu und drückte die Fahrgäste ein wenig stärker zusammen. Der ganze Waggon musste sich an jeder Haltestelle entleeren und neu sortieren, damit die Passagiere in der Mitte aussteigen konnten. Ich presste den Gitarrenkoffer an meinen Bauch, versuchte, flach zu atmen, und sagte im Kopf den »Zauberlehrling« auf, um mich abzulenken. Wir konnten jetzt nicht aussteigen, ich musste durchhalten. Dieser Produzent würde nicht auf uns warten.

Und ich hielt durch. Denn noch mehr, als in der U-Bahn zerquetscht zu werden, fürchtete ich, mein Talent zu verschwenden.

Wir kamen pünktlich im Pub an, aber wir hätten den Weg auch laufen können. Abby tauchte erst mit fast einstündiger Verspätung auf.

Sie war in Begleitung einer Frau, die ich für die Produzentin hielt. Ich gab mir deshalb viel Mühe mit ihr und erzählte von unseren Ideen und Plänen und hielt sie für besonders erfolgreich, weil sie nichts dazu sagte und lediglich blasiert nickte.

Später stellte sich heraus, dass sie mich einfach nicht verstand.

Es ist nicht sehr hilfreich, dass im Englischen das Geschlecht einer angekündigten Person erst erkennbar ist, wenn sie vor einem steht. Mein Irrtum klärte sich auch nicht auf, als Abby behauptete, der Produzent sei Rich. Ein reicher Produzent konnte schließlich nur von Vorteil sein.

Mir wurde erst klar, dass der Produzent ein Mann namens Rich war, als Abby meinte, wir sollten mit Jamina proben, bis Rich käme. Sofort brach ich sämtliche diplomatische Beziehungen zu dieser Jamina ab. Sie war in Wahrheit Bengalin und sprach kaum ein Wort Englisch, obwohl sie seit elf Jahren in London lebte. Sie spielte angeblich eine grundsolide Rhythmusgitarre, und Abby war der Meinung, ein neues Mitglied würde die Qualität unserer Band verbessern.

Was uns fehlte, war ganz sicher kein neues Bandmitglied, sondern ein klein wenig Disziplin!

Eva und Bela versuchten ein paar Höflichkeitsfloskeln mit Jamina auszutauschen, was viel Zeit und einer großen allseitigen Anstrengung bedurfte. Damit wir uns nicht mehr mit ihr unterhalten mussten, begannen wir im Hinterzimmer zu proben.

Abby war wie immer destruktiv und brach jeden Titel nach ein paar Takten ab, bis sie schließlich beleidigt Jamina die Gitarre in die Hand drückte und mit Bela nach vorn an die Bar verschwand.

Von da an lief es erstaunlicherweise bestens. Jamina schien sich unsere Demos angehört und die Songs geübt zu haben. Sie spielte dynamisch und konnte sich trotzdem zurückhalten. Sie drängte sich nicht in den Vordergrund wie Abby und ließ meiner Stimme Raum, so dass ich mich aufs Singen konzentrieren konnte und mich einfach fallenließ. Ich dachte an nichts mehr. Nicht an den Produzenten Rich, nicht an meinen Vermieter, dem ich schon zwei Wochenmieten schuldete, und auch nicht an Oma Trude.

Wir spielten das komplette Programm durch. Eva sprang beim Schlussakkord hoch und ließ sich für den letzten Schlag fallen. Danach warf sie ihre Trommelstöcke weg und schleuderte Schweißtropfen von ihren Haaren, wie ein Hund, der gebadet hat. Ein Teil davon traf einen Zuhörer, der die ganze Zeit unauffällig in der Ecke gelehnt hatte. Es war Rich, der Produzent, an dessen Existenz ich gar nicht mehr geglaubt hatte.

Zusammen mit Rich gingen wir in den Pub hinüber.

Dort erwischte Eva ihren Freund Bela, wie er sich gerade von Abby küssen und befingern ließ. Die beiden waren wirklich Idioten. Sie mussten doch gehört haben, dass wir nicht mehr spielten.

In Anwesenheit eines Produzenten sollten persönliche Angelegenheiten nicht existieren, aber Eva drehte durch und riss Abby an den Haaren. Dabei zeigte sich, dass diese der Einfachheit halber eine Perücke trug, damit sie ihr krauses Haar nicht immer glätten musste, und den Kopf darunter kahlrasiert hatte, so dass ihre Glatze zum Vorschein kam. Wütend zerrte sie daraufhin an Evas Haaren, was natürlich wesentlich schmerzhafter war. Eva schrie, Jamina schrie ebenfalls, aber keiner verstand sie. Bela verzog sich auf die Herrentoilette.

Ich holte an der Bar zwei Bier, schob Rich zurück ins Hinterzimmer und schlug die Tür zu. Es konnte nicht von Nachteil sein, wenn die anderen draußen blieben. So behielt ich die Kontrolle und wusste mehr als die anderen. Schließlich war ich die Managerin.

Völlig unbeeindruckt von dem Theater trank Rich sein Bier und besprach mit mir das Projekt *Girls Club*. Er sah unsere Fotos durch, und ich erklärte ihm, warum darauf Abby und nicht Jamina an der Gitarre stand. Glücklicherweise sah er darin kein Problem. Er betrachtete unsere Demo-CD und versicherte dabei, dass er tatsächlich an uns interessiert sei. Unsere Musik sei außergewöhnlich, wir sähen gut aus, kurz gesagt, das könne was werden.

Ich merkte, wie mein Atem schneller ging und ich kurz vor einem Sauerstoffrausch stand.

Und dann fragte er mich, was ich für einen Plattenvertrag zu tun bereit wäre.

Einfach alles! Ich hätte dem Teufel meine Seele dafür verschrieben und auch sonst alles Nötige gemacht, egal was es war.

Rich erklärte mir, dass er gute Beziehungen zur EMI habe.

Zur EMI! Ich begann meine Tasche nach einer Tüte zu durchwühlen, in die ich im Notfall hineinatmen konnte.

Er habe außerdem schon für Richard Ashcroft und die *Kaiser Chiefs* gearbeitet! Und er besaß ein eigenes Tonstudio! Wir brauchten lediglich die Aufnahmen in diesem Tonstudio, den Toningenieur und seine Leistung als Produzent zu bezahlen. Die Summe, die er dafür veranschlagte, war keine geringe. Aber für fünftausend Pfund winkte uns ein Plattenvertrag, mit dem wir bald Millionen verdienen würden!

Kaum war Rich weg, suchte ich die Bandmitglieder von *Girls Club* zusammen. Sie stritten sich immer noch, aber zogen sich wenigstens nicht mehr an den Haaren. Ich unterrichtete sie von Richs Angebot und stellte klar, dass sie beinahe alles verdorben hätten. Nur meine ausgezeichnete Arbeit als Managerin habe das Schlimmste verhindert.

Abby und Eva vertagten ihren Streit um Bela fürs Erste. Wir versuchten Jamina begreiflich zu machen, dass sie mit dabei war, was einige Zeit in Anspruch nahm.

Die wichtigste Frage blieb, wie wir die fünftausend Pfund auftreiben sollten. Abby und Eva erklärten sofort, dass sie kein Geld hätten. Und Jamina erst recht nicht. Sie hatte nicht einmal eine Wohnung.

Noch auf dem Heimweg wollte ich Oma Trude anrufen, um ihr die wunderbare Nachricht zu überbringen. Außerdem hoffte ich, dass sie mir ein allerletztes Mal aushelfen würde. Diesmal ging es natürlich um eine deutlich größere Summe als sonst. Aber wenn alles nach Plan lief, würde ich nie wieder Geldsorgen haben und konnte am Ende Oma Trude noch die Chanel-Handtasche kaufen, die ihr bei *Harrods* so gut gefallen hatte.

Ich ließ das Telefon lange klingeln, aber Oma Trude nahm nicht ab. Vielleicht war sie noch unten bei meinen Eltern, und dort anzurufen hatte ich nun gerade keine Lust. Mein Telefon zeigte ohnehin schon ein paar verpasste Anrufe von ihnen an, und mir war nicht nach dem neuesten Oberfrohnaer Tratsch.

Als Oma Trude am späten Abend immer noch nicht abnahm, begann ich mir Sorgen zu machen. Vielleicht lief der Fernseher wieder zu laut? Oder schlief sie schon? Ich überlegte, wann ich das letzte Mal mit jemandem aus meiner Familie gesprochen hatte. Es musste mindestens zwei Wochen her sein. Aber niemand, der die vierzig erreicht hatte, meldete sich noch jede Woche zu Hause!

Oma Trude ging auch am nächsten Morgen nicht an ihr Telefon, und mir blieb nichts anderes übrig, als meine Eltern anzurufen.

Die Stimme meines Vaters klang mürrisch. Selbst an einem Sonntag schaffte er es nicht, auszuschlafen, weil ihm seine Arbeitszeiten in Fleisch und Blut übergegangen waren.

»Na, du meldest dich ja auch mal«, stellte er fest.

Seine Begrüßung beruhigte mich ein wenig. Wenn sich mein Vater über mich aufregen konnte, musste die Welt in Limbach-Oberfrohna in Ordnung sein.

»Ich hatte zu tun«, behauptete ich, und es stimmte sogar.

Ich erarbeitete das Material für unsere Platte, machte ständig Aushilfsjobs und suchte nebenbei nach einer neuen festen Arbeit. Die Stelle im Buchladen war leider schon vergeben gewesen.

»Gib mir den Hörer«, hörte ich eine Stimme aus dem Hintergrund. »Wenn du mal an dein Telefon gegangen wärst, wüsstest du, was hier los ist«, sagte Carmen schnippisch.

Es schien ganz so, als hätte sie sich inzwischen vollständig in unserem Haus eingenistet. Erst war sie in den Laden eingedrungen, und nun hatte sie es bis in die Privaträume meiner Eltern geschafft.

Jetzt riss meine Mutter den Apparat an sich.

»Wir halten hier gerade Familienrat«, erklärte sie.

»Und worum geht's diesmal?«, fragte ich.

Der letzte Familienrat war auf Drängen von Tante Brigitte einberufen worden, die Einsicht in die Geschäftsbücher der Bäckerei haben wollte.

Meine Mutter sagte: »Oma Trude ist wieder gestürzt. Und die Herdplatte hat sie auch angelassen.«

»Ja und?«, fragte ich verständnislos. »Und deshalb beruft ihr einen Familienrat ein?«

»Im *Rosenhof* ist ein Platz für sie frei geworden«, erklärte mein Vater. »Wir müssen das schnell entscheiden, eh der weg ist.«

Ich konnte kaum glauben, was ich da hörte.

»Das werdet ihr nicht tun!«, rief ich. »Hat Oma Trude dich vielleicht in ein Heim gegeben, wenn du ihr als Kind auf die Nerven gefallen bist?«

»Das ist doch etwas ganz anderes«, versuchte meine Mutter die Wogen zu glätten. »Jetzt geht es um ihre Sicherheit! Und dass sie nicht den ganzen Tag da oben unter dem Dach allein ist.«

»Tja«, sagte Carmen, als wüsste sie etwas. »Dafür wird ihre ganze Rente draufgehen. Und die Ersparnisse gleich mit. Der *Rosenhof* ist teuer.«

»Das könnt ihr doch nicht einfach so machen!«, empörte ich mich.

»Sie hat es sich aber selbst gewünscht«, schaltete sich eine beleidigte Stimme ein.

Tante Brigitte hatte mir gerade noch gefehlt.

»Ich glaube euch kein Wort!«, brach es aus mir heraus. »Das lasse ich nicht zu!«

»Wer nicht hier ist, kann überhaupt nicht mitreden«, sagte Carmen bissig und legte auf.

Benutzten sie etwa meine Abwesenheit dazu, Dinge zu tun, die ich niemals billigen würde? Mir blieb nichts anderes übrig, als persönlich nach Limbach-Oberfrohna zu reisen und Oma Trudes Rechte zu vertreten.

Es kam überhaupt nicht in Frage, dass sie in den *Rosenhof* abgeschoben wurde! Und wozu sollte sie eine teure Wohnung bezahlen, wenn sie in ihrem eigenen Haus ganz umsonst wohnen konnte? Jemand wie Oma Trude gehörte einfach nicht in ein Heim!

13.

EINE SCHWERE ENTSCHEIDUNG

Der eigenartigste Unterschied zwischen den Einwohnern von Limbach-Oberfrohna und London ist ihr Benehmen in öffentlichen Verkehrsmitteln. In London setzt man sich auf den äußersten Busplatz, damit nachkommende Mitfahrer leichter an einen Sitz gelangen. In Limbach-Oberfrohna hockt man sich an den Rand und blockiert die ganze Reihe.

☙ ☙ ☙

Diesmal hatte ich also den Familienrat einberufen. Wie um mir einen kleinen Vorgeschmack auf die Stimmung zu geben, die mich erwartete, holte mich niemand vom Flughafen ab. Ich musste selbst sehen, wie ich ins Vorerzgebirge kam.

Weder Altenburg noch Limbach-Oberfrohna sind Metropolen mit guter Verkehrsanbindung. Ich zuckelte also mit mehrmaligem Umsteigen in Bummelzügen vor mich hin. Danach bestieg ich einen Überlandbus mit schweigsamen Mitreisenden, die nicht bereit waren, ihre Tasche anzuheben, damit ich mich setzen konnte.

In London hatte ich alles geklärt. Jamina durfte vorübergehend in meinem Zimmer wohnen. Ich vermietete es ihr mit einem Aufschlag von dreißig Pfund weiter. Schließlich trug ich die Verantwortung und die Nebenkosten. Ich hatte sie im

Voraus bezahlen lassen und damit den Flug gebucht. Das Geld für die ausstehende Miete würde ich schon noch auftreiben. Mehr war nicht zu regeln gewesen, denn eine Arbeitsstelle hatte ich im Moment ohnehin nicht.

Kurz nach Ladenschluss erreichte ich endlich Limbach-Oberfrohna. Ich holte noch einmal tief Luft wie vor einem langen Tauchgang und betrat das Haus meiner Familie.

In der Küche saßen schon alle versammelt wie Schöffen in einer Strafgerichtssache. Nur Oma Trude fehlte. Sollten wir sie nicht herunterholen? War es überhaupt erlaubt, ohne den Delinquenten über sein Leben zu entscheiden?

Auf dem langen Weg nach Oberfrohna hatte ich mir einen Mehrstufenplan zur Lösung des Problems überlegt. Die erste Phase beinhaltete Diplomatie.

Deshalb hielt ich mich mit meiner Empörung zurück, drückte meine Mutter, strich meinem Vater über die Glatze, schnitt Carmen ein Gesicht und schüttelte der auf dem Küchensofa thronenden Tante Brigitte die Hand. Die Uhr mit dem Zwiebelmuster tickte unangenehm laut. Von Max und Felix war nichts zu sehen. Vermutlich wollten sie keine unbestechlichen Zeugen dabeihaben.

Carmen holte sich einen Kaffee aus der Maschine, ganz als wäre sie hier zu Hause.

»Den Weg hättest du dir sparen können«, sagte sie. »Und mir auch. Deinetwegen musste ich die Jungs schon wieder bei ihrem Vater lassen.«

Sie schob mir ebenfalls eine Tasse hin, und ich spähte misstrauisch hinein. Der Kaffee sah normal aus und roch auch wie immer.

»Oma Trude geht es wirklich nicht so besonders«, eröffnete meine Mutter die Diskussion.

Sie erzählte, dass meine Großmutter in der letzten Zeit zweimal auf der Treppe zur Dachetage gestürzt sei und mit dem Einkaufen Schwierigkeiten habe.

»Sie hat das Londoner Abenteuer bei dir nicht ganz verkraftet«, fügte Tante Brigitte bissig hinzu.

Auf diese Bemerkung ging ich gar nicht erst ein. Es war höchste Zeit für Phase zwei des Mehrstufenplans: der Appell an das Gewissen meiner Familie.

»Eine alte Dame wie Oma Trude muss auch nicht mehr einkaufen«, fand ich. »Das kann doch sicher jemand für sie erledigen.«

Dabei sah ich meine Cousine mit einer genau kalkulierten Mischung aus Vorwurf und Zuversicht an.

»Ach ja?«, regte sich Carmen auf. »Ich hab zwei Jungs, keinen Mann und steh den ganzen Tag im Laden. Und zwar an der Stelle, an der du eigentlich stehen solltest.«

»Bist du nicht gern bei uns im Laden?«, erkundigte sich meine Mutter gekränkt.

»Bei euch im Laden!«, warf Tante Brigitte bitter ein.

»Nicht jetzt, Brigitte!«, wies mein Vater seine Schwester scharf zurecht.

Carmen machte einen Rückzieher: »So hab ich das nicht gemeint, Tante Renate. Aber du und ich und auch Onkel Heinz, wir sind rundum ausgelastet.«

»Wir können uns jedenfalls nicht die ganze Zeit kümmern«, bestätigte mein Vater. »Irgendwann muss ich auch mal schlafen.«

Was gab es bei einer klugen und selbständigen Frau wie Oma Trude zu kümmern? Es war eher umgekehrt. Sie kümmerte sich ständig um andere.

»Meine eigene Arbeit wird mir schon zu viel«, stöhnte meine Mutter. »Ich kann nicht noch bei Oma Trude putzen und mit ihr zum Arzt fahren.«

Das waren alles nur Scheinargumente. Zu Dr. Bähr musste keiner fahren, der praktizierte gleich um die Ecke, und den Rest hatte Oma Trude immer allein erledigt.

Ich sah zu Tante Brigitte. Schließlich war sie Oma Trudes Tochter und im Vorruhestand. Sie hatte viele Jahre im VEB Feinwäsche *Bruno Freitag* gearbeitet, dem größten Hersteller von modischer Unterwäsche in der DDR. Damals war sie noch gut gelaunt gewesen, später wurde ihre Miene immer eisiger. Tante Brigitte hatte nur einmal in ihrem Leben geweint, nämlich als die Abrissbirne in das verlassene Firmengebäude der Feinwäsche gekracht war, um Platz für einen *Penny*-Markt zu machen. In diesen würde Tante Brigitte niemals einen Fuß setzen.

»Und was ist mit dir, Tante Brigitte?«, überlegte ich nun.

»Das fragst du jetzt nicht im Ernst!«, plusterte sie sich auf. »Die Bäckerei hat der Heinz gekriegt, aber ich soll mich kümmern?«

»Wir haben das alles schon von vorn bis hinten durchüberlegt«, sagte meine Mutter schnell, die doch noch eine Diskussion über die Besitzverhältnisse der Bäckerei Balutzke heraufziehen sah.

»Es ist schön im *Rosenhof*«, beteuerte Carmen. »Und es sind nur ein paar Schritte bis zum Stadtpark.«

»Vielleicht sollten wir Oma Trude auch mal selbst fragen!«, schlug ich vor.

»Das kam doch überhaupt erst von unserer Muttel! Weil im *Rosenhof* auch die Elvira ist«, behauptete mein Vater.

Carmen sah mein ungläubiges Gesicht und sagte: »Frohmann Elvira. Das ist die, von der mal ein Aktfoto im Magazin war.«

»Wirklich?«, fragte mein Vater interessiert. »Ich dachte, Frohmann Elvira wäre die, die auf dem Betriebsfest in der Feinwäsche was mit dem Kaderleiter hatte?«

»Ja«, bestätigte Tante Brigitte pikiert, »das ist sie auch.«

»Na, da wäre Oma Trude ja in feiner Gesellschaft!«, rief ich.

»Weißt du, was?«, zischte Carmen feindselig. »Du kommst hier angeflattert und hast überhaupt keine Ahnung mehr von uns!«

»Und außerdem«, stellte Tante Brigitte beleidigt fest, »tauchst du immer erst auf, wenn schon alle Arbeit erledigt ist.«

Ich stutzte und fragte misstrauisch: »Wie meinst du das?«

»Unsere Muttel ist längst im *Rosenhof*«, verkündete mein Vater, und alle sahen mich an, als wäre das meine Schuld.

Ich brauchte einen Moment, um zu begreifen, was das bedeutete. Während ich sie oben gut behütet in ihrer gemütlichen Dachwohnung glaubte, war in Wirklichkeit schon alles passiert! Sie hatten meine Abwesenheit genutzt und Oma Trude in einer Nacht-und-Nebel-Aktion umquartiert.

Ich vergaß Phase drei und stürzte mich planlos in die Schlacht! Mit voller Wucht ließ ich meine Hand auf den Küchentisch klatschen, dass meine Finger brannten und Tante Brigitte zusammenzuckte.

»Nicht mit mir!«, rief ich empört. »Ich werde jetzt dorthin fahren und sie wieder rausholen!«

Damit rauschte ich hinaus und schlug die Tür hinter mir mit Schwung zu, so dass die Fensterscheiben vom Luftdruck klirrten. Es galt, keine Zeit zu verlieren.

Wenn man die öffentlichen Verkehrsmittel in London gewöhnt ist und es noch dazu eilig hat, fällt es schwer, sich auf den Busfahrplan Limbach-Oberfrohnas einzulassen. Es erschien mir wie blanker Hohn, dass ich an der Haltestelle stand und auf die Linie C2 wartete. Im Unterschied zu dem Bus gleichen Namens in London, der beinahe alle fünf Minuten fuhr, kam dieser hier nur jede halbe Stunde.

Als Kind war ich oft mit dem Rad am *Rosenhof* vorbeigefahren und hatte kaum einen Blick daran verschwendet. Der Name klang nach Romantik und Dornröschen. In Wirklichkeit aber war es ein Wohnblock aus den sechziger Jahren, nüchtern, sauber und akkurat, gänzlich ohne Innenhof, aber mit einer parkähnlichen Wiese dahinter.

Man musste um das Haus herumlaufen, um den Eingang zu finden. Hier gab es tatsächlich die versprochenen Rosen, zwei verkrüppelte, mager blühende Hochstämmchen in Kübeln, die vergeblich die Tür zu umrahmen versuchten.

Ich würde Oma Trudes Tasche packen und sie von hier wegholen. Dann wollte ich zwei gemütliche Tage mit ihr verbringen und pünktlich zum Wochenende meinen Flieger nach London zurück nehmen, um mit dem Produzenten Rich den Termin für die Aufnahmen absprechen zu können.

Unten im Eingangsbereich hing ein Zimmerplan, und ich fand schnell heraus, wohin ich gehen musste. Ich ignorierte den Fahrstuhl und stieg hinauf in die zweite Etage. Das Treppenhaus war kahl und aus Beton, mit tiefen Fugen und Ritzen und einem Handlauf aus klebrigem Plastik.

Der obere Gang war düster und lang, und überall zweigten Zimmer ab. Es war nahezu still. Nur der drückende Geruch von Kantinenessen lag in der Luft. Niemand begegnete mir. Niemand wunderte sich über meine Anwesenheit. Hier konnte Oma Trude entführt werden, und keiner würde es merken!

Ich suchte das Zimmer 227, klopfte und trat, ohne eine Antwort abzuwarten, ein.

Oma Trude saß im Nachthemd in ihrem alten Ohrensessel mit den eckigen Lehnen und guckte mich erschrocken an.

»Ja, Mädelchen! Was machst du denn hier! Ist was passiert?«
Ich stürzte auf sie zu und umarmte sie.

Das Zimmer wirkte so, als hätte es jemand verhext und Oma Trudes Möbel an einen falschen Ort gezaubert. Es waren ihr Glasschränkchen mit den Schnitzereien, ihr Hellerauer Wäscheschrank, der runde, massive Ausziehtisch, die Spiegelkommode aus Kirschbaumholz, die abgeschabten Stühle. Aber es waren nicht ihre Tapeten mit dem braun-grünen Farnmuster und auch nicht ihr Fenster mit dem dunklen Holzrahmen. Doch an den falschen Plastikfenstern hingen Oma Trudes selbstgehäkelte Scheibengardinen, umrahmt von fremden Malimo-Vorhängen.

»Ich wollte dich nur besuchen, Oma Trude!«, sagte ich und betrachtete sie aufmerksam. War sie noch dünner geworden? Ich würde sie ordentlich aufpäppeln müssen in den nächsten beiden Tagen.

»Ach, Mimi, das ist aber lieb von dir!«, freute sie sich.

Irgendwie kam mir ihre Stimme durchscheinend und ein wenig brüchig vor.

»Und ich will dich wieder nach Hause holen«, setzte ich hinzu.

»Es muss aber nicht gleich sein, oder?«, fragte sie verunsichert. »Ich wollte nämlich grad ins Bett.«

Dieses Bett gefiel mir nicht. Es besaß Krankenhauscharakter, ließ sich in der Höhe verstellen und hatte über dem Kopfende einen Haltegriff.

»Du musst gar nichts, Oma Trude«, versicherte ich. »Ich bin nur hier, um dir zu helfen.«

»Das ist lieb, Mimi. Aber das brauchst du gar nicht. Die Eberdinger Gisela kauft für uns ein. Kennst du die noch? Das ist die, die sich an rohem Gehackten vergiftet hat und dadurch lila Tiger sehen konnte.«

Ich konnte mich weder an eine Frau Eberdinger noch an ihre lila Tiger erinnern.

»Weißt du«, sagte Oma Trude, »wenn ich in der letzten Zeit einholen war, hatte ich nämlich das Gefühl, die haben das Suppenpulver in Bleitüten gesteckt.«

Oma Trude kochte sich seit dem Aufkommen der Instantspeisen mit Vorliebe Tütensuppen.

»Die sind schnell gemacht und rutschen so schön runter«, fand sie immer.

Ich verstand nicht, warum meine Mutter ihr nicht einfach die geliebten Tütensuppen besorgen konnte.

Neben dem Bett standen überdimensionale, überquellende Umzugskartons. Sie hatten ihre Sachen ungeordnet und lieblos hineingestopft. Dabei war Oma Trude doch immer so ordentlich. Die Familie Balutzke hatte ganze Arbeit geleistet.

Oma Trude war meinem entgeisterten Blick gefolgt und sagte entschuldigend: »Ich bin ja grad erst eingezogen. Das wird noch gemütlich.«

»Mach dir keine Sorgen, Oma Trude. Es kommt alles wieder in Ordnung«, versprach ich.

»Meinst du? Ich bin nicht sicher. Weißt du, Mimi, das ist ganz komisch, in letzter Zeit kam es mir manchmal so vor, als hätte jemand in die Treppe zu meiner Wohnung einen Umweg eingebaut.«

Ich guckte sie irritiert an.

»Ich bin kaum noch hochgekommen«, versicherte sie und war selbst erstaunt über diese Tatsache.

Dabei hatte sie doch ihr Leben lang im Laden gestanden und war sogar alleine nach London geflogen. Ich fand, das Problem lag eher darin, dass sie ihr die Dachetage zugewiesen hatten. Warum tauschten sie nicht einfach wieder die Wohnungen?

Oma Trude schüttelte entsetzt den Kopf: »Aber dann müssten wir ja zwei ganze Umzüge machen! Und deine Mutti würde ihre Einbauküche gar nicht unter die Dachschräge kriegen. Und was sollte ich mit der großen Wohnung da unten? Die hat auch den Zugang zum Laden. Das war schon immer so. Wer den Laden führt, muss unten wohnen.«

Ich war trotzdem davon überzeugt, dass es eine andere Möglichkeit geben musste.

»Und außerdem«, erklärte Oma Trude, »ist doch die Frohmann Elvira auch hier! Mit der Elvira bin ich zur Schule gegangen.«

Ich musste an das denken, was ich bisher über diese Freundin erfahren hatte, und zweifelte: »Na, ob dir das was hilft?«

»Natürlich! Das ist die, die dem Fräulein Kohl einen nassen Schwamm auf den Lehrerstuhl gelegt hat!«, kicherte sie.

Diese Elvira fing langsam an, mir zu gefallen.

Oma Trude stellte mit einer Fernbedienung ihr Bett tiefer, damit sie besser einsteigen konnte. Anschließend fuhr sie es wieder hinauf.

»Dann kann ich morgen früh besser aussteigen«, erklärte sie mir.

Dieses Hinauf- und Hinunterfahren schien ihr einigen Spaß zu machen, denn sie brauchte eine Weile, bis sie mit der Höhe zufrieden war.

Ich schüttelte ihr Kissen zurecht, zog die Übergardinen zu und löschte die Deckenlampe. Dann hängte ich mein glitzerndes Armband an den Haltegriff über dem Bett und schubste es an. Das geschliffene Glas fing das schummrige Licht der Nachttischlampe ein. Die sanft pendelnden Reflektionen an den Wänden verzauberten den Raum. Ich begann, im gleichen Rhythmus ein Gutenachtlied zu singen, eine ganz eigene Version von »Twinkle, Twinkle, Little Star«.

Noch während ich sang, öffnete sich die Tür einen winzigen Spalt, und eine koboldhafte Dame mit durcheinandergewirbelten weißen Haarfusseln steckte ihre Nase hindurch. Ich lächelte sie an. Das ermutigte sie, zu uns ins Zimmer zu schlüpfen. Sie setzte sich auf einen der Stühle, der reichlich Krach beim Zurechtrücken machte, schlug die kurzen, krummen Beine übereinander und lauschte ebenso andächtig wie Oma Trude.

Im Zimmer breitete sich Frieden aus, und ich merkte, wie auch ich ruhiger wurde.

Die falschen Diamanten schaukelten nur noch sanft, erschüttert von Oma Trudes Bewegungen im Bett. Kaum war mein Lied zu Ende, setzte draußen im Flur ein Wispern und Schlurfen ein, als wären Geister unterwegs, die nun auseinanderstoben und mit leisem Türenklappen in die Zimmer verschwanden.

Ich gab Oma Trude einen Gutenachtkuss.

»Krieg ich auch einen?«, kicherte die alte Dame mit der Vogelfrisur.

Ich beugte mich, ohne zu zögern, zu ihr hinüber, und sie zuckte zurück. Sie hatte nur einen Scherz gemacht. Sie konnte nicht wissen, dass ich direkt aus London kam. Ich hätte nichts dabei gefunden.

»Das ist übrigens die Elvira!«, stellte mir Oma Trude ihre Freundin vor.

Ich hätte es mir eigentlich denken können.

Unten in der Tür begegnete mir Jan Sondermann.

»Was machst du denn hier?«, fragte ich überrascht, als wäre nicht ich diejenige, die eigentlich nicht nach Limbach-Oberfrohna gehörte.

»Ich spiele hier den Nachtwächter«, antwortete er grinsend und klapperte demonstrativ mit einem großen Schlüsselbund.

»Machst du keine Musik mehr?«, fragte ich.

»Doch, natürlich«, war seine Antwort.

Er kam mir heiter und gelassen vor. Ich an seiner Stelle wäre verbittert gewesen. Es konnte leider nicht jeder so eine große Chance bekommen.

Ich lief den Weg zurück zum Haus meiner Eltern, denn ich hatte keine Lust, auf einen Bus zu warten, der nachts sicher noch seltener fahren würde. Zum Glück sind die Wege in Limbach-Oberfrohna alle nicht besonders lang. Ab und zu überholte mich ein Radfahrer, ansonsten lag der Ort im Tiefschlaf.

Auch von meinen Eltern war nichts mehr zu sehen, als ich nach Hause kam.

Ich konnte dann nur schwer einschlafen. Es war mir zu ruhig, es war mir nicht spät genug, und ich hatte das Gefühl, von Verrätern umgeben zu sein.

Am nächsten Morgen gegen zehn Uhr Londoner Zeit, als ich sicher sein konnte, niemandem mehr zu begegnen, schlich ich mich in die Küche.

Auf dem Tisch lag ein Zettel, der die Wogen glätten sollte.

»Der *Rosenhof* ist wirklich das Beste für alle! Im Kühlschrank liegt ein Päckchen mit Streuselkuchen. Extra für Dich doppelt gebuttert.«

Glaubte meine Mutter etwa, mich bestechen zu können, damit ich mich ihrer Meinung anschloss?

Ich verließ das Haus und schloss die Tür diesmal ganz behutsam. Dann wandte ich mich zur falschen Seite und nahm einen Umweg, damit ich nicht an der Ladenscheibe vorbeilaufen musste. Den Kuchen hatte ich natürlich trotzdem mitgenommen.

Der Weg in dem kleinen Park hinter dem *Rosenhof* war ordentlich geharkt. Auf den Bänken saßen ein paar alte Damen, aber Oma Trude war nicht unter ihnen, und auch Elvira mit der Vogelfrisur konnte ich nirgends entdecken.

Das Haus hatte keinerlei Charme, wirkte aber sehr sauber. Neben der Tür hing ein Glaskasten mit der Hausordnung, Veranstaltungsinformationen, dem Speiseplan und einer toten Fliege. Heute hatte Oma Trude die Wahl zwischen Gemüseeintopf und Eiern mit Senfsoße. Am Mittwoch würde es einen Vortrag zum Thema »Die cholesterinbewusste Ernährung« geben, und für nächste Woche Freitag konnte man sich zur Pediküre anmelden.

Alles in allem schien es hier wohl ordentlich langweilig zu sein.

Durch das Treppenhaus hallte diesmal ein hämmerndes Klopfen. Ich lief einer Frau über den Weg, die zum Personal zu gehören schien. Ein straffer, praktischer Pferdeschwanz, Turnschuhe, ein hellblauer Kittel mit Namensschild, das sie als »Frau Körner, Heimleiterin«, auswies. Sie legte offensichtlich keinen großen Wert auf Statussymbole. Sicher stammte sie nicht aus dieser Gegend.

Ich stellte mich kurz vor, und sie sagte mit Röntgenblick: »Ah! Sie sind das. Ich hab schon viel von Ihnen gehört.«

Wie konnte sie das? Oma Trude war erst seit zwei Tagen hier!

Das hämmernde Klopfen kam aus Zimmer 227. Die Kisten neben dem Bett waren teilweise ausgepackt, und überall lagen Stapel und Haufen herum, als hätte Oma Trude nicht so recht gewusst, wo sie alles einsortieren sollte.

Elvira balancierte mit einem Stühlchen an der Wand herum und nagelte, dirigiert von Oma Trude, Bilderrahmen an. Bei jedem Hammerschlag zitterte der Vogelflaum auf ihrem Kopf. Oma Trude ließ die kahlen Wände mit schönen Erinnerungen beleben. Das Bild von ihr mit Tanzkleid und Bruder Ernst hing bereits. Auch ein Schnappschuss von meinem Vater und Tante Brigitte, als beide noch hübsch gewesen waren.

Elvira lehnte sich ganz weit zur Seite, um ein Poster von Mimi Balu festzuklopfen. Das Stühlchen wackelte bedenklich.

»Vorsicht!«, rief ich und sprang hinzu. »Darf ich Sie ablösen?«

Sie drückte mir den Hammer und ein Kinderfoto von Carmen und mir in die Hand, auf dem wir aussahen, als hätten wir uns lieb. Arm in Arm hockten wir mit beerenverschmierten Mündern am Rand eines Sandkastens. Plötzlich stieg mir der Geruch von Carmens verschwitztem Kinderhaar in die Nase.

Ich brachte auch dieses Bild an, und zum Schluss schlug ich einen Nagel für das Krankenhausschild ein, auf dem der Name »Trudy Stern« stand.

Dann wollte ich den Kuchen auspacken.

»Wir haben längst gefrühstückt«, meinte Oma Trude lachend.

»Ach was! Kuchen geht immer!«, widersprach Elvira mit dem Vogelflaum und tippelte mit kurzen Schrittchen hinaus auf den Flur.

Als sie zurückkam, brachte sie im Schlepptau zwei weitere Damen mit, die Tillich-Schwestern Rosi und Dorle. Wie ich erfuhr, waren es die, mit denen Oma Trude vor dem Krieg im *Tempodrom* hinter der Parkschänke im Kreis auf den Pferden geritten war. Die Schwestern sahen sich kein bisschen ähnlich. Dorle war hager und hochaufgeschossen, Rosi dagegen neigte ein wenig zur Korpulenz und stützte sich vorsichtshalber auf einen Rollator.

Dann kamen immer mehr Heimbewohner dazu, und ich verlor den Überblick. Sie stürzten sich auf den Kuchen und verkrümelten ihn auf dem Bett, da es nicht ausreichend Stühle gab.

Ich war überrascht, wie viele Freunde Oma Trude in der kurzen Zeit schon gefunden hatte.

»Ach«, kicherte Oma Trude ein wenig atemlos. »Wir kennen uns doch alle schon seit Ewigkeiten. Mit den meisten bin ich zusammen zur Schule gegangen. Erst sind wir zusammen erwachsen geworden, und jetzt sind wir zusammen alt.«

Sie blickte sich suchend um und fügte hinzu: »Und die anderen waren alle Kundinnen bei uns im Laden.«

Ich hoffte, keine von ihnen hatte etwas mit Frau Strumpf zu tun. Im Übrigen duzten mich alle, schließlich war ich Trudes Enkelin.

Angelockt durch den Lärm, sah Frau Körner ins Zimmer und schlug vor, dass wir hinunter in den Aufenthaltsraum gehen sollten, damit alle einen Stuhl bekämen.

Auf der Treppe merkte ich, dass Oma Trude tatsächlich Probleme mit dem Laufen hatte. Sie tastete blind nach den Stufen, klammerte sich am Geländer fest und versuchte, angefeuert von ihren Freundinnen, die Treppe zu bewältigen.

»Aber warum nehmt ihr denn nicht den Fahrstuhl?«, fragte ich.

»Stimmt! Warum nehmen wir nicht den Fahrstuhl?«, ertönte es mehrstimmig, und alle eilten die Treppe wieder hoch, so schnell sie eben konnten, obwohl sie schon beinahe unten gewesen wären.

Als wir endlich den Aufenthaltsraum erreichten, stand bereits duftender Kaffee auf dem Tisch.

Der Raum war mit Linoleum und Schulmobiliar ausgestattet. Die Stühle hatten gebogene Metallrohrbeine, die eine be-

173

klemmende Hortatmosphäre verströmten. Die Tischplatten bestanden aus Sprelakart. Frau Körner hatte den Raum nett, aber ein wenig ungeschickt gestaltet. Eine Informationstafel und ein paar geschmacklose Kunstdrucke hingen an den weißen Wänden. In der Ecke stand ein Gummibaum mit fleischigen Blättern, die wie Plastik wirkten, aber echt waren.

Hier fehlten nur ein wenig Farbe, Krepp und Stoff! Es juckte mir in den Fingern, aber so viel Zeit hatte ich nicht. Und im Grunde ging es mich auch nichts an.

Ich suchte wenigstens nach einem Tischtuch, und Frau Körner zeigte mir einen Schrank in der Ecke. Ich inspizierte ihn, es roch nach frischer Wäsche darin, aber es war nichts dabei, was mir zusagte. Die Tischdecken aus Synthetik blieben an meinen Fingern kleben und hatten biedere Farben. Ganz unten entdeckte ich eine uralte, schöne Baumwolldecke mit Rotweinflecken. Wegen der Häkelkante hatte sie wohl nicht in die Kochwäsche gedurft. Ich fand sie trotz des kleinen Makels wunderbar geeignet und breitete sie auf dem Tisch aus.

Dann ging ich nach draußen, pflückte ein paar korallenrote Rosenköpfe ab und verteilte sie auf den Flecken. Der süße Blütenduft vermischte sich mit dem Kaffeegeruch. Oma Trudes Damen rückten überrascht näher. Eine feierliche Stimmung breitete sich aus, bis Frau Körner, die kurz nach draußen gegangen war, empört wieder zur Tür hereinfegte.

»Wer hat die Rosenbüsche vorm Eingang geplündert?«, rief sie.

»Die wachsen wieder nach«, sagte ich gelassen.

Sie blickte entgeistert auf meine Tischdekoration.

»Sie haben für ein einziges Kaffeetrinken alle meine Rosen abgerissen? Sogar die Knospen?«, schnaubte sie. »Morgen sind die verwelkt! Draußen hätten sie noch wochenlang Freude bereitet!«

Aber war dieser eine schöne Moment das nicht wert?

Als ich noch im Waschsalon gearbeitet hatte, schenkte mir ein Verehrer einmal zwölf Blumengutscheine. Er vertrat die romantische Idee, dass ich mir damit jeden Monat einen Strauß kaufen und an ihn denken sollte. Ich löste sämtliche Gutscheine auf einmal ein, und mir wurden statt 30 Blumen ganze 360 in mein kleines Zimmer geliefert. Wer hat jemals das Glück, in einem solchen Blumenmeer baden zu dürfen? Lieber einmal aus dem Vollen schöpfen, als sein Leben lang auf Sparflamme zu köcheln!

Frau Körner drehte sich wortlos um und stampfte in ihr Büro. Ihr Zopf wippte wütend. Mit meinen Dekorationskünsten hatte ich mir in ihr wohl keine Freundin gemacht. Aber dafür waren Oma Trude und die anderen alten Damen umso glücklicher. Immer mehr setzten sich an unseren festlichen Tisch. Es kam mir so vor, als müsste irgendwo ein Multiduplikator versteckt sein, der sie vervielfältigte, denn sie sahen alle gleich aus mit ihren weißen Löckchen und den rundlichen Körpern.

Ich knabberte an einem trockenen Brötchen und nippte am Kaffee. Elvira rückte näher an mich heran.

»Das hast du dort gelernt, oder?«, fragte sie und zeigte mit dem Finger in irgendeine Himmelsrichtung.

Ich lächelte: »Ja. Das und vieles andere.«

»Meine Mimi ist extra aus London hergekommen, nur um mich zu besuchen!«, verkündete Oma Trude nun stolz.

Alle rückten noch näher an unseren Tisch heran. Ich wurde bestürmt, etwas Aufregendes von London zu erzählen. Aufs Geratewohl berichtete ich von der großen Ruderregatta, die ich mir vor ein paar Tagen auf der Brücke von Putney angesehen hatte. Wie jedes Jahr waren Studenten von Cambridge und Oxford gegeneinander angetreten. Ich hatte wieder einmal auf die falsche Mannschaft gesetzt und ein paar Pfund verloren.

»Das ist wie in meiner Kindheit! Da sind wir mit dem Ruderboot über den Stadtparkteich gegondelt!«, sagte Rosi verträumt. »Könnt ihr euch erinnern?«

»O ja!«, wisperte eine steinalte Dame, deren Alter ich nicht einmal mehr schätzen konnte. »Da haben sie immer zum Stadtparkfest Wasserrutschen für die Boote und das weiße Schloss aufgebaut!«

Das Schloss war das Stichwort für den Buckingham-Palast und Königin Elisabeth. Denn so viel stand fest, rein optisch hätte die Queen gut in die Reihe meiner Zuhörerinnen gepasst. Nur ihre Kleiderordnung war eine andere. Ich konnte ihren Stil genau beschreiben, kannte ihren Geschmack, das seidige Material und die pudrigen Farben ihrer Kostüme, die perfekt abgestimmten Filzhüte, den dezenten und doch sündhaft teuren, zweireihigen Perlenschmuck und dann die passenden Handschuhe, Henkeltaschen und Pumps! Ich wusste Bescheid, denn ich hatte sie persönlich gesehen! In der Nacht vor ihrem 50. Thronjubiläum schlief ich wie Tausende andere am Straßenrand, nur um einen Blick auf sie erhaschen zu können. Und irgendwann kam sie tatsächlich vorgefahren wie eine Märchenkönigin! In einer echt goldenen Kutsche, die so schwer war, dass sie von acht weißen, muskelstrotzenden Pferden gezogen werden musste. Und flankiert wurde sie von ihrer Leibgarde in rot-goldenen Uniformen!

»Ich hab das im Fernsehen geguckt«, rief Dorle ganz aufgeregt.

»Und du warst dabei, Mimi!«, sagte Oma Trude feierlich.

Ein allgemeines glückliches Seufzen ertönte.

Im Haus gegenüber öffnete jemand ein Fenster. Es gab eine Lichtreflektion, und wir alle glaubten die goldenen Räder der Kutsche in der Sonne blitzen zu sehen.

Mit Leichtigkeit war mir gerade gelungen, was im Hause Balutzke mit der aufsässigen Carmen und der misstrauischen Frau Strumpf immer schwerer wurde: Ich hatte alle verzaubert.

Und weil ich so in Schwung war und alle an meinen Lippen hingen und Frau Körner nicht in Sicht war, machte ich gleich weiter.

»Und willst du wissen, was das Beste ist, Oma Trude?«, fragte ich.

Alle wollten es wissen, nicht nur Oma Trude.

»Das Beste ist, dass du mich vielleicht auch bald im Fernsehen sehen kannst!«

»Du? Im Fernsehen? Oh, das ist ja wunderbar, Mimi!« Oma Trude klatschte begeistert in die Hände.

»Auf welchem Kanal?«, wollte Rosi wissen und suchte schon nach der Fernbedienung des Gemeinschaftsfernsehers.

»Jetzt noch nicht«, sagte ich bedeutsam. »Aber bald!«

»Das musst du uns alles ganz genau erzählen, Mimi!«, rief Oma Trude.

Und das tat ich. Ich berichtete von meinem Treffen mit dem erfolgreichen Produzenten, seinem großen Interesse und seinem einmaligen Angebot, mit uns einzigartige Tonstudioaufnahmen zu machen und uns einen Plattenvertrag zu besorgen.

»Ach, Mimi«, sagte Oma Trude ergriffen. »Das ist endlich die große Chance, auf die du immer gewartet hast!«

»Ja«, antwortete ich schlicht, denn mehr gab es dazu auch nicht zu sagen.

»Lohnt sich das denn?«, wollte Elvira wissen.

»Das kommt darauf an«, sagte ich. »Leona Lewis hat im letzten Jahr elf Millionen verdient.

»Elf Millionen! Darauf müssen wir anstoßen!«, rief Elvira begeistert.

Die Kaffeetassen klirrten aneinander, und ein neuer Fleck schwappte auf das schöne Tischtuch. Rosi zupfte schnell ein Zweiglein von den Rosen ab und legte es darauf. Sie lernte schnell.

»Es gibt leider noch ein Problem dabei«, musste ich nun zugeben.

»Was ist denn das Problem?«, wurde ich bestürmt.

»Wir müssen natürlich die Produktionskosten vorschießen«, erklärte ich.

Alle nickten zustimmend.

»Das versteh ich. Und wie viel ist es?«, erkundigte sich Oma Trude.

»Fünftausend Pfund.«

»Wie viel sind denn fünftausend Pfund?«, fragte Rosi unschuldig und schien zu hoffen, dass sich das Pfund zum Euro wie der Yen verhielt.

»Nach dem aktuellen Umrechnungskurs ungefähr …«, ich rechnete kurz in meinem Telefon nach, »6350 Euro.«

Kurze Stille.

Dann meinte Elvira: »Das sind 12 700 Mark.«

Sie hatte früher einmal in der Buchhaltung der Feinwäsche gearbeitet.

»Oder 127 000 Ostmark!«, rief Rosi.

Wir mussten lachen, und ich erklärte: »Das Problem ist eben, dass Abby und Eva kein Geld haben. Jamina sowieso nicht. Tja, und ich eben auch nicht.«

»Aber ich!«, sagte Oma Trude ganz fest und freute sich über die so gewonnene Aufmerksamkeit.

Es begannen sich trotzdem ein paar Zweifel zu regen.

Rosi fragte: »Hast du denn überhaupt so viel Geld, Trude, bei deiner kleinen Rente? Das Geschäft gehört doch jetzt dem Heinz!«

Und Elvira meinte: »Du wirst das Geld vielleicht selbst brauchen, Trudchen, jetzt wo du hier bist.«

»Na, dann kündige ich eben!«, rief Oma Trude ganz aufgeregt. Sie hatte nämlich noch nie irgendwo gekündigt!

Ich konnte es kaum fassen. Wir würden die Produktion tatsächlich machen? Dann fiel mir allerdings der Haken an der ganzen Geschichte ein.

»Aber was wird der Rest der Familie dazu sagen?«, fragte ich.

»Das ist mir egal! Ich bin ja nicht unmündig!«, rief Oma Trude. »Ich werde deine Schallplatte bezahlen! So viel steht schon mal fest. Und wenn ich dafür den Heimplatz kündigen muss, dann mach ich das eben!«

»Bist du dir sicher?«, fragte Rosi. »Es wär aber schade!«

Oma Trude nickte so heftig, dass ihre Löckchen wippten. »Das ist die große Chance, auf die meine Enkelin ihr Leben lang gewartet hat! Mimi Balu wird berühmt!«

»Wer ist Mimi Balu?«, fragte jemand dazwischen und bekam eine flüsternde Erklärung zugezischt.

Die Wangen der alten Damen glühten vor Aufregung. Trudes Enkelin wurde berühmt, und sie waren dabei!

Glücklich lehnte ich mich zurück. Mehr konnte ich mir wirklich nicht wünschen. Oma Trude würde wieder ins Haus der Balutzkes ziehen, und die Finanzierung der Produktion war gesichert!

Natürlich wollten die Damen alles wissen über diese einzigartigen Tonaufnahmen! Ich redete und erklärte, ich sah in die glücklichen Gesichter und spürte das grenzenlose Vertrauen in meine Kunst. Schließlich hatten sie gestern mein Gutenachtlied für Oma Trude gehört!

Aber während ich redete, fiel mir etwas auf. Es kam mir so vor, als wäre nichts wirklich, als spielte ich in einem Theaterstück. Eben noch hatte ich meine eigene Begeisterung für echt gehalten, und nun erkannte ich, dass ich nur ein Programm abspulte und gleichzeitig alles ganz klar wahrnahm. Oma Trude war nach ihrer Verkündigung ein klein wenig in sich zusammengesunken. Sie wirkte noch durchscheinender, und ihre Augenlider flatterten. Sie war auch die Einzige, die es beim Diskutieren nicht vom Stuhl gerissen hatte, und von ihrem Kaffee fehlte nur ein Schlückchen.

Ich beschrieb sehr ausführlich die Arbeitsweise in einem Tonstudio, als mir auffiel, woher ich das so genau wusste.

Zu Hause in London, in meinem schäbigen Zimmer in Camden, stand eine weißgekalkte Kommode, und darin gab es eine ganze Schublade voll einzigartiger Chancen. Auch wenn Oma Trude es offensichtlich vergessen hatte, ich begegnete mindestens einmal im Jahr einem Produzenten oder Manager wie Rich, der mir den Durchbruch versprach, wenn ich, und das hieß natürlich dann Oma Trude, alles vorfinanzierte. So viel wie jetzt hatte bisher allerdings keiner haben wollen. Hieß das nun, Rich war besonders erfolgreich, oder war er einfach nur besonders gerissen?

»Ich bin gar nicht sicher, ob ich es wirklich machen will«, sagte ich deshalb plötzlich nachdenklich. »Vielleicht kostet es einfach zu viel.«

»Aber du musst es machen!«

»Das ist deine große Chance!«

»Du wärst ja verrückt!«

Von allen Seiten wurde ich bestürmt, dass ich das Geld annehmen und die Produktion durchführen solle.

»Vielleicht könnten wir ja auch was beisteuern!«, rief nun Elvira. »Falls es zu teuer für dich allein ist, Trudchen!«

»Ich hab nicht viel, aber ein bisschen hab ich schon auch!«, verkündete Rosi stolz. Und auch ihre Schwester und die anderen beteuerten, etwas für Notfälle zurückgelegt zu haben.

Oma Trude fing an, laut aufzuzählen, wo sie wie viele Ersparnisse hatte, und ich musste sie bremsen.

»Und wenn du die elf Millionen hast, zahlst du uns das Geld einfach zurück!«, beschloss Elvira.

Sie vertrauten mir. Sie meinten, ich wäre eine von ihnen, und zwar die Balutzke Michaela aus Limbach-Oberfrohna. Da konnte doch gar nichts schiefgehen!

Ich fühlte mich immer unwohler. Würde ich diese liebenswürdigen Damen, die an mich glaubten wie niemand sonst, am Ende enttäuschen müssen?

Ich sagte vorsichtig: »Aber keiner weiß, ob die Platte dann wirklich ein Chartbreaker wird!«

»Natürlich wird sie das! Was ist ein Chartbreaker?«

Oma Trude war wieder wacher geworden. Sie wirkte wie eine Abenteurerin, als sie verkündete: »Du weißt doch, ich hab schon immer ganz gern ein Spielchen gewagt!«

So hatte sie es früher genannt, wenn sie sich einen Lottoschein für eine Mark gekauft hatte.

»Lass mich ein allerletztes Mal mein Glück versuchen!«, bat sie und brachte noch ein Argument vor: »Denn wenn es klappt, kann ich dich jeden Tag auf irgendeinem Kanal im Fernsehen finden. Dann bist du nicht mehr so unerreichbar weit weg von mir!«

Ihre Stimme zitterte kaum hörbar, und in dem letzten Satz lag eine große, seltsame Sehnsucht. Bei ihren Worten schnürte sich mir die Kehle zu. Ich fühlte mich plötzlich ganz schäbig. Verlegen schüttelte ich den Kopf.

Die Damen aber applaudierten, und Elvira sagte zu mir: »Überleg dir das gut, Michaela! An uns soll es jedenfalls nicht liegen!«

Die Tür wurde aufgestoßen. Eine Angestellte im hellblauen Kittel schob den Essenswagen herein und zog den Geruch von zerkochtem Gemüse hinter sich her.

Obwohl Oma Trudes Freundinnen neugierig waren, wie ich mich entscheiden würde, ließen sie uns allein an dem geschmückten Tisch sitzen, damit wir alles in Ruhe besprechen konnten. Sie hatten eben noch die feine alte Erziehung genossen.

Oma Trude hatte Senfsoße mit Ei gewählt, aber sie kostete nur wie ein Spatz und schob es gleich zu mir hinüber.

Ich stopfte das Ei gedankenlos in mich hinein und ignorierte den missbilligenden Blick der Frau im hellblauen Kittel, denn ich befolgte Elviras Ratschlag. Ich überlegte es mir gut. Es war keine leichte Entscheidung.

Ja, ich wollte unbedingt einen Plattenvertrag. Aber sollte ich Oma Trudes Geld wirklich noch ein weiteres Mal für ein Los aus diesem Lotteriekorb voller Nieten verschwenden? London war voll von Glücksrittern auf der Suche nach einem leichtgläubigen Limbach-Oberfrohnaer Gemüt. Für einen Wimpernschlag lang überlegte ich, ob ich das Geld nehmen und es lieber in ein Musikmanagementstudium investieren und selbst Produzentin werden sollte.

Ich sah Elviras Vogelfedern wippen. Sie schenkte mir ein verschwörerisches Nicken. Plötzlich war ich mir auch gar nicht mehr sicher, ob ich Oma Trude von hier wegholen sollte. Ich hatte gedacht, sie sei unglücklich im *Rosenhof.* Aber nun besaß sie hier Freundinnen, zauberhafte Freundinnen. Wenn ich die Wahl hätte, in einer verwinkelten Dachwohnung zu leben, unter der Carmen den ganzen Tag vor sich hin maulte, oder hier, wo nebenan Rosi und Elvira ihre Patiencen legten, würde ich wohl auch lieber hierbleiben.

»Weißt du, Oma Trude«, sagte ich deshalb schnell, bevor ich es mir wieder anders überlegen konnte. »Du behältst dein Erspartes mal schön, um deine Wohnung hier zu bezahlen.«

Oma Trude guckte verwundert: »Ja, und was wird aus der Schallplattenproduktion?«

»Ja! Was wird aus der Schallplattenproduktion?«, fragte Elvira und rückte näher an unseren Tisch. Nicht nur ihre Erziehung war ausgezeichnet, auch ihr Hörgerät.

»Die sag ich ab«, erklärte ich so gelassen wie möglich.

Elvira und Rosi, Dorle und all die anderen gaben ihre Diskretion auf und rutschten zu uns herüber.

»Wirst du nun nicht berühmt?«, fragte Rosi enttäuscht. Sie hatte sich wohl schon ausgemalt, wem sie alles davon erzählen wollte.

»Doch«, sagte ich.

Ich hatte nicht vor, meine Träume zu begraben, ich wollte sie nur ein wenig der Realität anpassen.

»Natürlich werd ich berühmt!«, bekräftigte ich meinen Entschluss noch einmal. »Aber eben bei der nächsten Gelegenheit. Und nicht mit Oma Trudes Erspartem.«

Hatte ich das wirklich gerade gesagt? Was war los mit mir?

Oma Trude wusste es wie immer.

»Kindchen«, sagte sie erstaunt. »Du wirst doch nicht etwa erwachsen werden?«

Nur Elvira war ein wenig unzufrieden: »Ich hatte gedacht, wenn du berühmt bist und wir ein bisschen was von den Millionen abbekommen, könnte ich meine Garderobe ein wenig aufpolieren …«

Sie erntete große Zustimmung. Das hatten wohl noch mehr gehofft.

Wenn es nur darum ging, ihre Garderobe aufzupolieren, konnte ich auch ohne millionenschweren Plattenvertrag helfen.

Ich hatte nämlich gleich gesehen, dass sie im Grunde gar keine schlechten Kleider besaßen. Sie waren nur ein wenig ungeschickt und langweilig zusammengestellt.

Mein Vorschlag kostete sie zunächst ein wenig Überwindung. Sie sollten ihre Kleider nämlich auch anderen zur Verfügung stellen. Es fiel ihnen schwer zu begreifen, dass sich dadurch nicht die Besitzverhältnisse änderten, sondern die eigene Garderobe jeder Einzelnen vervielfacht wurde. Rosi, die in ihrem Leben nie mehr als drei Kleider gleichzeitig besessen hatte, würde durch meinen Trick vielleicht auf über zwanzig kommen. Davon wurde ihr schwindlig, und sie musste sich setzen.

Nicht alle wollten mitmachen, aber es fanden sich vier Damen, die experimentierfreudig genug waren. An erster Stelle selbstverständlich die waghalsige Elvira, außerdem Oma Trude und die Tillich-Schwestern Rosi und Dorle.

Wir zogen in einer großen Gruppe los. Auch wenn nicht alle bereit waren, ihren eigenen Kleiderschrank zur Verfügung zu stellen, wollten sie natürlich trotzdem aus sicherer Distanz beobachten, was dabei herauskam. Die beiden einzigen alten Herren, die das Heim bewohnten, mussten wir leider von dem Experiment ausschließen, obwohl sie auch sehr interessiert daran gewesen wären.

Wir gingen von Zimmer zu Zimmer und inspizierten die Kleiderschränke.

Die Einraumwohnung von Rosi war nett eingerichtet. Sie hatte den gleichen Schnitt wie alle anderen, auf dem Boden lagen harte Kokosläufer und auf dem Tisch und den Sofalehnen Häkeldeckchen. Familienbilder hingen an den Wänden, die abgenutzten Möbel verströmten den Geruch von Politur und Lavendel. Als ich den Schrank öffnete, sah ich, dass sie Duftsäckchen an die Kleiderstange gehängt hatte.

Während ich meine Sachen oft einfach respektlos in den Schrank warf, ohne sie aufzuhängen oder zusammenzulegen, oder in den Trockner stopfte, wo sie litten, waren diese Kleider hier immer liebevoll gebügelt, gestärkt, aufgehängt oder säuberlich zusammengelegt worden.

Später entdeckte ich, dass es in den Schränken der anderen Damen ähnlich aussah. Es lag nicht nur daran, dass sie Zeiten durchgemacht hatten, in denen man sich einen Badeanzug aus einem alten Herrenpullover schneidern musste, der dann beim ersten Tragen in Laufmaschen zerfiel. Viel wichtiger war, dass sie allesamt in der Textilindustrie gearbeitet hatten und genau wussten, wie viel Arbeitsgänge und Fleiß und Hingabe nötig waren, bis so ein gutes Stück fertiggestellt werden konnte.

Rosi zeigte mir stolz ihren größten Schatz, einen Büstenhalter in Rosé mit einem Etikett von Schiesser.

»Der ist nicht von Schiesser«, kicherte sie. »So was haben wir genäht! Hier in Limbach-Oberfrohna, und zwar in Heimarbeit! Und wenn wir Glück hatten, blieb mal was übrig, so wie der hier. Den hab ich seit 1978! Aber den tausche ich nicht!«

Sie legte ihn zurück in den mit Seidenpapier ausgeschlagenen Schuhkarton. Er sah aus, als hätte sie ihn niemals ernsthaft getragen.

Wir sortierten die Schränke der Damen nach Farben, und dann stellte ich Kombinationen zusammen. Als Rosi zu ihrem reichlich langweiligen beigefarbenen Rock eine Leinenbluse von Dorle anzog, die Perlenimitatkette von Oma Trude ums Handgelenk schlang, ich ihr ein goldbesticktes Seidentuch aus ihrem eigenen Schrank als Schleife um den Ausschnitt band, auf die weiße Dauerwelle ein karamellfarbenes

Hütchen von Elvira drückte und sie in ihre braunen Leder-pumps schlüpfte, als sie also in diesen gleichermaßen alten und neuen Kleidern dastand, war sie wie verwandelt. Die Sachen sahen nicht nur schick und perfekt aufeinander abgestimmt aus, Rosi hatte auch eine ganz andere Haltung und wagte es sogar kurzzeitig, auf den Rollator zu verzichten. Das lag daran, dass ich sie hatte überreden können, den kostbaren Büstenhalter unter die Leinenbluse zu ziehen.

Erst hatte sie sich gesträubt: »Ich will den aber nicht für umsonst abnutzen«, klagte sie. »Den sieht doch keiner!«

»Aber Sie werden ihn fühlen, Rosi! Glauben Sie mir!«, versicherte ich. »Schuhe und Unterwäsche entscheiden über Ihre Körperhaltung! Und Ihre Körperhaltung entscheidet über Ihre Ausstrahlung!«

Also probierte sie ihn mir zuliebe an, und siehe da: Er passte tatsächlich immer noch!

Rosi betrachtete sich eingehend vor dem Spiegel und ließ sich von ihren Freundinnen Komplimente machen. Dann wollten wir zu den anderen nach unten in den Aufenthalts-raum gehen. Rosi griff sich vom Haken an der Tür ihre Kittel-schürze und zog sie über die ganze Pracht.

»Aber was machen Sie denn da, Rosi?«, fragte ich verwundert.

»Ich muss die schönen Sachen doch schonen!«, erklärte sie und schloss sorgsam die Knöpfe. »Ich trag immer eine Schürze. Nur nicht an Feiertagen und wenn Besuch kommt.«

»Dann sollten Sie die Schürze aber schnell wieder ausziehen!«, befahl ich. »Schließlich bin ich heute zu Besuch gekommen.«

Die anderen Damen pflichteten mir bei, und so betrat Rosi ohne Kittelschürze, dafür mit großem Stolz den Aufenthalts-raum.

Die beiden alten Herren standen auf, als Rosi durch den Raum schritt.

»Donnerwetter, Rosel!«, sagte der eine und der andere: »Jetzt müssen wir dich aber ausführen! Was läuft heute für ein Film im *Apollo?*«

Sofort rief Dorle eifersüchtig: »Wartet erst mal, bis ihr mich gesehen habt!«

Nun gab es kein Halten mehr, und jede der Freundinnen wollte die Nächste sein, die ich verwandelte, damit die Herren auch bei ihrem Anblick »Donnerwetter« sagen mussten.

Glücklicherweise hatten alle mehr oder weniger ähnliche Größen und trugen ohnehin nichts Hautenges. Nur Dorle war um einiges länger als ihre Freundinnen, aber wir krempelten Elviras Hosen einfach auf eine schicke Dreiviertellänge, und es stand ihr ausgezeichnet. Oma Trude trippelte aufgeregt in einem bonbonfarbenen Kostüm von Rosi umher, das durch die graue Bluse von Elvira darunter sehr edel wirkte, und ihre eigenen lachsfarbenen Schuhe, die sie bisher nie angezogen hatte, weil sie zu nichts passten, sahen plötzlich aus wie dafür gemacht.

Wir hatten gar nicht bemerkt, wie spät es geworden war. Es würde gleich Abendbrot geben, und wir mussten das Durcheinander, das wir angerichtet hatten, wieder in Ordnung bringen. Wie gut, dass ich einige Jahre aushilfsweise im Modekaufhaus *Topshop* gearbeitet und einige Warenorganisationsschulungen mitgemacht hatte.

Ich ordnete jeder der vier Damen eine der Hauptfarben zu, und sie bekamen die Kleidungsstücke, die in diese Farblinie passten, in ihren Schrank. Nun brauchten sie sich nur noch zu einigen, wer an welchem Tag welche Farbe tragen durfte. Ein wirklich einfaches und nahezu geniales Konzept!

Als ich ging, kamen sie alle vier noch mit zur Tür und winkten mir glücklich nach.

Ich fühlte mich großartig – als hätte ich ein paar armen Waisenkindern Kleider gespendet und sie damit vor dem Erfrieren gerettet.

Diese Aktion hatte allerdings so viel Zeit beansprucht, dass ich mich dem Durcheinander in Oma Trudes Zimmer nicht mehr hatte widmen können. Immer noch standen die in aller Hast von meiner Familie vollgestopften Kartons herum.

Vielleicht hatten sie mit einigem recht gehabt, was Oma Trude betraf, aber das konnte ich nun wirklich nicht verstehen. Niemand durfte so mit meiner Oma Trude umgehen! Und je näher ich dem Haus meiner Familie kam, umso entrüsteter wurde ich.

14.

DIE FAHRT AUF DER THEMSE

Der geheimnisvollste Unterschied zwischen den Einwoh-
nern von Limbach-Oberfrohna und London ist die Ge-
staltung ihrer Klingelschilder. In Limbach-Oberfrohna
wird groß der Name darangeschrieben, damit die Be-
wohner problemlos von Postboten und Besuchern gefun-
den werden können. In London steht an der Klingel nur
die Nummer des Appartements, weil sonst jemand dahin-
terkommen könnte, wer dort lebt.

✳ ✳ ✳

Ich drückte auf den Klingelknopf unter dem Namen Balutzke und läutete kräftig.

Meiner herbeieilenden Mutter schleuderte ich die Frage entgegen, wieso sie Oma Trudes Habseligkeiten ungeordnet in Kartons geworfen und in dieses fremde, ungemütliche Zimmer gebracht hatten. Als wäre sie zu Hause hinausgeschmissen worden!

Meine Mutter sah mich erstaunt an: »Aber wir haben ihr
doch alles ausgepackt! Wir haben Tage damit zugebracht!
Hier alles zusammengeräumt! Dort alles wieder einsortiert!
Und im Laden musste ich auch noch stehen!«

Mein Vater war durch das Klingeln ebenfalls hervorgelockt
worden. Er sah müde und verschlafen aus, und beinahe tat es
mir leid, dass ich ihn geweckt hatte. In ein paar Stunden würde er schon wieder den Sauerteig ansetzen müssen.

Er zurrte seine Schlafanzughose fest und bestätigte: »Ich hab ihr die ganzen Möbel rübergewuchtet mit meiner Bandscheibe!«

Ich sagte ungläubig: »Aber es lag alles ungeordnet in Kartons geworfen und im Zimmer verteilt!«

Mein Vater kratzte sich am Kopf: »Weißt du, unsere Muttel ist ein bisschen durcheinander. Vielleicht hat sie ihren Kram wieder eingepackt?«

»Uns wolltest du es ja nicht glauben«, sagte meine Mutter gekränkt.

Nein, ich hatte es wirklich nicht glauben wollen. Und doch waren da lauter kleine Details, die mir schon in London aufgefallen waren und die ich einfach weggeschoben hatte. Dabei hatte ich die ganze Zeit im Unterbewusstsein gespürt, dass etwas anders war als sonst.

»Mit vierundachtzig darf man schon mal was durcheinanderbringen, das ist doch normal«, beruhigte ich mich selbst. »So schlimm ist es ja nun auch nicht.«

Meine Mutter bedachte mich mit einem Blick, als hätte ich behauptet, ein Blitzeinschlag sei nicht weiter gefährlich.

Plötzlich schoss mir ein schrecklicher Gedanke durch den Kopf: »Sagt mal: Ob ihr vielleicht das Morphium geschadet hat?«

»Ach, Unsinn!«, beruhigte mich meine Mutter energisch.

»Sie war schon vorher so«, bestätigte mein Vater.

Und dann gingen meine Eltern ins Schlafzimmer, damit mein Vater wenigstens noch ein paar Stunden schlafen konnte.

In dieser Nacht telefonierte ich noch lange über den Festnetzanschluss meiner Eltern nach London.

Ich erklärte Abby und Eva, dass ich das Geld für die Produktion nicht auftreiben konnte. Natürlich verschwieg ich, dass ich freiwillig darauf verzichtet hatte.

Eva nahm die Sache gelassen zur Kenntnis und regte sich nicht weiter auf. Sie hatte ohnehin keine Lust, mit der Verräterin Abby, die ihr den Freund ausgespannt hatte, in einer engen Aufnahmekabine zu stehen.

Die impulsive Abby hingegen wurde richtig wütend. Immerhin hatte sie Rich auf uns aufmerksam gemacht. Ich schlug ihr vor, gemeinsam einen Kredit aufzunehmen, und plötzlich fand sie es nicht mehr ganz so wichtig.

Dann versuchte ich Jamina zu erreichen. Als sie nach einer halben Stunde immer noch nicht verstanden hatte, was ich von ihr wollte, legte ich einfach auf.

Danach rief ich Rich an. Ich erklärte ihm verlegen die Lage und entschuldigte mich. Er meinte nur, es sei wirklich schade um mein Talent und wenn ich es mir anders überlegte oder Interesse an einer Solokarriere hätte, könne ich mich jederzeit wieder melden.

Diese Sätze klangen noch in mir nach, als ich im Bett lag und wieder einmal nicht schlafen konnte. Ich wusste, es war nur eine Chance von eins zu einer Milliarde, aber was war, wenn das Los diesmal keine Niete gewesen wäre?

Am nächsten Morgen lief ich Carmen über den Weg, die gerade ihren Dienst antreten wollte. Irgendwann musste es ja passieren.

»Na«, fragte sie mich spöttisch. »Hast du Oma Trude befreit und wieder mitgebracht?«

Ich musste zugeben, dass unsere Großmutter wirklich keinen stabilen Eindruck machte und der *Rosenhof* gar nicht so übel war.

»Ach«, sagte Carmen. »Dann hatten wir wohl recht?«

»Das konnte ich ja nicht wissen«, gestand ich kleinlaut.

»Natürlich nicht«, bestätigte Carmen. »Die große Künstlerin ist ja nie hier.«

»Jetzt bin ich aber hier«, hielt ich dagegen. »Und ich war gestern den ganzen Tag bei Oma Trude.«

»Ach was, einen ganzen Tag?«, fragte Carmen höhnisch.

»Heute bin ich auch noch mal dort«, sagte ich trotzig.

Mein Flieger ging erst am nächsten Morgen.

Carmen hob eine Augenbraue und sagte: »Ich würde auch gern immer dann abdüsen, wenn's anstrengend wird.«

»Tja«, sagte ich zu meiner Cousine, »das ist ja nun nicht meine Schuld, dass du hier klebengeblieben bist. Die Welt ist groß genug. Das hast du nach wie vor selbst in der Hand.«

»Na klar«, fauchte Carmen. »Ich würde auch gern mal die große Künstlerin mit der unbegrenzten Freiheit spielen!«

»Und ich hätte gern mal deinen Gehaltsscheck am Ende des Monats!«, knallte ich ihr an den Kopf.

Sie stellte sich das alles sehr einfach vor!

Carmen wurde stutzig.

»Ich denke, du bist so erfolgreich und kannst dich vor Angeboten nicht retten?«, argwöhnte sie.

Jetzt musste ich aufpassen, was ich sagte.

Vorsichtig räumte ich ein: »Das ist nicht immer so. Mal läuft es großartig, und dann ist wieder Ebbe.«

»Und wenn Ebbe ist, springt doch bestimmt Oma Trude ein!«, vermutete sie.

Am liebsten hätte ich mich nun mit meinem großmütigen Verzicht vom Vortag gerühmt. Aber damit hätte ich meiner Cousine nur verraten, dass ich versucht hatte, Oma Trude sehr viel Geld abzuschwatzen.

»Ach, komm, Carmen«, sagte ich deshalb versöhnlich. »Sie hat sich alles notiert, du wirst schon nicht zu kurz kommen. Du weißt genau, Oma Trude ist immer gerecht!«

»Stimmt«, sagte sie plötzlich traurig. »Oma Trude zahlt bei dir für deine Träume und bei mir für die ausgleichende Gerechtigkeit.«

»Was ist denn nur los mit dir, Carmen?«, wunderte ich mich.

»Mich hat's doch schon immer angeschmiert!«, brach es aus ihr heraus. »Früher war ich die Kleine von uns beiden und durfte alles nicht, und neulich bin ich doch tatsächlich von einer Kundin gefragt worden, ob ich die Ältere von uns beiden bin!«

Das hätte sie mir lieber nicht verraten sollen. Ich würde sie bei passender Gelegenheit daran erinnern.

Als ich zum *Rosenhof* kam, sah ich, dass jemand die tote Fliege aus dem Glaskasten neben dem Eingang entfernt hatte.

Im Treppenhaus herrschte helle Aufregung. Frau Körner stürmte mir entgegen, kaum dass sie mich sah.

»Also wenn Sie das nächste Mal alles durcheinanderbringen, dann seien Sie aber morgens auch pünktlich da, um es wieder in Ordnung zu bringen!«

»Guten Morgen«, antwortete ich gut gelaunt.

Frau Körner sah auf ihre Armbanduhr. Es war kurz vor elf. In London war es zehn Uhr. Und wenn nicht ständig im Frühjahr die Uhr umgestellt werden müsste, wäre es jetzt erst neun Uhr. Eine gute Zeit, um den Tag zu beginnen.

Ich ging nach oben in die zweite Etage und erwischte gerade noch Elvira, wie sie barfuß und in einem weißen, ausgebeulten Hemdchen zu ihrem Zimmer huschen wollte.

»Was ist denn hier los?«, fragte ich.

»Jetzt ist alles durcheinander!«, verkündete sie fröhlich.

Dorle war am Morgen mit ihrer Farbzuweisung für den Kleiderschrank nicht mehr zufrieden gewesen und hatte eine kurze Abwesenheit ihrer Schwester genutzt, um die eigene Situation zu verbessern. Dabei hatte sie aber nur das ausgetauscht, worauf sie schon lange scharf gewesen war, und somit das System durcheinandergebracht. Das war aber nicht das einzige Problem.

Die Heimbewohner, die gestern nicht mutig genug für unsere Tauschaktion gewesen waren, hatten sich die Sache über Nacht noch einmal gründlich durch den Kopf gehen lassen. Am Morgen waren sie wild entschlossen gewesen, sich doch zu beteiligen. Allerdings geriet das Ganze ohne meine Anleitung etwas außer Kontrolle, so dass immer noch nicht alle vollständig angezogen waren. Und die, die es geschafft hatten, waren mit ihrer Kleiderwahl nicht glücklich. Ich musste mein Konzept überdenken. Es funktionierte nicht so gut, wie ich geglaubt hatte.

Ich wollte nachsehen, ob wenigstens bei Oma Trude alles in Ordnung war. Sie stand im Bademantel vor ihrem Schrank und freute sich, mich zu sehen. Ich küsste sie auf die Wange, und sie schüttelte ratlos den Kopf. Dabei blätterte sie die rosafarbenen und roten Sachen durch, die in ihrem Schrank hingen. Hier war also nichts geplündert worden.

»Ich weiß auch nicht«, wunderte sie sich. »Ich finde meine grüne Bluse gar nicht.«

Ich überlegte, wem ich die Farbe Grün zugeteilt hatte.

»Die müsste Elvira haben«, fiel mir ein.

Nach der großen Tauschaktion vom Morgen war das allerdings keineswegs mehr sicher.

»Warum hat denn Elvira meine Bluse?«, wunderte sich Oma Trude.

Ich erinnerte sie an unser Experiment vom Vortag.

»Stimmt ja!« Sie schlug sich an die Stirn und lachte. »Ich Schussel!« Und gleich darauf: »Und was ziehe ich jetzt an? Muss ich jetzt etwa immer Rosa tragen? Können wir nicht mal tauschen?«

Dabei zwinkerte sie mir zu, so dass ich nicht sicher sein konnte, ob sie das gerade ernst gemeint hatte.

Wir inspizierten ihren Schrank, stellten ihr ein paar nette Sachen aus ihrer eigenen Garderobe zusammen, und am Ende brauchte ich nur noch den rückwärtigen Reißverschluss an ihrem Rock zu schließen.

»So«, sagte ich. »Du siehst hübsch aus!«

Sie betrachtete sich in ihrer Spiegelkommode und meinte dann: »Ohne Brille geht's!«

»Und nun sollten wir den anderen helfen«, schlug ich vor und legte alle Kleidungsstücke, die nicht Oma Trude gehörten, über meinen Arm.

Wir gingen von Appartement zu Appartement und versuchten, die ursprünglichen Besitzverhältnisse wiederherzustellen.

Als wir in Elviras Zimmer die Sachen zurückhängten, streckte Oma Trude ihre Hand aus, in der eine Ansteckblume lag.

»Die gehört dir«, sagte sie zu Elvira und streichelte wehmütig über den altrosa Samt.

Elvira nahm sie, überlegte kurz und heftete sie dann ihrer Freundin an die Bluse.

»Ich schenk sie dir«, sagte sie. »Die hat dir doch schon immer gefallen.«

Die Kleiderrückgabe verlief so gut wie problemlos. Nur bei einem sehr schönen Alpakamantel mit echtem Pelzkragen schworen gleich drei Heimbewohnerinnen, dass er ihnen gehörte. Wir konnten die Sache erst mit Beweisfotos und Zeugenaussagen klären.

Das Seltsame war, dass bis auf die Damen, die sich um den Alpakamantel gestritten hatten – und natürlich Frau Körner –, niemand verärgert war.

Alle bestürmten mich, ich solle noch einmal ihre Garderoben vertauschen, aber da wir inzwischen über zwanzig Interessenten hatten, hielt ich das für keine gute Idee und erklärte das Projekt für gescheitert und beendet.

Enttäuscht streiften die Damen wieder ihre Kittelschürzen über und schlichen auf ihre Zimmer. Nur noch die beiden alten Herren saßen unten im Aufenthaltsraum und spielten Schach. Für sie hätte die Aktion ohnehin keinen Sinn ergeben. Beide trugen die gleichen ausgebeulten schwarzen Hosen und sehr ähnliche graue Pullover.

Ich hatte Oma Trude und ihren Freundinnen ein prächtiges Spielzeug geschenkt und es ihnen nun einfach wieder weggenommen. Aber ich wollte am nächsten Morgen sehr zeitig nach London zurückfliegen. Frau Körner hatte recht. Ich konnte nicht die Büchse der Pandora öffnen und dann verschwinden.

Wir versuchten, Ordnung in Oma Trudes Zimmer zu bringen. Leider bin ich nicht besonders gut in solchen Dingen. Wir brauchten beinahe den ganzen Tag, um die Stapel auseinanderzusortieren. Ich stellte die Fotoalben ins Regal, legte die angefangenen Handarbeitssachen in einen Korb und packte die Wolle zusammen mit den Stricknadeln in ein Schubfach. Ich ordnete ihre Medikamente und Stützstrümpfe, die Lockenwickler und Haarnadeln, den Schmuck, die Briefe, die Schriftstücke, und immer tappte mir Oma Trude hinterher und war überrascht darüber, was sie alles mitgenommen hatte. Kaum legte ich ein Foto auf einen Stapel, nahm sie es wieder herunter, untersuchte es und überlegte, bei welcher Gelegenheit es wohl aufgenommen worden sei. Manche Bilder betrachtete sie, als hätte sie diese noch nie gesehen, zu den meisten aber wusste sie eine Geschichte.

Als wir endlich fertig waren, unterbrochen von Essen und Mittagsschlaf, war es Abend geworden. Ich war sehr stolz auf unser Werk, und auch Oma Trude freute sich.

»Das hat mir Spaß gemacht, Mimi«, beteuerte sie. »Ich erlebe so gern Sachen!«

Meine Mutter hatte recht gehabt. Oma Trude konnte nicht viele Stunden allein in ihrer Dachwohnung sitzen, aus der sie ohne Hilfe nicht mehr herauskam, und warten, dass die Zeit verrann und jemand nach ihr sah.

Ihr neues Appartement blieb trotzdem nach wie vor trist. Ich hätte es gern gestrichen und tapeziert, ein wenig Farbe in den Raum gebracht, schöne Gardinen genäht, aber das war an einem einzigen Tag wirklich nicht zu schaffen.

Beim Abendessen saß ich mit dem Kleeblatt Oma Trude, Elvira, Rosi und Dorle am Tisch. Sie trugen alle wieder ihre eigenen Kleider und sahen mich ein wenig scheu und verlegen an.

Schließlich fragte Elvira: »Und nun geht es wieder dorthin?« Diesmal zeigte sie in eine andere Richtung, weit hinter sich. England schien immer in ihrem Rücken zu sein.

Ich lächelte: »Ja. Morgen früh.«

»Das gestern war ein wunderbarer Tag«, sagte Rosi glücklich. Das Chaos, das ich angerichtet hatte, schien sie vergessen zu haben.

Mit Vorwürfen beißt man bei mir auf Granit, aber Lob motiviert mich ungemein. Deshalb hatte ich das Bedürfnis, noch etwas für die Bewohner des *Rosenhofs* zu tun. Irgendetwas, was ihnen allen Freude machen würde.

»Haben Sie einen Polylux?«, fragte ich deshalb Frau Körner, die immer in meiner Nähe zu tun hatte, als wollte sie verhindern, dass ich neuen Unsinn anstellte.

197

»Was ist denn das?«, fragte sie verwundert.

Ich hatte mir gleich gedacht, dass sie nicht aus der Gegend stammte.

Ich beschrieb den vorsintflutlichen Tageslichtprojektor wie einen Alien-Roboter, mit unförmigem Körperklotz, dürrem Hals und dreieckigem Kopf, aus dem ein einzelnes riesiges Auge glotzte.

»So was haben wir tatsächlich«, sagte Frau Körner verwundert. »Aber ob der noch funktioniert?«

»Sind auch blanke Folien da und ein Filzstift?«, wollte ich weiter wissen.

»Ich muss nachsehen, aber ich glaube schon.« Damit machte sie sich auf die Suche.

Sie war offensichtlich nicht nachtragend. Vielleicht dachte sie aber auch, dass ich am nächsten Tag ohnehin verschwunden sein würde und es verschwendete Energie war, sich mir zu widersetzen.

Wenige Minuten später rollte Jan, der gerade zum Dienst erschienen war, den Polylux auf dem Essenswagen herein.

Er grinste mich an: »Was wird das? Eine Verkehrsteilnehmerschulung?«

Ich schaltete das Gerät an. Das Licht flammte auf, und der ratternde Lüfter setzte sich in Bewegung. Der Geruch von verbranntem Staub breitete sich aus.

Frau Körner brachte eine Folie und Stifte. Ich legte das durchsichtige Blatt auf den Polylux und begann Wellen zu zeichnen.

»So«, rief ich im zweckoptimistischen Ton einer Grundschullehrerin: »Und jetzt machen wir alle zusammen eine Fahrt auf der Themse!«

Ich suchte auf meinem Telefon die Geräuschbibliothek und ließ ein kurzes Wasserplätschern abspielen. Elvira musste daraufhin noch kurz zur Toilette, und Frau Körner, die gerade gehen wollte, setzte sich nun doch neugierig hinten in die letzte Reihe.

Ich habe einen Abschluss in Grafik-Design und einige Zeit für ein Werbebüro gearbeitet. Noch immer bin ich in der Lage, mit wenigen Strichen das Charakteristische an einem Gebäude zu erfassen. Mit der einen Hand zeichnete ich nun den Westminster-Palast, der durch den Polylux an die weiße Wand im Aufenthaltsraum geworfen wurde. Ich skizzierte noch das Uhrenzifferblatt am Glockenturm, tippte mit der anderen Hand auf die richtige Stelle in meinem Telefon, und Big Ben begann zu läuten.

Frau Körner stand leise auf und zog die Vorhänge zu. Nun wirkte alles noch echter.

Auf gleicher Höhe mit uns fuhr ein hupender Doppeldeckerbus. Wir passierten das Riesenrad mit den Aussichtsplattformen und die St.-Paul's-Kathedrale, deren Glocken zu läuten begannen. Dann zeichnete ich den Glaswolkenkratzer, der aussieht wie eine Essiggurke. Wir schipperten zum Tower, und als ich statt eines Dampfertutens versehentlich Hundegebell startete, malte ich noch schnell einen Terrier auf die Tower-Brücke, der besonders Dorle entzückte, denn sie war vernarrt in diese Hunderasse.

Die Folie füllte sich immer mehr, und als ich fertig war, sahen wir an der Wand die komplette Skyline von London.

Alle applaudierten und beteuerten, so etwas Schönes noch niemals erlebt zu haben!

Elvira rief: »Und morgen machen wir eine Fahrt auf dem Frohnbach!«

Alle lachten. Nur ich nicht. Denn morgen würde ich nicht mehr hier sein.

Jan, der den Polylux wieder wegräumen wollte, schwenkte die Folie: »Das Kunstwerk heben wir auf! Wer weiß, vielleicht ist es irgendwann ein Vermögen wert!«

Frau Körner sagte: »Aber nur, wenn Fräulein Balutzke noch ihre Signatur daruntersetzt!«

Sie nannte mich wohl so, um mich von meiner Großmutter zu unterscheiden. Aber wenn man mit vierzig Jahren Fräulein Balutzke genannt wird, hat man irgendetwas falsch gemacht. Ich nahm den Stift und unterschrieb provokativ und sehr groß mit »Mimi Balu«.

Danach schlenderten alle zurück in ihre Appartements, und es gab einen kleinen Stau vor dem Fahrstuhl. Ich brachte Oma Trude nach oben und zögerte ein wenig mit der Verabschiedung.

»Ich will sowieso nur noch ins Bett«, beteuerte sie, obwohl es erst gegen acht Uhr war. Aber sie sah tatsächlich müde und hohlwangig aus.

»Mach dir mal keine Gedanken«, sagte Oma Trude. »Am Mittwoch kommt Carmen vorbei. Oder Donnerstag?«

Zu mir war Carmen oft grantig, aber sie liebte ihre Großmutter ebenso innig wie ich. Am Wochenende würde Oma Trude bestimmt Besuch von meinen Eltern bekommen. Und in der Zeit dazwischen war Elvira da. Ich musste mir wirklich keine Sorgen machen.

Trotzdem beschloss ich, wenigstens zu warten, bis sie eingeschlafen war.

Oma Trude legte sich aufs Bett, fuhr wieder ein paarmal hoch und runter und machte es sich dann mit einem schweren Seufzer gemütlich.

Ich setzte mich auf die Bettkante und streichelte ihre Hand, deren Haut sich wie feinstes Elefantenleder anfühlte.

»Morgen geh ich mit Elvira mal auf den Friedhof«, überlegte sie und gähnte.

Wenn man mit Elvira auf den Friedhof ging, konnte man sicher einigen Spaß haben.

»Wir gucken mal zum Hermann. Und dann zum Ernst rüber. Da ist sicher viel Unkraut«, überlegte sie.

Das schien sie an etwas zu erinnern, und sie erkundigte sich: »Hattest du mir diesmal eigentlich wieder was mitgebracht?«

Und da fiel es mir wieder ein. Sie hatte es wohl vergessen, weil sie unter Morphium gestanden hatte, aber ich wusste es noch genau.

»Oma Trude?«, fragte ich deshalb. »Warum willst du eigentlich immer diese Bilder von den Londoner Bäckereien haben?«

»Nur so«, behauptete sie. »Weil die hübsch aussehen.«

»Das ist nicht wahr. Als ich dir in London im Krankenhaus so ein Bild gezeigt habe, hast du gesagt: ›Nein, das ist es auch nicht.‹«

Sie guckte mich überrascht an und war plötzlich wieder hellwach. »So was hab ich gesagt? Da kannst du mal sehen, was dieses Morphium alles mit einer alten Frau macht.«

Ich ließ mich nicht ablenken.

»Also, Oma Trude«, fragte ich beharrlich. »Wonach suchst du?«

Sie schien kurz ihre Möglichkeiten abzuwägen und sagte dann:

»Das ist eine ziemlich komplizierte Geschichte. Die schaffen wir heute nicht mehr. Ich erzähl sie dir beim nächsten Mal. Jetzt bin ich müde, mein Schätzchen.«

»Du tust doch nur so«, sagte ich streng.

»Nein«, antwortete sie, und diesmal glaubte ich ihr. Sie sah erschöpft aus, fast durchscheinend, als würde sie gleich verschwinden.

»Komm morgen früh gut nach London!«, wünschte sie mir. »Du weißt doch, du musst berühmt werden! Damit ich dich jedes Mal sehen kann, wenn ich den Fernseher einschalte!«

Und damit machte sie die Augen zu und tat so, als würde sie schlafen.

Zehn Minuten später schlief sie tatsächlich. Neben ihr auf dem Nachttisch lag die Ansteckblume, die Elvira ihr geschenkt hatte.

Es war wirklich ein Glück, dass für Oma Trude ein Zimmer im *Rosenhof* frei geworden war. Plötzlich wurde mir bewusst, aus welchem Grund hier die Zimmer immer wieder frei wurden.

Ihre Hand rutschte vom Bett herunter, und ich sah die Serpentinen ihrer Adern und die Flecken und Furchen darauf.

In diesem Moment spürte ich, wie die Zeit, die ich mit meiner liebsten Oma Trude hatte, langsam ablief.

Es fühlte sich an, als wäre ich aus dem Takt geraten. Als hätte jemand in mich hineingegriffen wie in eine Standuhr und einen Herzschlag lang das Pendel angehalten.

Es gab nur einen einzigen Menschen auf der Welt, der mich in diesem Fall verstand. Und deshalb war ich entgegen meiner sonstigen Gewohnheit froh, als ich auf dem Heimweg über Carmen stolperte. Sie schleppte Max und Felix hinter sich her, die sich auf mich stürzten und die Toffees einforderten, die ich in meiner Handtasche immer für sie bereithielt. Kaum hatten sie diese im Mund, rannten sie voraus, ohne sich nach ihrer Mutter umzudrehen. Sie wohnten nicht weit von hier.

»Na«, fragte Carmen, »und wie war's bei dir heute?«

Ich schlenkerte unentschlossen mit den Armen und sagte dann, dass ich froh sei, sie zu sehen.

Carmen grinste: »Na, das ist ja mal was ganz Neues. Was hast du ausgefressen?«

»Ausnahmsweise nichts«, sagte ich. »Ich hab einfach Angst um Oma Trude und dachte, dir geht es vielleicht genauso.«

Carmen sah mich überrascht an und sagte schließlich mit kratziger Stimme: »Ja. Geht mir auch so.«

Dann sah sie, dass Max und Felix anfingen, in Pfützen zu springen, und pfiff sie zur Ordnung.

Ich versuchte das Gespräch wiederaufzunehmen: »Ich hatte immer das Gefühl, in einer Welt, in der es Oma Trude gibt, kann mir nichts passieren.«

»Ja«, sagte Carmen bloß dazu, und ich wusste nicht, ob die Zustimmung mir galt oder ob sie es auch für sich so empfand.

Ich redete weiter: »Weißt du, egal, was war, Oma Trude hat es wieder heil für mich gemacht!«

»So?«, empörte sich Carmen plötzlich. »Und du merkst nicht, wo da der Fehler in deiner Gedankenkette liegt?«

Ich sah sie einigermaßen ratlos an.

»Ach«, winkte meine Cousine ab und sagte in einem Tonfall, als wäre bei mir Hopfen und Malz verloren: »Du hältst dich für richtig weltgewandt, oder? Dabei ist dein Universum so klein! Es dreht sich immer nur um dich.«

Und damit rannte sie zu ihren Jungs hinüber, die gerade versuchten, ein Fallrohr hinaufzuklettern.

Dass ich in dieser Nacht nicht schlafen konnte, lag weder an der Stille noch an der Uhrzeit und auch nicht an den vorwurfsvollen Blicken meiner Mutter, die sie am Abendbrottisch in meine Richtung geschickt hatte. Dagegen war ich schon immer immun gewesen.

Mir ging etwas anderes durch den Kopf. Oma Trude wollte mir diese ziemlich komplizierte Geschichte zu den Bäckereibildern beim nächsten Mal erzählen. Was, wenn es kein nächstes Mal gab? So vieles hatte ich immer vor mir hergeschoben, weil ich fand, dafür wäre noch viel Zeit. Und wenn es nun keine Zeit mehr gab?

Und auch Carmens Kommentar klang noch in mir nach. Ich wollte ihn als die übliche kleine Gehässigkeit abtun, aber er ließ sich nicht verscheuchen. Wie eine aufdringliche Schmeißfliege kehrte er immer wieder zu mir zurück.

Alles, was ich bisher in meinem Leben getan hatte, hatte sich gut angefühlt. Meine Flucht nach London, meine vielen Kurse, meine künstlerischen Projekte, meine ganze Suche nach der wahren Bestimmung und selbst, dass Oma Trude das meiste davon finanzierte. Es war mir alles richtig erschienen. So oft war ich schon aus Limbach-Oberfrohna ohne das kleinste Zögern weggeflogen. Aber dieses Mal war es anders. Es fühlte sich einfach falsch an.

Oma Trude hatte wirklich immer alles für mich heil gemacht. Diesmal würde sie das nicht können.

Und plötzlich wusste ich es. Es war an der Zeit, dass Oma Trude und ich die Rollen tauschten!

Als ich das erkannt hatte, schlief ich tief und fest ein, und nicht einmal das Schweigen vor meinem Fenster konnte mich wecken.

Ich wurde erst wieder wach, als mir meine Mutter hysterisch die Bettdecke wegriss und rief: »Du hast verschlafen, Michaela! Du verpasst dein Flugzeug!«

Sie wollte zwar nicht, dass ich wegflog, aber noch weniger wollte sie, dass ich den teuren Flug verschwendete und mir einen neuen buchen musste.

Ich beruhigte sie und sagte, dass ich alle Zeit der Welt hätte, weil ich nicht wegfliegen würde.

Sie fragte verständnislos: »Und wie meinst du das jetzt?«

»Ich bleibe erst mal hier«, antwortete ich. »Ich dachte, das wäre besser.«

Und weil sie mich so entgeistert ansah, schob ich hinterher: »Damit ich dich ein bisschen entlasten kann mit Oma Trude.«

Das war natürlich nicht der Grund, aber warum sollte ich meiner Mutter keine Freude machen?

Meine Mutter rief: »Das muss ich gleich erzählen«, und rannte hinunter in den Laden.

Ich warf mir nur schnell etwas über und lief ihr nach, um mir ein Frühstücksbrötchen zu holen.

Die versammelte Kundschaft hatte die frohe Botschaft bereits empfangen: Die Balutzke Michaela ließ ihre Weltkarriere sausen, nur um ihrer Mutter zu helfen!

Die Einzige, die dazu skeptisch die Augenbrauen hochzog, war Carmen.

»Na, da bin ich ja mal gespannt«, war alles, was sie dazu sagte.

Ich knabberte zufrieden an meinem Brötchen. Die Welt fühlte sich wieder richtig an. Und Oma Trude würde Augen machen! Ich musste gleich in den *Rosenhof* gehen und es ihr erzählen.

Carmen maß mich von oben bis unten. Ich war nur schnell in ein Paar grüngepunktete Gummistiefel geschlüpft und hatte über mein Spitzennachthemd einen groben Pullover meines Vaters gezogen.

»So willst du auf die Straße gehen?«, fragte sie.

Ich sah an mir herunter. Eigentlich hatte ich mich vorher umziehen wollen.

Aber nur um Carmen zu ärgern, sagte ich: »Genau so.«

Ich duschte aber wenigstens noch und zog mir frische Unterwäsche darunter.

Mit großen Schritten stapfte ich in den gepunkteten Gummistiefeln von der Bushaltestelle hinüber zum *Rosenhof* und war mir der Blicke bewusst, die ich auf mich zog. Die Spitze von meinem Nachthemd lugte unter dem Pullover hervor, den ich mit einem Wildledergürtel in der Taille zusammengezogen hatte. Ich fand, diese Kombination hatte etwas von verträumtem Landleben.

Als ich um das Haus herumging, sah ich Oma Trude unten auf der Bank neben den geköpften Rosen im Hof sitzen. Frau Körner hatte recht behalten: Die Tischdekoration war längst braun und unansehnlich, und die Rosenstöcke blieben kahl.

Ich wollte Oma Trude nicht erschrecken und winkte deshalb Elvira heran. Sie sollte ihre Freundin schonend darauf vorbereiten, dass ich hiergeblieben war.

Elvira nickte und brüllte über den Hof: »Huhu! Trudchen! Guck mal, wer hier ist!«

Oma Trude bekam zum Glück keinen Herzinfarkt, sondern nur vor Überraschung geweitete Augen.

»Aber Kindchen!«, sagte sie besorgt. »Hast du etwa dein Flugzeug verpasst?«

»Nein«, antwortete ich. »Weißt du, ich dachte, ich bleibe noch ein wenig hier.«

»Ach, das ist aber schön«, rief Oma Trude. »Machst du endlich mal Urlaub? Wie lange denn?«

Ich zuckte mit den Schultern.

»Ich weiß es noch nicht«, sagte ich wahrheitsgemäß. »Ich weiß nur, dass du immer für mich da warst. Und jetzt möchte ich eben für dich da sein. Und zwar nicht hinter einer Glasscheibe im Fernsehgerät, sondern hier, in Limbach-Oberfrohna.«

»Aber was wird aus deiner Karriere?«, rief Oma Trude.

»An meiner Karriere kann ich auch danach weiterfeilen«, fand ich.

»Danach? Du meinst, du machst das, wenn die Trude nicht mehr da ist?«, fragte Rosi sehr direkt, die nun auch dazugekommen war.

Das kam mir zwar sehr taktlos ausgedrückt vor, aber im Grunde war mir genau das gerade durch den Kopf geschossen.

Oma Trude wackelte äußerst bedenklich mit dem Kopf: »Aber Mimi! Und was ist, wenn ich hundert Jahre alt werd?«

»Nichts wäre schöner«, sagte ich und strahlte meine Oma Trude an.

Oma Trude suchte in ihrer Schürzentasche nach einem Tüchlein, um sich zu schneuzen.

Dorle, die natürlich auch nicht fehlen durfte, flüsterte zweifelnd: »Na, ob das so richtig ist, Trudchen …«

»Mein Entschluss steht fest«, sagte ich mit einer Stimme, die mir selbst fremd und erwachsen vorkam und keinerlei Zweifel zuließ. »Und außerdem platze ich, wenn ich nicht gleich erfahre, was es mit den Bildern von den alten Londoner Bäckereien auf sich hat.«

Die anderen platzten auch gleich, aber diese Geschichte war nur für mich bestimmt.

Wir liefen hinüber in den Stadtpark und suchten uns eine zwischen Farnen versteckte Bank. Die Blätter rauschten im Wind und ließen flackernde Sonnenstrahlen hindurchblitzen.

Oma Trude schloss kurz die Augen, als wolle sie die Gegenwart ausblenden und sich vorstellen, wie der Stadtpark in Limbach zu Beginn ihrer Geschichte ausgesehen hatte.

15.

EINE ZIEMLICH KOMPLIZIERTE GESCHICHTE

Der patriotischste Unterschied zwischen den Einwohnern von Limbach-Oberfrohna und London ist ihr Verhältnis zum Zweiten Weltkrieg. Die Limbach-Oberfrohnaer schweigen sich verlegen darüber aus, und die Londoner freuen sich bei jeder Gelegenheit, dass sie gewonnen haben.

✳ ✳ ✳

Die Geschichte begann in einer Zeit, in der Limbach und Oberfrohna noch nicht durch einen Bindestrich verbunden waren, in der die Volksschule in Oberfrohna, in die Trude Schulze eingeschult worden war, Hindenburgschule hieß, in der Limbach von Fabrikschornsteinen und deren Qualm dominiert wurde und in der die Balutzke-Bäckerei in Oberfrohna noch Schulze-Bäckerei hieß.

Oma Trudes Bruder Ernst war zwölf Jahre älter als seine Schwester. Die Kinder dazwischen waren alle früh gestorben, bei der Geburt oder an Kinderkrankheiten, und hatten eine ungewöhnlich große Lücke zwischen Ernst und Trude gerissen. Ihre Mutter hatte die Schwindsucht und wurde immer wieder zu Kuren geschickt, die ihr nicht halfen. Dass die Mutter als Arbeitskraft ausfiel, hohe Arztrechnungen verursachte und trotzdem am Leben blieb – was verhinderte, dass eine neue Frau ins Haus kommen konnte –, ließ das Gemüt von Trudes Vater immer trübsinniger werden. Dadurch wuchsen die Geschwister eng zusammen. Ernst nahm sich der kleinen Trude an. Er knöpfte ihr das Leibchen im Rücken zu, wo sie selbst nicht hinreichte, achtete darauf, dass sie immer eine saubere Baumwollschürze trug, und schleppte sie überall mit hin.

»Als ob er es geahnt hat«, sagte Oma Trude.

Die kurze Zeit der Liebe und Fürsorge durch ihren Bruder hatte für ihr ganzes restliches Leben reichen müssen.

Jeden Sonntag nach der Kirche zog es Ernst in das Gartenetablissement *Heiterer Blick* in der Waldenburger Straße. Und wenn Trude genug bettelte und das Wetter schön war, durfte sie ihn begleiten. Dann bekam sie draußen im Freisitz eine Brause und fütterte im sogenannten Tierpark mit abgerupften Grashalmen die Bergziegen. Trude hoffte dann immer, dass Ernst sie vergaß und sie noch ein wenig bleiben konnte. Sie schlich sich in die Gaststube, betrachtete mit wohligem Schauer die aufgespießten Schmetterlinge, die in Glaskästen an den Wänden hingen, und saugte den Zigarrendampf ein.

Und dort im *Heiteren Blick*, im Frühling 1939, als noch kaum jemand ahnte, wie das Jahr enden würde, trafen die Geschwister zum ersten Mal auf Fritz.

Fritz war ein paar Jahre älter als Ernst und ein Mann mit dem Charme und der Überlegenheit eines weitgereisten Großstädters. Er trug die Haare mit Pomade zurückgekämmt, und die Daumen klemmten lässig in den Taschen seines Sportjacketts.

»Und erst die Schuhe«, rief Oma Trude bewundernd. »Die Schuhe hättest du sehen sollen! Er trug zweifarbige Spectators! Die waren sowohl in Limbach als auch in Oberfrohna und erst recht in Bräunsdorf und Kändler die Sensation!«

Oma Trudes Wangen bekamen vor Aufregung rote Flecken, während sie unruhig auf der Bank hin- und herrutschte. Dieser Fritz schien eine wichtige Rolle in der Geschichte zu spielen.

»Wie alt warst du da?«, wollte ich wissen.

»Dreizehn«, sagte sie und lächelte.

Sofort nahm ich die Sache weniger ernst. »Du hast dich mit dreizehn verliebt?«, argwöhnte ich.

»Du nicht?«, fragte sie zurück.

Mit dreizehn war ich, wenn ich mich recht erinnerte, in die rote E-Gitarre von Jan Sondermann verliebt gewesen, auf der unzählige Sticker klebten.

»Mit dreizehn liebt man viel heftiger als später«, war sich Oma Trude sicher. »Und viel bedingungsloser. Das ist etwas, was bleibt. Man hat ja auch viel länger Zeit, sich das zu bewahren.«

Sie baumelte mit den Beinen, und als ich ihre Schuhspitzen sah, die in den Kies des Parkwegs stippten, erschien es mir, als ob Oma Trude und die Trude, die sie mit dreizehn Jahren gewesen war, sich plötzlich überlappten, so als hätte sich beim Erinnern der Zeitstrahl gefaltet.

»Ich nehme mal an, die Sache mit Fritz war einseitig?«, hoffte ich in Anbetracht von Oma Trudes damaligem zarten Alter.

Oma Trude lächelte und erzählte weiter.

Fritz war ein Zugezogener gewesen. Einer, über den man in Oberfrohna noch nichts wusste. Deshalb war Kummer Fritz nur der, der aus Berlin kam. Diese Herkunft verlieh ihm die schimmernde Aura eines Weltbürgers. Hatte sich niemand gefragt, ob es nicht einen guten Grund geben musste, wenn jemand aus Berlin ausgerechnet nach Oberfrohna zog?

Das Mädchen Trude kannte niemanden, zu dem der Nachname Kummer weniger gepasst hätte. Fritz war die Unbeschwertheit in Person, als gäbe es keine Weltwirtschaftskrise und keine Inflation. Und in seinem Kopf schwirrten großartige Geschäftsideen, für die er Partner gewinnen wollte. Da kam ihm Ernst gerade recht, der nicht vorhatte, sein Leben lang immer nur kleine Brötchen zu backen. Ernst träumte davon, die Bäckerei auszubauen und ein Café anzuschließen, war damit aber bei seinem Vater auf taube Ohren gestoßen. Einem wie Fritz war Oberfrohna nicht genug. Er hatte die Weltausstellung in Paris gesehen, er kannte Madrid und Buenos Aires und London. Und so verschieden diese Städte auch waren, hatten sie doch alle eine Gemeinsamkeit: Es gab dort kein Schwarzbrot. Fritz hatte vor, dort deutsche Bäckereien zu gründen. Was ihm dafür fehlte, waren Startkapital und Handwerkszeug. Und genau dafür versuchte er Ernst zu gewinnen.

Zunächst aber gewann er die dreizehnjährige Trude, die, während sie die Ziegen fütterte, heimlich beobachtete, wie er sich seine Türkisch 8 anzündete. Nie zuvor hatte sie einen Mann mit gepflegten Fingern gesehen. Die Männer in ihrer Familie waren Handwerker oder Textilarbeiter mit verbrauchten, rauhen Händen, in die sich der Schmutz hineingefressen hatte.

Fritz besaß zudem ein dunkelblaues Sport-Cabriolet der Marke Horch. Mit diesem Auto fuhren sie im Sommer 39 bis nach Stuttgart.

»Ich trug ein Kleid meiner Mutter, sie war doch so dünn, und ihre Schuhe. Und ich band mir ein Tuch um die Haare, damit sie im Wind nicht verwirbelten. Wir fuhren die ganze Strecke mit offenem Verdeck!«, schwärmte Oma Trude.

»Was wolltet ihr denn in Stuttgart?«, wunderte ich mich.

»Fritz hatte Karten für die Europameisterschaft im Boxen in der *Adolf-Hitler-Kampfbahn* besorgt«, sagte sie so selbstverständlich, als hätte es sich um Kinotickets gehandelt.

»Du hast dir einen Boxkampf angesehen?«, fragte ich erstaunt.

Sie nickte: »Adolf Heuser gegen Max Schmeling. Wir waren fast neun Stunden bis Stuttgart gefahren, und nach nicht mal einer Minute war der Kampf zu Ende! Ich habe nicht einen Tropfen Blut gesehen!«

Sie schien sich darüber noch heute zu entrüsten: »Ein Kinnhaken von Schmeling, Heuser ging zu Boden, und alles war vorbei. Wir haben gar nicht richtig mitbekommen, was überhaupt passiert war. Danach sind wir wieder zurückgefahren.«

Auf der Rückfahrt überlegten die Männer, dass sie ebenso gut auch eine Sportbar eröffnen könnten, und schmiedeten so lange Pläne, bis der Vater auch diese Investition ablehnte.

»Mein Vater sagte immer, dem Fritz kann man nicht trauen. Vielleicht stimmte das wirklich. Aber Ernst und ich, wir waren ihm verfallen«, lächelte Oma Trude.

Während die Geschwister die unheilbringenden Veränderungen um sich herum verdrängten, schimpfte der Vater über die steigende Kriminalität. In die Bäckerei war im letzten Jahr zweimal eingebrochen worden.

Ab und zu verschwand Fritz für ein paar Wochen, und die Geschwister vermissten ihn dann gleichermaßen schmerzlich, wenn auch auf sehr unterschiedliche Weise. Von einem seiner Ausflüge brachte er direkt aus London die Swingplatte von Nat Gonella mit und veränderte damit Trudes Leben. Als sie den Vater unten in der Backstube wussten, legten sie zum ersten Mal in der guten Stube die Schellackplatte auf. Zur großen Überraschung der Männer hielt es Trude bei »Black Coffee« nicht auf ihrem Stuhl. Sie musste einfach danach tanzen! Fritz zeigte ihr ein paar Schritte, die er in London aufgeschnappt hatte, und schnell waren ihre Bewegungen viel geschmeidiger, viel ungehemmter, viel rhythmischer als seine. Von da an wollte sie tanzen. Und von da an sah Fritz das kleine Mädchen mit anderen Augen.

Plötzlich wollten die jungen Männer ein Tanzcafé eröffnen! Diesmal weihte Ernst nur seine Schwester ein, damit der Vater nicht wieder alle Pläne durchkreuzen konnte. Das schaffte dann ein anderer.

Oft saßen sie nun alle drei im *Heiteren Blick* und träumten von dem Café. Ernst schwärmte dann von neuartigen Kuchenkreationen, Trude vom Tanzen und Fritz von dem vielen Geld, das sie verdienen würden. Die Männer tranken Bier, und Trude bekam Himbeerbrause, von der ihre Zunge ganz rot wurde.

Dort fiel auch die Entscheidung, in welcher Stadt das erste Café aufgemacht werden sollte: in London, wo weiße Musiker schwarzen Swing spielten.

Dann brach der Krieg aus. Mein Urgroßvater war invalide. Er wurde nicht eingezogen, und Ernst war für die Lebensmittelversorgung der Stadt unabkömmlich. Die ganze Familie schuftete in der Bäckerei.

Auch Fritz blieb zunächst erstaunlicherweise verschont, verschwand ab und zu und tauchte dann wieder auf. Ihren Traum wollten die jungen Leute nach dem Krieg verwirklichen.

Das Leben ging seltsamerweise weiter in Limbach-Oberfrohna. Eines Tages gab es im *Apollo*-Filmtheater eine Sensation. Es wurde der allererste Farbfilm gezeigt, mit der tanzenden Marika Rökk. Fritz lud Trude zu diesem Film ins Kino ein – und zwar nur sie. Danach bekam Trude den ersten Kuss ihres Lebens.

»Wie alt warst du denn da?«, wollte ich wissen.

»Fünfzehn«, sagte sie, ohne nachrechnen zu müssen.

»Und Fritz?«, fragte ich streng.

»Zweiunddreißig«, antwortete sie, ebenfalls ohne zu überlegen, und amüsierte sich über meinen entsetzten Blick.

Die Pläne für das Café wurden immer konkreter. Fritz entwarf Bilder der Außenansicht und der Inneneinrichtung.

»Es ist ein Jammer. Die Skizzen sind leider verlorengegangen«, bedauerte Oma Trude. »Er konnte wunderbar zeichnen! Wir wollten kleine runde Tische vor das Café stellen, und es sollte einen Schriftzug über dem Schaufenster tragen: *Swinging Bakery*. Ja, das war der Name«, erinnerte sie sich versonnen.

Das Café sollte im Inneren außerdem eine kleine Bühne haben, auf der genug Platz für eine Band und eine Tänzerin sein würde.

Fritz zeigte Trude immer wieder die neuesten Tanzschritte aus Übersee. Wenn sie nicht im Laden helfen musste, übte sie diese. So lange, bis der Vater von unten hochkam und ihr das Trampeln verbot.

Trotz des Krieges gab es noch Tanzvergnügen, und Fritz verschaffte Trude einen Auftritt im Ballsaal vom *Goldenen Becher* in Kändler bei Limbach. Er schien ein ziemliches Organisationstalent gewesen zu sein.

Außerdem machte er ihr klar, dass sie unter dem Namen Trude Schulze keine internationale Karriere starten könne, und dachte sich für sie einen Künstlernamen aus.

»Ja«, meinte Oma Trude lächelnd. »Fritz hat mir den Namen Trudy Stern geschenkt!«

Ihr Vater wollte den Auftritt allerdings nur erlauben, wenn sie das unter ihrem guten bürgerlichen Namen tat. Es gab eine ganze Reihe von Künstlern, die in dieser Zeit aus politischen Gründen Decknamen benutzten. Er glaubte wohl, ein Pseudonym würde man wählen, wenn man etwas tat, was nicht gern gesehen war. Also hob sich Trude den verheißungsvollen Namen Trudy Stern für die *Swinging Bakery* in London auf.

Schließlich kam es zu ihrem legendären Auftritt während einer Tanzveranstaltung im *Goldenen Becher*. Die Kapelle wurde in die Pause geschickt, und Fritz rollte ein Grammophon auf dem Servierwagen herein. Und dann tanzte Trude zu Swingmusik den *Big Apple*.

Es war ein brandneuer, aus Amerika kommender und inzwischen in Europa ungeheuer populärer Tanz, bei dem die Schritte und Figuren durch einen Vortänzer aufgerufen wurden. Diese Aufgabe fiel Trude zu. Allerdings kannte in Limbach-Oberfrohna und Umgebung keiner die Schritte, und so musste sie diese erst einmal vorführen. Aber die Figuren wechselten so schnell, und der Rhythmus war so ungewohnt und die Musik aus dem Grammophon viel zu leise, dass keiner der anderen Tänzer mitkam. Am Ende standen alle einfach im Kreis um Trude herum. Sie klatschen und johlten und stampften den Rhythmus mit den Füßen und sahen Trude zu, wie sie Figuren mit so lässigen Namen wie *Spank the Baby*, *Suzie Q*, *Boogie Back* oder *Rusty Dusty* tanzte.

Und für einen Moment vergaßen alle, dass ein paar Tage zuvor die Kirchenglocken der Stadtkirche von Limbach für die Rüstungsindustrie hatten geopfert werden müssen.

Danach wollte Ernst das Tanzcafé noch mehr, um das Talent seiner Schwester nicht im Vorerzgebirge verkümmern zu lassen. Sie träumten davon, was sie alles machen wollten, wenn der Krieg erst vorbei war. Ernst legte jeden Reichspfennig weg, um Geld für das Café zu sparen, aber es kam natürlich nicht viel zusammen.

Dann aber starb die Mutter und vererbte beiden Kindern jeweils fünftausend Reichsmark.

»Ihr habt es hoffentlich nicht Fritz gegeben«, befürchtete ich.

»Ich wünschte, ich hätt es getan«, sagte Oma Trude. »Aber ich war noch nicht volljährig. Mein Vater zahlte das Geld auf ein Sparbuch ein, und nach der Währungsreform in der sowjetischen Besatzungszone kriegte ich dafür noch fünfhundert Mark. Ein Stück Butter hat damals 17,50 Mark gekostet.«

Da gab es also für die seit Generationen zurückgelegten Ersparnisse der Familie Schulze nicht einmal dreißig Stück Butter.

»Aber Ernst hat wenigstens seinen Erbteil investiert«, lächelte Oma Trude. »Fritz meinte, man müsse es jetzt tun, solange die Reichsmark noch ein bisschen was wert sei.«

»Lass mich raten«, fragte ich. »Danach verschwand Fritz?«

»Er wurde eingezogen«, sagte Oma Trude tonlos. »In der gleichen Woche wie Ernst. Und somit konnten wir alle niemals herausfinden, was aus uns geworden wäre.«

Sie schüttelte den Kopf, als könne sie das alles immer noch nicht begreifen.

Wir schwiegen für einen Moment.

»Du hattest keine Chance, mit Fritz glücklich zu werden«, sagte ich schließlich erschüttert.

»Nein«, sagte Oma Trude sanft. »Die hatte ich nicht.«

Sie streichelte meine Hand und fuhr lächelnd fort: »Er war nämlich ein Luftikus und Herumtreiber. Mein Vater sagte immer, der Fritz ist ein Lumich. Ich glaube, er hatte sogar eine Verlobte in Berlin. Mit ihm hätte ich nur die Chance gehabt, unglücklich zu werden.«

Ich kenne keinen Menschen mit einem besseren Einschätzungsvermögen als Oma Trude. Und dass ich ebenfalls ein Lumich war, wusste sie sicher auch.

Vielleicht hatte ich es Fritz zu verdanken, dass sie trotzdem unerschütterlich zu mir hielt?

Nach dem Krieg kam Hermann in die Bäckerei. Von Trudes Vater wurde er zuerst als Geselle aufgenommen, dann als Schwiegersohn. Er stammte aus einer Bäckerfamilie in Leipzig. Das Haus der Balutzkes, die Bäckerei und alles, was sich seine Eltern aufgebaut hatten, war im Krieg zerstört worden. Aber wenigstens hatten sie ihren Sohn noch.

Von Fritz hat Trude niemals wieder etwas gesehen oder gehört.

Oma Trude ging trotzdem davon aus, dass er den Krieg überstanden hatte. Einer wie Fritz fiel nicht, einer wie Fritz drückte sich. Sie glaubte, dass er gar nicht zur Front gekommen, sondern desertiert war und sich nach England abgesetzt hatte. Geld hätte er jedenfalls genug dafür gehabt.

Jetzt endlich begann ich zu begreifen.

»Und seitdem fragst du dich, ob er die *Swinging Bakery* in London tatsächlich eröffnet hat?«

Oma Trude sah mich erstaunt an: »Nein. Da bin ich sicher. Das weiß ich ganz genau!«

Sie lächelte in sich hinein und schien tatsächlich fest davon überzeugt zu sein.

»Und was ist, wenn ich diese Bäckerei tatsächlich irgendwann finde?«, fragte ich sie. »Willst du dann Kontakt zu Fritz aufnehmen?«

Oma Trude musste lachen: »Kindchen. Der Mann war siebzehn Jahre älter als ich. Den kann keiner mehr finden.«

»Aber wozu dann die Suche all die Jahre?«, wunderte ich mich.

»Ach«, seufzte Oma Trude, »ich möchte nur wissen, wie die *Swinging Bakery* wirklich ausgesehen hat! Welche Farbe die Schrift über dem Schaufenster wohl hatte? Und wie war die kleine Bühne gebaut? Wir hatten uns verschiedene Varianten ausgedacht, mit Stufen und ohne, halbrund oder gerade.«

»Ist das denn so wichtig?«, wunderte ich mich.

»Na, aber ich muss doch wissen, ob ich Stufen steigen muss, wenn ich mir vorstelle, dort zu tanzen«, sagte sie entrüstet.

Vielleicht hatte Fritz wirklich das Café eröffnet, von dem sie zusammen im *Heiteren Blick* geträumt hatten. Viel eher aber schien mir, dass sich einer wie Fritz für das Geld einen neuen Sportwagen zugelegt hatte. Dieser Gedanke machte mich traurig.

Aber Oma Trude sagte: »Ist es nicht manchmal schön, von etwas zu träumen und es sich so vorzustellen, wie es in Wirklichkeit nie geworden wäre?«

Oma Trudes Gesicht war überzogen mit einem Netz von Fältchen. Ihr Lächeln und ihre Heiterkeit hatten sich im Laufe der Jahrzehnte dort eingegraben.

Sie hatte recht. Was immer passiert war, es war ohnehin längst vorbei. Und egal, wie viele Bilder ich ihr brachte, und egal, ob es immer die falschen waren, sie konnte doch nicht enttäuscht werden. Zum Glück gibt es zwar Beweise für die Existenz von etwas, nicht aber für dessen Nichtexistenz. Jahrhundertelang hatte man geglaubt, der schwarze Rand unter den Fingernägeln sei einfach nur Dreck. Und dann stellte sich heraus, dass es dort nur so von Lebewesen wimmelte.

Wir saßen auf der Bank zwischen den Farnen und hingen unseren Gedanken nach. Außer uns schien niemand im Stadtpark zu sein. Es war so still, dass wir das Plätschern der Fontäne im Teich hören konnten.

War Oma Trude jemals wieder glücklich geworden? Ganz offensichtlich hatte ihr Vater die Heirat mit Opa Hermann arrangiert. Hatte sie darunter gelitten? Ich wagte es nicht, sie danach zu fragen.

Fritz wäre nicht der Richtige für sie gewesen, und Opa Hermann war zwar ein fantasieloser, aber gutmütiger Mann gewesen.

Aber wenn man sich das Falsche wünschte und das Richtige bekam, hieß das noch lange nicht, dass man damit dann auch zufrieden war.

Plötzlich fühlte ich etwas für meinen Großvater, das ich niemals zuvor empfunden hatte. Es tat mir unendlich leid, wie oft ich den störenden Opa Hermann zur Seite geschoben hatte für meine geliebte Oma Trude, wie ich seine Anwesenheit lediglich geduldet und ihn am liebsten an Carmen verwiesen hatte. Es tat mir leid, dass er mir immer fremd geblieben war, weil er einen Leberfleck am Hals hatte und eine rauhe Stimme und nicht so gut roch wie Oma Trude.

Und er hatte all die Jahre seine Trude geliebt. Er hatte ihr ein teures Lederköfferchen gekauft, das über seine Verhältnisse ging, und ihr das Bild gelassen, das sie anschmachtete, weil sie wusste, wer der Fotograf gewesen war. Er hatte sie zum Konditorlehrgang fahren lassen, während er auf meinen Vater und Tante Brigitte aufpasste, die schon immer schwierig gewesen war.

Oma Trude schien meine Gedanken zu erraten. »Der bessere Mann war Hermann auf jeden Fall – wenn auch nicht der schönere«, sagte sie schelmisch.

Dann wurde sie wieder ernst: »Am Anfang war es nicht leicht. Aber der Hermann hat mir Zeit gelassen. Und irgendwann hab ich ihn wirklich geliebt. – Das hab ich ihm nie gesagt«, fiel ihr plötzlich ein.

»Er hat's gewusst, Oma Trude«, versicherte ich ihr. »So wie er dich immer angesehen hat, hat er's gewusst.«

Plötzlich fiel mir noch etwas ein: »Weiß Carmen eigentlich von der Geschichte?«

Oma Trude schüttelte den Kopf und warf mir einen belustigten Blick zu. Ich wünschte, ich hätte diese Frage nicht gestellt, und sagte das auch in der Hoffnung, es damit wieder in Ordnung zu bringen.

»Ist schon gut«, sagte sie sanft. »Carmen weiß dafür andere Sachen.«

Da gab es noch mehr?

Kurz danach entdeckte uns Elvira, die schon den ganzen Stadtpark nach uns abgesucht hatte.

Verschnupft fragte sie: »Gehen wir jetzt endlich auf den Friedhof, oder darf ich dahin auch nicht mit?«

Oma Trude hakte ihre Freundin unter, und zusammen schlenderten sie zur Bushaltestelle.

Ich lief hinter den beiden alten Damen her. Oma Trude war im Laufe der Jahrzehnte ein wenig geschrumpft, hatte aber im Vergleich zu Elvira immer noch schöne, gerade Beine. Ich stellte mir vor, wie sie den *Big Apple* getanzt und für einen Mann geschwärmt hatte, der siebzehn Jahre älter war als sie.

Wäre ich nicht hiergeblieben, hätte ich das alles niemals erfahren.

16.

URLAUB MIT VOLLPENSION

Der kostspieligste Unterschied zwischen den Einwohnern von Limbach-Oberfrohna und London ist ihr Umgang mit Energie. In Limbach-Oberfrohna wird nach den neuesten wissenschaftlichen Methoden alles Verfügbare isoliert, gedämmt und abgedichtet. In London bleibt man seinen traditionellen, einfach verglasten Fenstern treu und schiebt stilvolle Möbelstücke vor die unromantischen Heizkörper, um sie zu verstecken.

❋ ❋ ❋

Fast kam es mir so vor, als hätte ich Urlaub. Und auch noch in Limbach-Oberfrohna! Das war doch mal ein anderes Reiseziel als Phuket oder Udaipur.

Ich hatte so gut geschlafen wie schon lange nicht mehr und war vom Duft nach Hefe und karamellisiertem Zucker geweckt worden.

Obwohl von draußen die Sonne auf die Scheiben drückte, erschien mir das Zimmer angenehm temperiert. In meiner Wohngarage in London war es weder im Winter noch im Sommer auszuhalten.

Ich tappte barfuß über den Flur. Hier musste ich mir keine Gedanken machen, ob die kleinen schwarzen Krümel, die sich an meine Fußsohlen klebten, vielleicht Mäusedreck waren.

Dann sah ich meine Kleider durch. Der Vorteil war, dass sie Aufmerksamkeit erregten. Der Nachteil war, dass es auffiel, wenn ich etwas zweimal trug. Ich musste aufpassen, dass ich meinen Ruf als Königin des guten Geschmacks nicht ruinierte.

Ich war nur mit meinem kleinen Koffer gekommen, in den ich Kleider für drei Tage gepackt hatte. Diese drei Tage waren um. Damit musste ich mein Prinzip, bei einem Besuch nie zweimal das Gleiche zu tragen, durchbrechen. Ich beschloss, die Sachen wenigstens neu zu kombinieren.

Zusätzlich verwendete ich viel Zeit und Lackspray auf meine Frisur und türmte mein Haar zu einem Dutt im Stil von Amy Winehouse auf.

So fühlte ich mich gut gerüstet für die Oberfrohnaer Straßen.

Ich steckte noch mein britisches Mobiltelefon ein, denn das trug ich immer bei mir, für den Fall, dass mich jemand Wichtiges erreichen wollte. Dann stieg ich hinunter in den Laden und wünschte einen guten Morgen.

»Wie lange wirst du eigentlich bleiben?«, fragte Carmen zur Begrüßung. Ich zuckte mit den Schultern, schließlich wusste ich es selbst nicht genau.

»Du könntest dich doch wieder hier einrichten, Michaela, für immer«, schlug meine Mutter vor.

»Das glaub ich eher nicht«, sagte ich, nahm mir ein belegtes Brötchen aus der Kühltheke und ließ einen Kaffee aus dem Automaten in einen Pappbecher plätschern.

»Und?«, fragte meine Mutter. »Was hast du heute vor?«

»Wie es aussieht, was ganz Großes«, bemerkte Carmen und tippte meine Frisur an.

Ich hatte mir einfach nur vorgenommen, Oma Trude zu besuchen, nicht mehr.

»Dann pack ich ein bisschen Kuchen für sie zusammen«, schlug Carmen vor.

»Das darf ruhig ein bisschen mehr sein«, bat ich. »Für Oma Trudes Freundinnen.«

Carmen sah fragend ihre Chefin an.

»Das geht aber nicht«, entrüstete sich meine Mutter. »Wenn wir ständig den ganzen *Rosenhof* mit Kuchen versorgen, können wir bald dichtmachen.«

Carmen packte wenigstens von jeder Sorte ein Stück ein.

Ich nahm das Päckchen und wandte mich zur Tür.

»Zieh dir aber eine Jacke über!«, rief mir meine Mutter noch nach, und es fühlte sich an wie damals, als ich sechzehn war und mich weigerte, Unterhemden anzuziehen.

Für sie schien die Zeit stehengeblieben zu sein. Ich hatte mich vor zwanzig Jahren von ihr verabschiedet, als ich noch ein halber Teenager gewesen war, und nun knüpfte sie genau an diesem Punkt wieder an.

In den folgenden Tagen verwandelte ich Oma Trudes Zimmer mit lindgrüner und taubenblauer Farbe, die meine Eltern spendiert hatten, in die französische Teestube in Covent Garden, die ihr so gut gefallen hatte.

Jamina teilte ich in einer E-Mail mit, dass sie bis auf weiteres in meinem Zimmer wohnen dürfe. Dafür sollte sie mir ein paar meiner Sachen schicken, die ich ihr auflistete. Meinen Anteil an Strom, Wasser und Gas musste sie direkt übernehmen. Jamina war mit allem einverstanden.

Meine Wohnung war also finanziert und versorgt und würde geduldig warten, bis ich wieder zurückkam.

Nur Eva schickte mir eine wütende Nachricht, in der sie sich darüber beschwerte, dass Jamina sich weigerte, auch meine Abwaschpflichten zu übernehmen.

Jeden Tag besuchte ich Oma Trude. Das Zimmer war mittlerweile fast fertiggestaltet. Das untere Drittel hatte ich mit Illusionsmalerei in blaugraue Holzkassetten verwandelt, und oben auf das Lindgrün malte ich Zweige mit Vögeln, ganz wie wir es im *Ladurée* gesehen hatten.

Am Samstagnachmittag war es endlich so weit. Ich stand auf einem Stuhl und vollendete die Schwanzfeder des allerletzten Vogels.

Oma Trude lag andächtig unter mir auf dem Boden, um mich die ganze Zeit beobachten zu können, ohne einen steifen Hals zu bekommen. Ich musste aufpassen, dass ich sie nicht mit Farbspritzern traf.

Die Tür öffnete sich, und Carmen kam herein. Sofort bemühte sich Oma Trude aufzustehen. Sie zappelte dabei wie ein Käfer auf dem Rücken, und wir mussten ihr helfen.

Für meine Cousine begann in diesem Moment eines der seltenen freien Wochenenden, an denen Max und Felix bei ihrem Vater blieben. Sie hatte Kuchen dabei, der zum Ladenschluss noch nicht verkauft worden war.

Staunend drehte sie sich im Zimmer um und betrachtete mein Kunstwerk.

»Ist es nicht schön geworden?«, fragte Oma Trude und strahlte ergriffen. »Ich werde mich jeden Morgen freuen, wenn ich aufwache und die Vögelchen sehe!«

»Es ist noch längst nicht fertig«, relativierte ich bescheiden. »Die geschmacklosen Übergardinen müssen natürlich noch ersetzt werden.«

Oma Trude protestierte sofort: »Was hast du denn gegen meine Gardinen?«

»Oma Trude«, klärte ich sie auf, »die machen den ganzen Raum kaputt. Sie sind einfach nur hässlich.«

Carmen warf mir einen frostigen Blick zu: »Die hässlichen Gardinen habe ich für Oma Trude genäht.«

Sie hatte es sicher gut gemeint, aber sie besaß nun mal kein Talent für Dekoration. Oma Trude zog die Ärmel ihrer Wolljacke lang. Sie hatte ein kompliziertes Muster, und plötzlich wurde mir klar, dass Carmen sie gestrickt haben musste.

Oma Trude blinzelte nervös. Es war für sie eine schwierige Situation. Es stand Enkelin gegen Enkelin. Wir warteten gespannt, für wen sie sich entscheiden würde.

»Die Gardinen bleiben dran«, legte Oma Trude fest.

Carmen zog triumphierend eine Augenbraue hoch.

»Darf ich sie wenigstens zur Seite raffen?«, bat ich.

»Musst du immer aus allem eins von deinen albernen Kunstprojekten machen?«, fragte Carmen.

»Ich mag Malimo-Gardinen«, befand Oma Trude. »Und ich mag Kunstprojekte.«

Nun zog ich grinsend die Augenbraue hoch.

Ich suchte in ihrem Wollfach nach Garn in einer passenden Farbe und band daraus Quasten und drehte Kordeln. Carmen sah mir eine Weile zu, dann hielt sie es nicht mehr aus und ging mir zur Hand. Als wir endlich die Vorhänge zur Seite schnüren konnten, war die Wirkung erstaunlich. Genau das hatte noch gefehlt. Plötzlich verströmte der Raum Teestubenatmosphäre.

Oma Trude schlug die Hände zusammen und rief: »Jetzt ist es bei mir genau wie in diesem *Ladurée*! Das muss ich den anderen zeigen!«

Sie eilte hinaus, um ihre Freundinnen zu holen, und ich sagte zu Carmen: »Na los, lass uns Tee kochen.«

Wir holten das gute Sammelgeschirr aus dem Glasschrank, das mit seinen blassen Tönen die Farben der Wände aufgriff, und ich warf den Wasserkocher an. Wir stellten alles auf den runden Tisch, verteilten den Kuchen auf den Tellern, und als Oma Trude mit den anderen Damen zurückkehrte, duftete der Earl Grey schon nach Bergamotte.

Elvira und die Tillich-Schwestern standen wie zur Bescherung in der Tür und wagten es kaum, einzutreten.

Oma Trude klatschte in die Hände und rief entzückt: »Es gibt Tee im *Ladurée*!«

Ich schenkte den Tee aus und wollte Rosi daran hindern, zuerst die Milch in die Tasse zu gießen.

Rosi zögerte: »Aber ich mach immer zuerst die Milch rein, dann brauche ich nicht umzurühren.«

»Sie können das machen, wie Sie wollen, Rosi. Allerdings«, gab ich zu bedenken, »lässt die königliche Familie immer zuerst den Tee eingießen.«

»Dann sollten wir das auch unbedingt tun!«, rief Oma Trude eifrig.

Rosi stellte blitzschnell das Milchkännchen zurück.

»Und warum?«, wollte Carmen wissen. »Ist das nicht völlig schnuppe?«

Über dieses in England so beliebte Gesprächsthema hatte ich in Londoner Pubs, bei Freunden und selbst am College schon so viele Meinungen gehört, dass ich erschöpfend darüber Auskunft geben konnte.

Ein wichtiger Punkt dabei ist, dass der Tee durch die kalte Porzellantasse bereits um einige Grad abkühlen kann, bevor die Milch dazukommt. So wird der Milchzucker nicht zerstört, was natürlich zu einem besseren Geschmack führt. Außerdem kann man die Stärke des Tees nur einschätzen, wenn er allein in der Tasse ist, und erst durch das langsame Hineingießen der Milch zeigt sich an der Farbe, wann die richtige Menge erreicht ist.

»Und außerdem«, schloss ich meinen Exkurs ab, »sieht es einfach schöner aus, wenn die Milch auf den dunklen Tee trifft und Wölkchen darin bildet.«

Damit tröpfelte ich den Damen Milch in ihren Tee, und selbst Carmen saß da und starrte in ihre Tasse, um zuzusehen, wie sich die weißen Schlieren allmählich in der goldbraunen Flüssigkeit auflösten.

»Und was ist mit dem Zucker?«, fragte Elvira plötzlich.

Das wusste ich nicht und behauptete einfach: »Der kommt immer ganz zum Schluss!«

Und alle richteten sich brav danach, und zwar für den Rest ihres Lebens.

Später, beim Wegräumen der Tassen, fand ich im Schrank ein paar Rommé-Karten und brachte den anderen Bridge bei. Die Tillich-Schwestern wollten nur zusehen.

Zusammen mit Carmen nahm ich Oma Trude und Elvira zwölf Euro ab, was kein Wunder war, denn die beiden hatten nur eine ungefähre Ahnung, was sie tun mussten. Sie unterhielten sich trotzdem prächtig und bestanden darauf, dass wir das Geld behielten.

Wir verließen den *Rosenhof* gemeinsam, weil keine von uns beiden es ertragen konnte, die Cousine allein mit Oma Trude zu lassen. Ich hakte Carmen unter, und wir stolperten durch die Dämmerung. Schließlich gab ich auf und tauschte meine hochhackigen Schuhe gegen *Tipsy Shoes* ein. Wie bei den meisten Londonerinnen steckten auch in meiner Handtasche immer diese kleinen faltbaren Ballerinas, für den Fall, dass ich zu müde oder zu betrunken für hohe Schuhe wurde.

An meinen Beinen bildete sich Gänsehaut. Natürlich hatte ich wieder keine Jacke mitgenommen und trug nur ein kurzes, ärmelloses Kleid. Mein Paket von Jamina war noch nicht angekommen, und ich hatte mir nur ein wenig Unterwäsche gekauft. Wenn man sich seine Kleider normalerweise an den phänomenalen Ständen des Camden Market in Nordlondon besorgt, ist es schwer, in einer Limbach-Oberfrohnaer Modeboutique etwas Passendes zu finden.

Unterwegs begegneten wir Frau Strumpf, die mich fragte: »Hast du Hitze, Michaela? Bist du in den Wechseljahren?«

Kaum war sie vorbei, überfiel Carmen ein Lachanfall nach dem anderen, bis sie keine Luft mehr bekam.

»Und?«, fragte ich meine Cousine, die sich immer noch nicht beruhigt hatte. »Wo hauen wir unsere zwölf Euro nun auf den Kopf?«

Carmen gackerte: »Im *Braugut Hartmannsdorf* ist Ü30-Party! Vielleicht lassen sie dich ja noch rein!«

Ich guckte sehr skeptisch.

»Eintritt ist frei«, lockte Carmen.

Das gab den Ausschlag.

Wir holten Carmens klapprigen Ford und fuhren nach Hartmannsdorf. Im Auto wechselte ich vorsichtshalber wieder die Schuhe. Schließlich wollten wir ausgehen.

Das *Braugut Hartmannsdorf* war ein riesiger, aufpolierter Vierseitenhof, vollgestopft mit Antiquitäten, vor dem ein überdimensionales Fass durstige Reisende anlockte. Hier hätte man die beschauliche Atmosphäre eines Landgasthofs vermutet, stattdessen blinkten von allen Seiten Discokugeln, Laserstrahlen und Lauflichter. Die hineinströmenden Besucher glitzerten ähnlich stark in ihren strassbesetzten Pullis.

Carmen steuerte zielsicher durch die antik anmutenden Holztüren. Sie schien sich hier bestens auszukennen.

Wir gingen an die Bar in der Gaststube und holten uns für die Hälfte unseres Bridge-Gewinns ein dunkles Bier und eine

Cola. Carmen musste uns zurückfahren und nahm es sehr genau damit.

Hinter uns aus dem Tanzschuppen dröhnte solider deutscher Schlager. In einer der abgedunkelten Nischen des Restaurants führten zwei Frauen die Generalprobe für ihre Tanzschritte durch, bevor es ernst wurde.

Die Party hätte ohne Übertreibung auch Ü50-Party heißen können. Wer ein anderes einsames Herz gefunden hatte, verschwand stolz und in Begleitung nach draußen. Wer kein Glück hatte, versuchte mit allen Mitteln, diesen Zustand zu ändern. Auf der Toilette stopfte sich eine Frau grüne Papierhandtücher aus dem Spender in den Ausschnitt, um ihre Chancen zu verbessern. Es schien ganz so, als wären die Frauen am Fuße des Erzgebirges nicht weniger auf der Jagd als die auf der britischen Insel. Sie tranken hier nur nicht so hemmungslos und konnten es deshalb besser verbergen.

Wir waren noch nicht in der Stimmung für den Tanzschuppen und bestellten wieder Getränke. Das Bier war stark und stieg mir ein wenig zu Kopf. Am liebsten hätte ich Carmen von Fritz erzählt und gefragt, was Oma Trude ihr an Geheimnissen verraten hatte, aber ich tat es nicht.

Und da entdeckte uns plötzlich Jan, der gerade zur Tür hinauswollte.

»Was macht ihr denn hier?«, erkundigte er sich entrüstet, als würden zwei wie wir nicht hierhergehören.

»Wir verprassen unseren Gewinn aus dem Kartenspiel«, verkündete ich fröhlich. »Und du?«

»Ich hab nur einem Freund ausgeholfen, der hier die Technik macht«, behauptete er und trank wie selbstverständlich aus Carmens Glas.

Hatte er Carmens Cola gewählt, weil er Auto fahren musste? Oder wollte er einfach nicht aus meinem Glas trinken? Ich beobachtete ihn von der Seite. Sein Adamsapfel stach hervor und bewegte sich bei jedem Schluck. Mit ihm war ich in die Kinderdisco im Sportlerheim am Kirchsteig gegangen, und später hatten wir in der Parkschänke am Stadtpark getanzt. Jan wäre für mich nie in Frage gekommen, weil unsere Mütter befreundet waren. Er war wie ein Bruder. Man verliebte sich nur selten in seinen Bruder, auch wenn es schon vorgekommen sein soll.

»Stimmt das mit dir und der Schallplatte?«, fragte er mich plötzlich.

Ich nickte: »Stimmt. Ich hätte die Chance, eine Plattenproduktion zu machen.«

Carmen verdrehte die Augen und flüchtete auf die Toilette.

Währenddessen erzählte ich Jan von dem extrem erfolgreichen Produzenten Rich und seinem fantastischen Studio, von der weltgrößten Plattenfirma EMI und Millionendeals, ließ weg, dass Oma Trude alles hätte bezahlen sollen, und schloss meine Geschichte mit den Worten: »Aber ich hab es abgelehnt. Oma Trude ist mir wichtiger.«

Jan stellte bewundernd fest: »Ich weiß nicht, ob ich das fertiggebracht hätte.«

In London erzählten alle solche Geschichten, und jeder wusste sie einzuordnen. Niemand nahm die vielen Übertreibungen und Ausschmückungen ernst, die sich um den Funken Wahrheit rankten. Aber hier in Limbach-Oberfrohna war das anders. Jan hatte mir jedes Wort geglaubt. Es war so, als hätte er bei einer Partie Schmu meine Ansagen für bare Münze genommen, weil ihm keiner die Regeln verraten hatte. Plötzlich kam ich mir vor wie ein Falschspieler.

Er stand auf, klopfte auf den Tisch und sagte: »Wir sehn uns.«

Das ließ sich in Limbach-Oberfrohna sicher nicht vermeiden.

Kaum war Carmen zurück, wurden wir von zwei älteren Herren mit hochsitzendem Hosenbund angesprochen, die uns auf ein Getränk einladen wollten. Bevor meine flotte Cousine auf die Idee kommen konnte, sich darauf einzulassen, rief ich: »Wir wollten gerade gehn!«

Als wir wieder in den Ford stiegen, sagte Carmen grinsend: »Und das nächste Mal fahren wir nach Waldenburg ins *Schützenhaus*. Dort gibt's Tischtelefone und Gigolos!«

Als ich gegen ein Uhr nach Hause kam, begegnete ich meinem Vater im Flur. Er wollte gerade hinüber in die Backstube gehen und den Sauerteig ansetzen.

Ich wusste nicht, ob ich ihm gute Nacht oder guten Morgen sagen sollte, und entschied mich für einen Kuss auf die Wange.

»Du darfst nicht immer so spät ins Bett gehen, Michaela«, meinte er. »Dann kommst du früh auch hoch.«

»Bist du endlich da, Michaela?«, hörte ich aus dem Inneren des Hauses eine Stimme wispern. »Ich hab mir schon Sorgen gemacht!«

Das Wetter blieb sonnig. Die Tage schwammen träge und gelassen dahin, und die Zeit schien stillzustehen, wie das immer in einem Urlaub ist. Das Paket mit meinen Kleidern war endlich angekommen, die Mahlzeiten nahm ich gemeinsam mit meinen Eltern ein, und meine Mutter meinte, dass jetzt alles wieder wie früher sei.

Und genau das störte mich zunehmend. Es war schwer, sich plötzlich wieder unterzuordnen und nach den Oberfrohnaer Regeln zu richten, die zwei Jahrzehnte nicht mehr für mich gegolten hatten. Es war mir ein wenig zu viel Gutgemeintes und zu viel Neugier im Spiel.

Wenn ich abends heimkam, sah ich immer, wie sich am Schlafzimmerfenster meiner Eltern die Gardine bewegte.

Noch etwas anderes störte mich. Wie gern hätte ich Oma Trude bei einem meiner Besuche eine Freude gemacht und ihr Nougatschokolade geschenkt oder Frau Körner neue Rosen gekauft. Ich hatte immer geglaubt, es sei nur in London bedauerlich, kein Geld zu haben, wo alles zehnmal so teuer war und ich ständig von unwiderstehlichen Versuchungen bedrängt wurde. Jetzt dämmerte mir, dass es überall auf der Welt von Nachteil war, wenn man kein Geld besaß.

Und aus all diesen Gründen erklärte ich meinen Urlaub nach zwei Wochen für beendet.

Ich holte mir die Zeitung meines Vaters und ging die Stellenanzeigen durch. Mit meinen Qualifikationen würde ich ohne Probleme eine Arbeit finden. Und ich konnte trotzdem noch jeden Abend Oma Trude besuchen.

Danach durchstöberte ich die Wohnungsannoncen. Die Mieten im ländlichen Sachsen waren überraschend moderat. Das machte alles noch einfacher.

Ich rief gleich im Maklerbüro an und vereinbarte einen Besichtigungstermin für eine hübsche Zweiraumwohnung am Wasserturm.

17.

DIE BESTIMMUNG DER BALUTZKE-FRAUEN

Der nervenaufreibendste Unterschied zwischen den Einwohnern von Limbach-Oberfrohna und London ist ihr Umgang mit Kunden. Auf die Frage nach einem bestimmten Produkt bekommt man dieses in Limbach-Oberfrohna mit missbilligendem Gesicht sofort in die Hand gedrückt. In London sucht die Verkäuferin mit bezaubernder Miene, aber vergeblich das ganze Regal ab, so wie man es gerade vorher selbst getan hat.

❊ ❊ ❊

Ich hatte mir von Carmen ein wenig Geld geliehen und suchte in einem Schreibwarenladen nach Material für meine Stellenbewerbung. Leider fand ich nichts, was mir zusagte. Auf meine Nachfrage holte die Verkäuferin mit brummigem Gesicht farbige Transparentpapiere aus einem Lagerschrank. Sie fand auch Seidenpapier und sogar Papier mit eingeschlossenen Blüten. Warum lagen diese wunderbaren Sachen denn nicht gut sichtbar auf den Tischen?

»Weil das nie einer kauft«, bekam ich zur Antwort.

Wie sollte das auch einer kaufen, wenn sie es versteckte?

Es gab kaum ein Stellenangebot, für das ich nicht ausgebildet war. Ich konnte mich kaum entscheiden. Die Welt war voller Möglichkeiten!

Das Beste daran war: Ich würde gut verdienen, die Miete war niedrig, und es gab nichts zu kaufen, was ich haben wollte. Demzufolge würde ich in kürzester Zeit im Geld schwimmen.

Dann hatte ich genug Kapital, um mein Leben als freie Künstlerin fortsetzen zu können. Ich überlegte, ob ich mich wieder der Malerei zuwenden sollte. Eine Malerkarriere konnte ich von jedem Ort der Welt aus starten. Warum also nicht von Limbach-Oberfrohna aus? Und falls es nicht ganz so gut laufen sollte, konnte ich immer noch Schriftstellerin werden. Autor war ein minimalistischer Beruf. Man brauchte nicht einmal Geld in Farben und Leinwand zu investieren. Das half ebenfalls beim Wirtschaften. Schreiben konnte ich sogar an Oma Trudes Bett.

Um die Grundlage dafür zu schaffen, brauchte ich allerdings zunächst eine Festanstellung.

Meine Entscheidung fiel zugunsten einer Stelle als Kunstlehrerin an einer Privatschule in Zwickau. Privatschulen zahlten sicher mehr als öffentliche, und die Kinder kamen aus besseren Kreisen. Somit würde sich der Ärger mit ihnen in Grenzen halten. Ich war sehr zufrieden mit dieser Wahl.

Es war so aufregend, wieder etwas Neues zu wagen!

Ich musste einfach nur erreichen, dass ich zum Bewerbungsgespräch eingeladen wurde. Wenn ich jemandem persönlich gegenübersaß, konnte ich immer überzeugen.

Da ich mich für einen Kreativberuf bewerben wollte, musste meine Mappe natürlich auch kreativ aussehen. Ich machte aus ihr ein Kunstwerk oder besser gesagt: Jede Seite davon war eines.

Zu allen Diplomen, die ich besaß und die etwas mit Kunst zu tun hatten, gestaltete ich eine Seite mit einem anderen Thema und führte dabei meine besonderen Fähigkeiten und Arbeitserfahrungen auf.

Meinen Abschluss in Bildbearbeitung gestaltete ich wie eine Seite aus der *Vogue*, auf der ich das Model war. Für den Abschluss in *Fine Art* dachte ich mir ein Mosaik aus, das sich aus winzigen Landschaftsbildern vom Themse-Ufer zusammensetzte, die ich irgendwann gemalt hatte und die, auf Armlänge betrachtet, meine Initialen ergaben. Mein Architekturdiplom konstruierte ich wie eine Blaupause von Big Ben. Man konnte Rasterpapier und Transparentbogen aufblättern, so dass sich nach und nach darunter neue Perspektiven und Einblicke enthüllten. Dann kam eine Seite mit Federn, eine mit durchscheinenden Filmnegativen, eine mit Pailletten beklebt, eine mit echtem Blattgold und eine, die sich beim Öffnen auffächerte und in die dreidimensionale Skulptur eines Pfaus verwandelte. Das war für mein Diplom in Papiergestaltung. Zum Schluss umhüllte ich die Mappe mit Jacquardstoff in Dunkeltürkis und versah sie mit einem Satinbändchen zum Verschließen.

Als ich fertig war und die Mappe noch einmal durchblätterte, dachte ich: Ich würde mich mit Kusshand nehmen.

Und prompt wurde ich kurze Zeit später zum Vorstellungsgespräch eingeladen.

»Bist du nicht aufgeregt?«, fragte mich Oma Trude, als ich ihr davon berichtete.

Ich schüttelte den Kopf. Ich hatte schon so viele Bewerbungsgespräche hinter mir, da würde mich eines in Zwickau bestimmt nicht nervös machen.

»Also ich bin aufgeregt«, gab sie zu. »Und ich freue mich!«

Auch ich konnte den Termin kaum erwarten. Endlich würden sich all meine teuren Kurse bezahlt machen! Oma Trude hatte nicht umsonst investiert.

»Was ziehst du denn an?«, fragte sie mich.

Ich hatte nicht vor, mich zu verkleiden, schließlich bewarb ich mich nicht auf eine Stelle als Steuerberaterin. Aber da es eine Privatschule war, sollte ich schon ein wenig schick aussehen.

»Ja«, stimmte mir Oma Trude zu. »Mit einem schicken Auftreten kannst du nichts falsch machen! Ich borge dir meine Perlenkette! Die soll dir Glück bringen!«

Am Morgen des Vorstellungsgesprächs zog ich eine cremefarbene, kurze Hose und Knöchelschuhe mit hohem Absatz an, dazu eine Seidenbluse mit Leopardenmuster. Zum Schluss setzte ich noch einen dunkelbraunen Porkpie-Hut auf, den ich mir bei *Topshop* gekauft hatte, und hängte mir Oma Trudes Perlenkette um. Ich sah umwerfend aus.

Ich gab nur kurz meiner Mutter Bescheid, dass ich nach Zwickau fahren wolle.

»Mit der Hose kannst du doch nicht Zug fahren«, sagte sie entgeistert.

»Doch«, fand ich, verdrehte mich zur Seite und begutachtete mich in der Ladenscheibe. Meine Pobacken wurden gerade noch bedeckt.

»Die ist ganz bequem«, versicherte ich.

Ich musste feststellen, dass die öffentlichen Verkehrsmittel im Zwickauer Raum etwas anderes waren als die in London. Dort fuhr jeder mit der U-Bahn. Bankangestellte und ihre Chefs, kleine Verkäuferinnen und die Ladenbesitzer, Manager, Penner, Priester, Rabbiner, Gottlose, selbst Filmstars benutzten sie zuweilen, und alle quetschten sich zusammen in die schmalen Züge, denn es gab keine erste Klasse. Die öffentlichen Verkehrsmittel in London vereinten alle. Hier trennten sie die Schichten. Wer halbwegs Geld hatte, fuhr mit dem Zug erster Klasse oder mit dem Auto. Die Regionalbahnen blieben den Schülern, Rentnern und all den weniger gut Gestellten, zu denen auch ich noch gehörte, vorbehalten.

Ich hätte mir nicht einmal das Auto meiner Eltern für diese Fahrt ausleihen können, denn ich besaß keinen Führerschein. Dabei hatte mich mein Vater schon, als ich zwölf Jahre alt gewesen war, in weiser Voraussicht für die Prüfung angemeldet, damit ich später die Wareneinkäufe erledigen konnte. Die Informationskarte, dass ich mit der Fahrschule an der Reihe sei, kam, als ich schon in London war, und dort stellte ein Auto nur ein Verkehrshindernis dar.

Während ich es sonst immer genossen hatte, wenn ich mit meiner Aufmachung Aufsehen erregte, störte es mich plötzlich, angestarrt zu werden, und ich versteckte mich hinter meiner übergroßen Sonnenbrille.

Ich beschloss, von meinem ersten Monatsgehalt den Führerschein zu machen und von meinem zweiten ein Auto anzuzahlen.

Die Schule war in einer Neobarock-Villa untergebracht, mit Erkern und zahllosen Balkonen, umgeben von einem einschüchternden, eisernen Zaun. Dahinter lag ein parkähnlicher Garten mit Buchsbaumskulpturen und Rhododendron, der weiße und lila Blüten trug. Von irgendwoher erklang Klavierspiel, nicht besonders flüssig, aber sehr ambitioniert.

Ich drückte auf die Klingel und lächelte in die Kamera. Die Gegensprechanlage klackte, und ich nannte meinen Namen. Der Türöffner summte.

Während ich die Auffahrt hinaufging, dachte ich: Hier werde ich also die nächsten Jahre verbringen.

Zehn Minuten später saß ich im Direktionszimmer auf einem Stuhl aus Korbgeflecht und wusste nicht genau, wie ich meine Beine übereinanderschlagen sollte, ohne dass meine Schenkel dick wirkten.

Die Direktorin hatte meine Mappe vor sich liegen, an der meine Künstlervisitenkarte klemmte.

Sie prüfte sie wie einen verdächtigen Geldschein zwischen zwei Fingern und sagte dann: »Mimi Balú also. Wie putzig.«

Das war eine befremdende Gesprächseröffnung, und ich wusste nicht, wie ich darauf reagieren sollte. Also strahlte ich sie einfach gewinnend an.

Sie blätterte meine Mappe durch und setzte dann ihre Brille ab.

»Ihre Mappe ist ebenfalls putzig«, fand sie und ließ den kostbaren Jacquardeinband auf den Tisch klatschen.

Damit war klar, dass sie mich nicht nehmen würde. Nun, wo ich das wusste, wollte ich nur noch weg. Aber es half nichts, ich musste den Rest des Gesprächs noch durchstehen und Haltung bewahren.

»Ich wollte nur mal wissen«, fuhr sie fort, »wie jemand aussieht, der sich mit so einer Mappe bewirbt.«

Vermutlich wollten das noch mehr wissen, denn ab und zu steckte eine Mitarbeiterin den Kopf zur Tür herein, musterte mich und grinste. Offensichtlich erfüllte ich wenigstens deren Erwartungen.

Wieder blätterte die Direktorin in meiner Mappe.

»Das ist alles schön und gut«, sagte sie schließlich, »aber Sie haben da was verwechselt. Wir sind hier nicht in Angelsachsen, sondern in Sachsen.«

Ihr Finger tippte auf den Big Ben und die Themse-Szenen. Ich hatte geglaubt, damit ein wenig internationales Flair hineinzubringen, aber ich wusste, wann es keinen Sinn hatte, eine Idee zu verteidigen. Ich hätte besser das Dünnebierhaus und die Zwickauer Mulde als Inspirationsquelle genutzt. Das war ein Fehler gewesen, der mir kein zweites Mal passieren würde.

Deshalb stand ich auf und fragte: »Haben Sie mich dafür herbestellt? Einfach nur, um mir das zu sagen und mich anzusehen?«

Ich fühlte beim Aufstehen, dass sich das Muster des Stuhls in meine Schenkel geprägt hatte.

»Ich lade alle Bewerber ein. So eine Mappe sagt schließlich gar nichts über den Bewerber aus«, antwortete die Direktorin kühl und fügte hinzu: »Normalerweise.«

Ihre flache Hand schlug auf einen Stapel Bewerbungsmappen an der oberen Ecke ihres Schreibtischs. Es waren schlichte, graue Hüllen, eine sah ganz genau so aus wie die andere. Ich stellte mir vor, was es für ein Schock für sie gewesen sein musste, als sie meine Pippi-Langstrumpf-Hülle auspackte. Und dann musste ich lachen. Ich schüttelte immer wieder den Kopf, wusste, dass es unpassend war, aber ich konnte nicht aufhören und steckte schließlich die Direktorin damit an.

Jetzt, wo klar war, dass ich den Job nicht bekommen würde, und sie wusste, dass ich es wusste, war unser Umgang miteinander wesentlich entspannter.

Ich setzte mich noch einmal, sie holte mir sogar einen Kaffee und sagte dann: »Ihre Arbeiten sind wunderschön, ohne Frage! Aber selbst wenn ich wollte, ich könnte Sie nicht einstellen. Damit Sie hier unsere Kinder unterrichten dürfen, brauchen Sie ein Hochschuldiplom. Da gibt es keine Ausnahmen.«

Wir verabschiedeten uns mit einer angedeuteten Umarmung, als wären wir Freundinnen.

Beim Hinausgehen fühlte ich ihren Blick auf meinen Schenkeln, dort wo sich das Stuhlmuster eingedrückt hatte. Ich schwenkte ein wenig die Hüften und verschaffte Mimi Balu einen überzeugenden Abgang.

Auf der Heimfahrt wurde ich allerdings immer trübseliger. Ich war so sicher gewesen, dass die Schule auf jemanden mit meinen Begabungen geradezu gewartet hatte. Am Ende fühlte ich mich so niedergeschlagen, dass ich meinen Porkpie-Hut absetzte und in die Tasche stopfte.

In Limbach-Oberfrohna steuerte ich als Erstes den *Rosenhof* an.

»Ach, Mimi«, tröstete mich Oma Trude, nachdem ich ihr alles erzählt hatte. »Du bist doch nicht wegen fehlenden Talents abgelehnt worden, sondern wegen eines fehlenden Scheins!«

Wie immer traf sie den Nagel auf den Kopf. Es gab keinen Grund, mutlos zu sein!

Sofort erstellten wir zusammen die Rangliste der Positionen, für die ich mich nun bewerben würde. Es gab noch unendlich viele andere wunderbare Möglichkeiten!

Als ich nach Stunden ihr Zimmer verließ und die Treppe hinunterging, fühlte ich mich getröstet und stark. Dann fiel mir auf, dass ich noch immer die Perlenkette trug, und lief schnell nach oben zurück.

Oma Trude saß auf ihrem Bett und weinte.

»Ach«, sagte sie ertappt, als sie mich sah, und wischte ihre Brille sauber.

»Was ist denn passiert?«, fragte ich erschrocken.

Oma Trude war nicht nah am Wasser gebaut. Es musste etwas Schlimmes sein.

Obwohl sie gerade ihre Augen getrocknet hatte, quollen schon wieder Tränen hervor.

Sie schüttelte den Kopf: »Das ist alles meine Schuld. Bloß meinetwegen bist du hiergeblieben. In London hättest du jetzt deine gute Arbeit und deine erfolgreiche Band und deine wunderschöne Wohnung mit dem stuckumkränzten Kamin und den Pastellfarben!«

Ich spürte ein wehmütiges Ziehen, bis mir einfiel, dass nichts davon wirklich war.

»Ach, Unsinn«, rief ich. »Ich bewerb mich einfach woanders!«

Dann hängte ich ihr die Perlenkette wieder um, und wir drückten einander ganz fest.

So oft in meinem Leben hatte ich am Telefon meinen Kummer bei Oma Trude abgeladen. All meine Niederlagen hatte ich mit ihr geteilt und mich von ihr trösten lassen. Bisher hatte ich nicht gewusst, was geschah, wenn wir den Hörer aufgelegt hatten. Ich hatte nicht einmal darüber nachgedacht, denn mir ging es ja schließlich wieder gut. Wie oft mochte sie in den letzten Jahren meinetwegen geweint haben?

Ich wollte, dass sie das niemals wieder tun musste. Falls ich noch einmal eine Ablehnung bekommen sollte, würde sie nichts davon erfahren. Ich musste sie beschützen, so wie sie mich immer beschützt hatte. Ich würde Oma Trude in Zukunft vor der Welt beschützen – und vor Mimi Balu.

Als Nächstes bewarb ich mich in einem traditionsreichen Sprachinstitut in Chemnitz als Englischlehrerin.

Ich hatte aus meinem ersten Termin gelernt und kaufte von Carmens Geld im Schreibwarenladen eine langweilige graue Mappe. Meine Schulden bei ihr summierten sich allmählich, aber ich wollte es ihr von meinem ersten Gehalt zurückzahlen.

Ich suchte gerade nach griffigen Formulierungen, als meine Mutter ins Zimmer stürzte.

»Wieso bewirbst du dich denn bei Fremden für eine Arbeitsstelle? Das hättest du uns ja mal erzählen können«, empörte sie sich.

Es war aber nicht Oma Trude, die mich verraten hatte, sondern Frau Klose, bei deren brummiger Tochter ich offensichtlich die Bewerbungsmappen gekauft hatte.

»Ich habe mir das erst heute Morgen überlegt, Mutti«, behauptete ich. »Ich kann nichts dafür, dass die stille Post schneller ankommt, als ich den Mund aufmachen kann.«

»Aber ich versteh gar nicht, warum du dich bewerben willst«, sagte meine Mutter ratlos.

»Ich möchte gern arbeiten. Wenn man eine Arbeit will, muss man sich bewerben«, erklärte ich geduldig.

Meine Mutter fand: »Also wenn du arbeiten willst, könntest du doch auch bei uns im Laden anfangen! Alle Frauen in unserer Familie …«

Sie unterbrach sich selbst, als sie meinen Blick auffing.

Genau deshalb war ich aus Limbach-Oberfrohna weggegangen.

Ich war Künstlerin und würde in einem künstlerischen Beruf arbeiten! Oder wenigstens in so etwas Ähnlichem.

Diesmal informierte ich mich genau über meinen zukünftigen Arbeitgeber. Im Anschreiben beteuerte ich, dass ich schon seit meiner Kindheit davon geträumt habe, am Gottfried-Bingel-Institut zu unterrichten, weil der Namenspatron mein persönliches Vorbild sei und ich wie dieser viele Jahre in London verbracht habe und seine Schwäche für Plumpudding teile. Ich schätzte das Niveau meiner Fremdsprachenkenntnisse auf die höchste Stufe C2 ein und erwähnte, dass ich, um die Gesundheit meiner Großmutter besorgt, in die Heimat zurückgekehrt sei, denn wie Gottfried Bingel sei ich ein Familienmensch. Durch meine Arbeit am Gottfried-Bingel-Institut wolle ich jungen Menschen mit der Vermittlung von Sprachkenntnissen das Tor zur Welt öffnen.

Ich las mir alles noch einmal durch und dachte: Also ich würde mich nehmen.

Ich schickte meine Mappe ab und wartete.

In den folgenden zwei Wochen hörte ich nichts vom Bingel-Institut und beruhigte mich damit, dass keine Nachricht eine gute Nachricht sei. Ablehnungen verschickten sie sicher sofort. Ich stellte mir vor, wie sie meine Bewerbung mit den anderen verglichen, und mit jedem Tag, der verstrich, hoffte ich, im Bewerbungskarussell eine Runde weitergekommen zu sein.

Allerdings musste ich in diesen zwei Wochen immer noch bei meinen Eltern wohnen, und meine Schulden bei Carmen wuchsen.

Die Kombination aus fehlenden Mitteln und besorgten Eltern kann auf Dauer den entspanntesten Charakter zermürben.

Gerade als ich ungeduldig werden wollte, kam der Absagebrief. Es war ein einfaches vorformuliertes Schreiben, in dem man bedauerte, meine Bewerbung nicht berücksichtigen zu können, weil ich kein International-House-Zertifikat vorweisen könne.

Ich sagte den Termin für die Unterzeichnung des Mietvertrags meiner Wohnung am Wasserturm ab und schrieb neue Bewerbungen. Diesmal verließ ich mich nicht nur auf eine einzige Stelle, sondern verschickte im Streuverfahren und gab mir auch keine besondere Mühe mehr. Originalität war offensichtlich im Erzgebirge und Umgebung nicht gefragt.

Ich bewarb mich in einem Kosmetikstudio, einer psychologischen Praxis, einer Karosseriewerkstatt, in einem Friseursalon, bei einer Bank und als Lehrerin für musikalische Früherziehung in einem Kindergarten.

Am Ende hatte ich einen Haufen packpapierbrauner Umschläge mit langweiligen, einfallslosen Bewerbungen.

Meine Mutter sah mich durch die Ladenscheibe hindurch mit den Briefumschlägen hinüber zum Postkasten laufen und rannte mir hinterher.

»Sind das schon wieder Bewerbungen?«, fragte sie.

»Ja«, bestätigte ich und lief einfach weiter. Meine Mutter eilte mir in Stoffschlappen nach, die hinter der Ladentheke sonst niemand sah.

»Warum bist du denn so stur? Warum hilfst du mir nicht im Laden? Wenigstens übergangsweise«, bettelte sie in der Hoffnung, dass es mir dann vielleicht doch gefallen würde. »Die Carmen hat schon seit Jahren keinen Urlaub mehr machen können, und ich sowieso nicht!«, behauptete sie.

Ich hatte den Briefkasten erreicht und ließ die schweren Umschläge hineinplumpsen. Ich war sicher, dass wenigstens eine der Bewerbungen Erfolg haben würde.

Dann hakte ich meine Mutter unter und lief mit ihr zurück zum Laden.

Im Laufe der nächsten Wochen bekam ich eine Absage nach der anderen.

Meine Mutter sah durch die Ladenscheibe jedes Mal genau, wenn die Postfrau kam. Dann lief sie nach draußen, um die Briefe entgegenzunehmen. Wenn für mich ein großer Umschlag dabei war, händigte sie ihn mir mit bedeutsamem Gesichtsausdruck aus und wartete darauf, dass ich ihn öffnete. Und wenn ich es nicht tat, wusste ich doch, dass sie wusste, dass eine Antwort gekommen war. Immer wenn ich ihr begegnete, sah sie mich dann fragend an, bis ich schließlich zugab, dass es wieder eine Absage gewesen war. Diese Information teilte meine Mutter am nächsten Tag der Postfrau mit, die schließlich auch wissen wollte, wie es ausgegangen war. Kurze Zeit später erreichte die Nachricht Frau Strumpf, Frau Klose und Frau

Sondermann. Die nächste Station in der Kette war sicher Frau Sondermanns Sohn Jan, der sich aber hütete, mich darauf anzusprechen, wenn wir uns zufällig im *Rosenhof* trafen.

Kosmetikstudio und Frisiersalon wollten einen von der Handwerkskammer ausgestellten Abschluss sehen, die Bank verlangte einen Master, die psychologische Praxis das Staatsexamen, abgelegt an einer Universität, der Kindergarten bestand auf einem deutschen Hochschulabschluss, und der Karosseriemeister schrieb mir einfach, dass er mit meinem Diplom nichts anfangen könne und außerdem schon jemanden für die Stelle habe.

Dabei war ich in all diesen Berufen in London bereits tätig gewesen und besaß eine Arbeitserfahrung von jeweils wenigstens drei Monaten. Warum genügte es dort und hier nicht?

Ich überlegte, ob ich kellnern sollte oder putzen, so wie ich es in London auch immer gemacht hatte, wenn mir gar kein anderer Ausweg geblieben war. Aber dort kannte mich niemand, und wenn ich mich umdrehte, hatten sie mich wieder vergessen. Hier würde ich dann für immer die Balutzke Michaela sein, die putzen gehen musste, weil sie kein Star geworden war.

Oma Trude erzählte ich nichts von den Absagen.

Wenn sie mich fragte: »Hast du denn schon was gehört?«, schüttelte ich jedes Mal den Kopf und behauptete: »Ich warte noch auf eine Antwort.«

Das stimmte auch in gewisser Weise, aber irgendwann waren alle Bewerbungen zurückgekommen und abgelehnt.

Ich fragte mich, wo mein Platz im Leben war. Konnte es passieren, dass man seine Bestimmung niemals fand? Hatte Oma Trude ihre jemals gefunden? Was war mit ihren Träumen?

Plötzlich wurde mir bewusst, dass ich inzwischen beinahe so alt war wie Oma Trude, als ich geboren worden war.

Ein wenig Hoffnung machte ich mir noch auf einen Vorstellungstermin bei einer Klempnerfirma in Rußdorf, nicht weit von hier. Ich trug in meiner Tasche die Originaldokumente sämtlicher Abschlüsse, die ich besaß, damit ich für jeden Fall gerüstet war. Ich hatte keine teuren beglaubigten Abschriften anfertigen lassen. Mit meinen Bewerbungen verschickte ich immer nur Kopien und versicherte, zum Vorstellungstermin die Originale vorlegen zu können.

Das Bewerbungsgespräch in der Klempnerfirma war das einzige, das ich bekommen hatte. Und ich kriegte es nur, weil mein Vater den Meister über drei Ecken kannte. So weit war es schon mit mir gekommen!

Vorher hatte ich mir gut überlegt, welche Kleiderordnung einem Handwerker gefallen könnte. Ich trug Jeans und Turnschuhe als Zeichen meiner Bodenständigkeit, ein enges, tief ausgeschnittenes Oberteil, das meine Figur zur Geltung brachte, und ein kariertes Flanellhemd darüber, das eine gewisse handwerkliche Begabung suggerierte. Meine Haare hatte ich mit einem Tuch über der Stirn zusammengebunden, weil das die tatkräftigen Frauen auf den alten Werbeblechschildern auch immer so machten.

Ich saß im Büro, umgeben von Ordnern und Kaffeetassen, bei denen die vielen Ringe an der Innenwand anzeigten, dass sie nie abgewaschen wurden.

»So«, sagte der Meister. »Und du bist also dem Balutzke seine?«

Ich lächelte und nickte tapfer.

Er wischte die fleischigen Hände an seinem blauen Kittel ab und nahm meine Mappe in die Hand. An den Fingerkuppen glänzten gelbe Hornhautschwielen, und sein Handrücken war behaart.

Er blätterte in der Mappe, sah dabei aber nur auf mein De-kolleté. Am liebsten hätte ich mein Flanellhemd demonstrativ zugeknöpft, aber ich ließ es bleiben, denn ich wollte nichts verderben. Ich hatte schon schlimmere Situationen durchge-standen. Nur eben nicht in Limbach-Oberfrohna. Es kam mir ein bisschen so vor, als würde mir mein Onkel auf den Busen starren.

»Tja, Mädchen«, sagte der Meister schließlich und warf nun doch einen Blick in meine Unterlagen. »Das wird wohl nichts werden. Wir haben schon eine Putzfrau.«

Ich versuchte mir ins Gedächtnis zu rufen, was ich im Me-ditationskurs gelernt hatte. Ich konzentrierte mich auf den oberen Rand seiner Brille und atmete tief ein und aus.

Mit ruhiger Stimme sagte ich: »Ich bewerbe mich als Klempner, nicht als Reinigungskraft. Das sind meine Zeug-nisse. «

Er guckte sich die Papiere an, drehte sie sogar auf den Kopf und schob sie dann zu mir zurück.

»Kann ich nicht lesen. Was soll ich damit?«

»Das ist ein Abschluss für einen Klempnerlehrgang«, sagte ich, »alles mit Auszeichnung bestanden.«

»Das könnte auch die Gebrauchsanweisung für einen Toas-ter sein«, antwortete er.

Ich zog ein anderes Blatt hervor und zeigte es ihm: »Hier ist die Übersetzung. Es ist ein Zertifikat zum Anschließen von Abflüssen.«

Er las sich alles durch und sagte dann: »Und was soll ich mit einem Klempner, der bloß Abflüsse anschließen kann? Soll ich vielleicht noch einen einstellen für Zuläufe? Und ei-nen für Heizungen? Und einen für Klimaanlagen? Und dann noch einen für Badewannenarmaturen? Für Wasserrohrbrü-che? Und einen für verstopfte Klos?«

Er hatte sich in Fahrt geredet, und unter seiner Nase bildeten sich Schweißtröpfchen. Er breitete meine Unterlagen aus und stach mit seinem Zeigefinger auf sie ein.

»Das Zeug hier ist ja bestimmt ganz schön für die große weite Welt. Aber nicht für Limbach-Oberfrohna! Hier herrscht nämlich Ordnung! Ohne Prüfung durch die IHK geht gar nichts.«

Er schob alles grob zusammen, drückte mir den Haufen in die Hand und sagte: »Bestell deinem Vater einen schönen Gruß.«

Dann zündete er sich eine Havanna an und ließ mich sitzen, nicht ohne mir vorher noch einmal in den Ausschnitt geguckt zu haben.

Meine letzte Hoffnung löste sich draußen vor der Werkstatttür in Zigarrenqualm auf.

Ich wusste nicht, wohin mit mir, und lief zum *Rosenhof*. Alle meine guten Vorsätze waren vergessen. Ich befand mich im Ausnahmezustand. Den ganzen Weg musste ich laufen, denn ich hatte kein Busticket mehr. Es war so viel Wut in mir, dass ich anfing zu rennen. Das half mir manchmal, aber nicht an diesem Tag.

So viele Talente hatte ich, und keines war etwas wert in Limbach-Oberfrohna!

Die Tür zum *Rosenhof* sprang mit so viel Schwung auf, dass Elvira und Dorle zur Seite hüpfen mussten. Frau Körner wollte mich eigentlich ansprechen, überlegte es sich aber anders, als sie mein Gesicht sah.

Ich stürzte in Oma Trudes Zimmer, klopfte nicht einmal an und warf mich auf ihr Bett.

Die Toilettenspülung rauschte, dann schlurfte Oma Trude aus dem Bad.

»Was ist denn passiert, Mädchen?«, rief sie erschrocken, als sie mich sah.

Ich holte aus meiner Tasche meine ganzen Dokumente, Auszeichnungen, Diplome, Urkunden, meine Wochenendkursabschlüsse und Privat-Zertifikate, die hier nicht anerkannt wurden.

»Das ist alles zu nichts nütze!«, rief ich. »Ich hab alles verschwendet, Oma Trude! Mein ganzes Leben!«

»Das ist nicht wahr, Mimi«, sagte sie sanft.

Ich stürzte in ihre Arme und weinte so bitterlich wie seit dreißig Jahren nicht mehr. Damals hatte mir meine Mutter die Haare raspelkurz geschnitten, weil Läuse darin herumkrabbelten.

Oma Trude streichelte mich, und ich sog ihren Duft ein und klammerte mich an ihr fest.

»Du wirst alles irgendwann gebrauchen können«, versprach sie. »Vielleicht anders, als du es dir gedacht hast, aber nichts davon war umsonst!«

»Doch«, rief ich. »Und außerdem hab ich dein ganzes Geld verplempert!«

»Ach«, lachte sie. »Das war's mir wert!«

»Dann kannst du die hier alle haben! Die gehören dir! Du hast sie ja bezahlt!« Und damit warf ich ihr die ganzen Dokumente hin.

Oma Trude legte sie sorgsam zusammen.

»Es ist so, als gäbe es mich gar nicht!«, beklagte ich mich. »Ich bin seit Wochen nicht in London! Ich schleppe den ganzen Tag dieses blöde englische Mobiltelefon mit mir herum, falls mich jemand Wichtiges sprechen will. Denkst du, das wäre passiert?«

Nicht einmal der Barkeeper aus dem *World's End*, dessen Namen ich mir partout nicht merken konnte, hatte sich gemeldet.

»Ich bin schon längst vergessen!«, schluchzte ich.

Es tat weh, dass London nicht auf Mimi Balu wartete. Aber dass sich auch Limbach-Oberfrohna nicht um Mimi Balu riss, tat fast noch mehr weh.

»Das mag vielleicht sein«, überlegte Oma Trude und nahm mein Gesicht in ihre Hände. Sie fühlten sich ganz warm an.

»Aber wir beide, Mimi«, sagte sie, »wir werden einander doch niemals vergessen, ganz egal, was passiert.«

Sie sah mir fest in die Augen. Sie hatten noch genau dieselben Sprenkel und das gelbe Pünktchen in der linken Iris. An diesem Pünktchen hatte ich mich schon als Kind immer festgehalten, wenn ich litt oder etwas angestellt hatte.

»Solltest du nicht lieber nach London zurückkehren?«, fragte mich Oma Trude. »Um dich dort wieder in Erinnerung zu bringen?«

»Nein«, sagte ich ganz entschieden. »Ich denke ja gar nicht daran!«

»Bereust du es etwa, dass du jemals dorthin gezogen bist?«, fragte sie weiter.

Wieder schüttelte ich so heftig den Kopf, dass mein Tuch verrutschte und ich es wegriss.

»Aber dann ist doch alles gut!«, sagte sie und drückte mich ganz fest. »Du wirst sehen, es hat alles seinen Sinn. Da kommt noch was, glaub mir!«

»Ja«, sagte ich. »Da kommt, dass ich bei Mutti im Laden stehen werde!«

Denn das würde als Nächstes passieren. Ich würde nach Hause gehen und meiner Mutter sagen müssen, dass ich im Bäckerladen anfangen würde, als Bäckereifachverkäuferin. Das war wohl der einzige in Limbach-Oberfrohna anerkannte Beruf, den ich hatte.

»Nein«, sagte Oma Trude. »Das ist nicht deine Bestimmung, das glaub ich nicht.«

Oma Trude hatte immer recht. Aber vielleicht irrte sie sich diesmal? Hier war ich nicht Mimi Balu, hier war ich nur die Balutzke Michaela. Und es war die Bestimmung der Balutzke-Frauen, im Bäckerladen hinter der Theke zu stehen und so lange Kuchen zu naschen, bis sie ihren Kittel eine Nummer größer kaufen mussten. Das war das Schicksal meiner Mutter und auch Carmens und das meiner Oma Trude und das ihrer Mutter und der Mutter von Opa Hermann, und wer weiß wie lange das schon so ging.

Hätte ich doch diese verwünschte Lehre nur abgebrochen, so wie ich es eigentlich vorgehabt hatte!

Als ich später den *Rosenhof* verlassen wollte, begegnete mir auch noch Jan Sondermann, der seinen Kontrollrundgang begann.

Ich versuchte mich an ihm vorbeizumogeln, aber er hielt mich fest.

»Alles in Ordnung?«, fragte er.

Ich verdrehte die Augen und hoffte, nicht mehr so verweint auszusehen. Jan betrachtete mich sehr ernsthaft. Dann kam er meinem Gesicht ganz nah, und ich wich nicht zurück.

Plötzlich wischte er mir mit dem Finger unter die Nase und sagte: »Du hast da noch was. Hast du geheult?«

Er zog ein Taschentuch aus seiner Hose, wischte sich die Finger sauber und grinste.

Ich war in London immer sehr freizügig gewesen und besaß keine wirklichen Tabuzonen. Aber noch nie hatte ich einem Mann erlaubt, mir Rotz von der Nase zu wischen!

Das war vermutlich etwas, was nur ein Limbach-Oberfrohnaer bei mir durfte.

Meine Mutter freute sich natürlich unbeschreiblich, als ich ihr beim Heimkommen mitteilte, dass ich tatsächlich wieder im Laden arbeiten wollte.

»Schön, dass du endlich vernünftig geworden bist«, meinte auch mein Vater wohlwollend. »So ein Leben in geregelten Bahnen wird dir guttun.«

Ich sagte nichts dazu. Ich wollte nur noch in mein Bett.

»Deine Mutter braucht wirklich Hilfe im Laden«, fuhr er fort. »Und wozu einen teuren Mitarbeiter einstellen, wenn man die passende Arbeitskraft in der Familie hat?«

Ich klärte das Missverständnis sofort auf: »Ich will natürlich genau das gleiche Gehalt, das Carmen bekommt.«

Mein Vater machte große Augen: »So viel? Das geht aber nicht!«

»Doch, das geht. Ich will schließlich meine Miete bezahlen können.«

Meine Mutter lachte. »Aber du musst doch bei uns keine Miete bezahlen, Michaela!«

Es wunderte mich, dass sie nicht auch im Maklerbüro einen Spion sitzen hatte.

»Ich bin vierzig«, erinnerte ich sie. »Ich möchte nicht mehr bei meiner Mutti wohnen, die mir sagt, dass ich ein Unterhemd anziehen soll und Tiffany-Blau keine Farbe für eine Küche ist.«

Sie sah mich verunsichert an. »Wenn du unbedingt die Küche streichen magst, hab ich doch nichts dagegen!«

Ich meinte: »Wir sehen uns dann den ganzen Tag im Laden, Mutti. Das würden wir gar nicht aushalten, wenn wir uns auch noch zu Hause begegnen würden. Und es könnte dazu führen, dass ich platze.«

Meine Mutter sah mich aufmerksam an und schien sich das vorzustellen. Schließlich nickte sie.

So schnell wie möglich sollte ich mir auf dem Gesundheits-amt die benötigten Papiere besorgen. Wenigstens blieb mir das Schlimmste erspart. Bevor ich damals meine Lehre hatte beginnen und einen Bäckerladen von der Verkaufsseite betre-ten dürfen, musste ich mir einen Tuberkulintest unter die Haut ritzen lassen. Davon habe ich bis heute eine Narbe be-halten. Außerdem musste ich dreimal eine Stuhlprobe abge-ben. Dreimal! Und das Röhrchen war aus Glas gewesen, und man konnte von außen genau sehen, was darin war! Diesmal brauchte ich mir lediglich einen Belehrungsvortrag anhören, vierzig Euro bezahlen, und schon würde ich den erforderli-chen Stempel ins orangefarbene Gesundheitsbuch gedrückt bekommen.

Mein Vater feilschte noch ein wenig herum, was das Gehalt betraf. Das war in dieser Branche aber ohnehin schon beschä-mend gering, so dass ich nicht mit mir reden ließ.

Ich stand auf und sagte: »Wir sollten das lassen, es war eine blöde Idee.«

Meine Mutter stieß meinen Vater schnell in die Seite, und er gab nach. Es fühlte sich keineswegs wie ein Sieg an.

Ich lag mit einem Brennen im Magen auf dem Bett.

Vor zwanzig Jahren war ich in die Welt aufgebrochen, weil ich nicht in Limbach-Oberfrohna im Bäckerladen meiner El-tern stehen wollte. Und nach zwanzig Jahren tat ich genau das, wovor ich weggelaufen war.

All die hochfliegenden Pläne waren mir entglitten wie heli-umgefüllte Ballons, und nur Oma Trude schien noch zu glau-ben, dass ich etwas Besonderes war.

Und als ich an Oma Trude dachte, mit ihrem Geruch nach Eukalyptusbonbons und Tosca und ihrer durch nichts zu er-schütternden Liebe, merkte ich, dass ich nichts bereute. Wenn das jetzt der Preis für die letzten Wochen mit Oma Trude war, dann hatte ich ein Schnäppchen ergattert.

Und wer weiß, vielleicht konnte ich meine vielen Talente auch im Bäckerladen meiner Eltern einsetzen. Die langweilige Ladeneinrichtung schrie förmlich nach Errettung durch eine fantasievolle Gestalterin, und auch die Verkäuferinnen konnten durch die geschickte Hand einer begabten Modistin nur gewinnen.

Wenn ich es so betrachtete, war alles nur halb so schlimm.

18.

DAS LEBEN IN GEREGELTEN BAHNEN

*Der zeitraubendste Unterschied zwischen den Einwoh-
nern von Limbach-Oberfrohna und London ist ihr Verhältnis zur Pünktlichkeit. Während in Limbach-Oberfrohna bei einer Verabredung auf die Minute genaues
Erscheinen erwartet wird, wäre gerade das in London
sehr unhöflich. Dort richtet man sich auf eine der Situation angemessene Verspätung ein.*

✻ ✻ ✻

Der erste Tag meines neuen Lebens in geregelten Bahnen
begann mitten in der Nacht. Ich drückte im Halbschlaf
meinen Wecker aus und machte mir bewusst, dass es in London gerade vier Uhr war. In diesem Moment würde Eva ins
Bett gehen.

Ich bemühte mich, wach zu werden. Oma Trude vertrat immer
die Ansicht: Egal, was man für eine Arbeit machte, wenn man sich
einmal zu ihr entschlossen hatte, musste man sie mit vollem Einsatz tun. Genau das hatte ich mir am Vorabend zum Ziel gesetzt.

Es besteht ein erstaunlicher Unterschied zwischen der Wil-
lensstärke, mit der man sich am Abend etwas vornimmt, und
der, über die man am Morgen darauf in aller Frühe verfügt.
Sie schrumpft während des Schlafs aus unerklärlichen Gründen auf eine kaum noch wahrnehmbare Größe.

Warum muss ein Bäckerladen morgens um sechs Uhr öffnen? Ein anständiger Mensch sollte zu dieser Zeit schlafen und weder Kuchen noch Brötchen essen. Das ist für alle Beteiligten nicht gesund.

Über der Frage, ob ich noch einen Moment warten oder gleich aufstehen sollte, musste ich noch einmal kurz eingeschlafen sein, denn als ich hochschreckte, war es schon kurz vor halb sechs.

Leider neige ich ein wenig zu Verspätungen. Deshalb stelle ich meine Uhren immer zehn Minuten vor. Das verschafft mir einen ausreichenden Puffer. Allerdings ist mir das immer bewusst, und mein Kopf übersetzt die angezeigte Zeit in die tatsächliche. Das ist natürlich fatal, wenn ich mich nach einer fremden Uhr richten muss, auf die ich keinen Zugriff habe.

Als ich den Laden betrat, sah ich denn auch am Gesicht meiner Mutter, dass ich nicht so gut in der Zeit lag, wie ich geglaubt hatte.

»Es ist ja dein erster Tag«, entschuldigte sie mich vor sich selbst und schlug vor: »Morgen früh werde ich dich einfach wecken!«

Und als Nächstes würde sie mir die Sachen hinlegen, die ich anziehen sollte, und meine Schuhe zubinden. Es war höchste Zeit, dass mir mein Vater den Arbeitsvertrag aushändigte, damit ich mir endlich eine Wohnung mieten konnte.

Ich setzte das netteste Lächeln auf, das mir um diese Tageszeit zur Verfügung stand.

Zusammen schoben wir das Rollregal mit dem Kuchen aus der Backstube. Dort war es heiß wie in der Hölle, und es roch nach Kindheit. Mein Vater stand in weißem Hemd und weißer Schürze am hohen Gasofen und holte aus den verschiedenen Etagen mit dem Schieber die Brote heraus. Mir fiel auf, dass er Opa Hermann immer ähnlicher wurde.

Früher hatte es so zeitig am Tag noch kein Brot gegeben. Da stand in unserer Backstube noch ein Kohleofen, der stundenlang vorgeheizt werden musste. Die Kunden hängten am Morgen auf dem Weg zur Arbeit einfach ihre Einkaufsbeutel mit Bestellzetteln und Geld an die Hakenleiste oben im Laden. Wenn gegen Mittag das Brot fertig war, arbeitete Oma Trude die Bestellungen ab und füllte die Beutel. Manchmal machten Carmen und ich uns einen Spaß und hängten auch einen hin, in den wir statt eines Bestellzettels ein paar Steinchen oder Murmeln legten. Dann versteckten wir uns und beobachteten, was passierte. Wenn Oma Trude in diesen Beutel griff und unseren Gruß erfühlte, musste sie jedes Mal lachen.

Wir schütteten vorn im Laden die Brötchen in die Körbe und sortierten das Brot in die Regale.

»War das alles?«, fragte ich meine Mutter.

Sie nickte. »Die Leute kaufen nicht mehr so viel wie früher. Wer nimmt schon noch geschmierte Frühstücksbrote mit auf die Arbeit?«

Dann schnitt sie den Kuchen in akkurate Stücke. Sie hatte ein erstaunlich sicheres Augenmaß.

Es war ein Jammer, dass meine Eltern den Laden immer wieder renoviert hatten. Außer dem Schriftzug über der Tür gab es nichts Traditionelles mehr. Alles musste praktisch sein.

Die neueste Errungenschaft waren kleine Plastikstehtische, an denen die Bauarbeiter ihren Kaffee trinken und belegte Brötchen essen konnten.

Oma Trude hatte den Laden noch mit hübschen Bonbongläsern dekoriert und an die Frontleisten der Holzregale selbstgehäkelte Spitzenborten genagelt gehabt. Meine unro-

mantische Mutter hatte die besser desinfizierbaren Edelstahl-
regale angeschafft und nach und nach alles rausgeworfen, was
sich als Staubfänger entpuppt hatte.

Jetzt schob sie mir einen Stapel Kärtchen und eine Liste zu
und bat mich: »Schreib mal die Preisschilder. Du hast die
schönere Handschrift.«

Es war ihr wichtig, dass die Karten aus hygienischen Gründen jeden Tag erneuert wurden.

Ich dachte, dies wäre eine gute Gelegenheit für den Beginn
meines künstlerischen Feldzugs in der Balutzke-Bäckerei.
Gleich würde ich ein wenig frischen Wind und Poesie in den
Laden bringen! Es machte mir Spaß, mir für unsere Blechku-
chen schwungvolle Namen wie *Honigbienchen* oder *Butter-
krümel* auszudenken. Zum Schluss umrandete ich alles mit
verschlungenen Ornamentlinien.

Meine Mutter las die Schildchen skeptisch durch.

»Aber die Leute werden denken, es sind neue Sorten«, befürchtete sie.

»Und was wäre so schlimm daran?«, fragte ich.

Sie sah mich überrascht an. »Na, dass es keine neuen Sorten
sind! Wollen wir es nicht lieber so machen wie immer?«

Ich klimperte mit den Augen, und sie gab sich geschlagen:
»Schreib wenigstens noch den richtigen Namen dazu. Sonst
bringt das die Kunden ganz durcheinander!«

Genau das hätte mir gefallen.

Meine Mutter und ich haben schon immer sehr verschiedene
Auffassungen gehabt. Einmal hatte ich ihr stolz meine neueste
Kleinskulptur gezeigt. Sie drehte sie ratlos in der Hand auf der
Suche nach Vorderseite und Funktionsfähigkeit.

Nun setzte ich also vor die klangvollen Namen noch die
amtlichen Bezeichnungen, was den Goldenen Schnitt zerstör-
te, und steckte die Preisschilder fest.

»Das kannst du nicht machen«, sagte meine Mutter plötzlich aufgeregt und zog die Karte für den *Rhabarberkuchen Saure Barbara* wieder heraus.

»Damit könnten wir die Träulich Barbara verärgern. Die ist doch so schnell beleidigt«, erklärte sie.

»Na, dann passt es doch«, fand ich.

Meine Mutter bestand aber darauf, dass ich das Schild noch einmal neu schrieb, und zwar mit den Worten: *Rhabarberkuchen Feine Barbara.*

Wir füllten die Kaffeemaschine auf, dann zogen wir das Rollo hoch und öffneten die Ladentür, vor der bereits die ersten Kundinnen warteten.

Das wichtigste Gesprächsthema an diesem Tag war meine Anwesenheit.

»Ach«, sagte Frau Strumpf, die eine der ersten Kundinnen war. »Die verlorene Tochter ist wohl zurückgekehrt?«

Meine Mutter erklärte ihr stolz: »Sie will mir im Laden helfen! Endlich hab ich sie überzeugen können!«

»Na, wenn man schon ein Familienunternehmen hat, wär man ja auch dumm, wenn man das nicht nutzen würde!«, bestätigte Dr. Bähr, der in der Schlange hinter ihr stand.

»Aber was ist mit deiner Karriere?«, erkundigte sich Frau Klose besorgt, die etwas später bei uns reinschaute.

»Man muss Prioritäten setzen«, antwortete ich freundlich. »Und im Moment hat meine Familie den Vorrang.«

Meine Mutter strahlte.

»Hast du ein Glück, Renate«, stellte Frau Klose fest und machte sich auf den Weg, um Frau Sondermann die Neuigkeit zu erzählen.

Und so ging es den ganzen Vormittag. Wenn ich solche Gespräche in London am Telefon mithörte, waren sie einigermaßen amüsant, nicht aber, wenn ich mittendrin stand und Gegenstand der Erörterungen war. Ich konnte nämlich nicht auflegen, wenn es mir zu viel wurde.

Gegen zehn stieß Carmen zu uns, deren Schicht bis neunzehn Uhr dauern würde.

Sie hörte sich eine Weile an, wie meine Mutter meinen Einsatz im Familienunternehmen lobte, und brummte dann: »Sie hat nichts anderes gekriegt.«

Aber sie sagte es so leise, dass nur ich sie hören konnte.

Als Carmen den ersten Kuchen verkaufen wollte, bemerkte sie: »Hoppla. Haben unsre Kuchen jetzt Namen?«

Ich lächelte und bestätigte stolz ihre Vermutung.

»Michaela dachte, das kommt bei den Kunden an«, erklärte meine Mutter unsicher.

Carmen zog ihre Schultern zu den Ohren hoch: »Du weißt aber schon, Tante Renate, alles, was einen Namen hat, darf man nicht essen.«

Meine Mutter zuckte zusammen und wollte hektisch die Schildchen aus den Kuchen reißen.

Carmen lachte: »Das war ein Witz. Gilt nur für Karnickel, nicht für Rhabarberkuchen.«

Meine originellen Schilder las sich ohnehin niemand durch. Die Kunden kamen alle seit Jahrzehnten hierher. Sie wussten, was es für Kuchen gab und was er kostete.

Ich wurde zum Abwaschen der Kuchenbleche nach hinten geschickt. Während ich mich früher gern um diese Arbeit gedrückt hatte, war es mir jetzt nur recht, denn so entging ich dem neugierigen Oberfrohnaer Publikum.

Meine Mutter stand gern im Laden. Sie mochte den Duft und die Sauberkeit einer Bäckerei und liebte die kleinen Gespräche mit den Kunden. Früher hatte ich sie deshalb verachtet. Jetzt fand ich, dass sie zu beneiden war. Sie machte eine

Arbeit, die gebraucht wurde und die sie gern tat. Das war eine seltene und ideale Kombination.

Ich nahm mir das nächste Kuchenblech vor und ließ mir Zeit damit.

»Michaela?«, tönte es aus dem Laden. »Kommst du mal eben? Die Frau Burlander will dich mal angucken!«

Auch Jan Sondermann kam vorbei.

»Und?«, begrüßte ich ihn. »Bist du auch gekommen, um dir anzugucken, wie ich hinterm Ladentisch aussehe?«

Jan antwortete: »Ich bin eigentlich gekommen, um mir ein Frühstücksbrötchen abzuholen. Das mach ich jeden Morgen so.«

Carmen nickte bestätigend.

»Kann ich also ein Schinkenbrötchen haben?«, wollte er wissen.

Ich packte es in eine Tüte. Er betrachtete unsere Kuchenvitrine und freute sich.

»Schöne Preisschilder«, fand er und zeigte auf meine Kunstwerke. »Schade, dass die Brötchen keine Namen haben.«

Ich nahm einen Stift und schrieb *Brötchen Miss Piggy* auf die Tüte, bevor ich sie ihm über die Theke reichte.

»Bist du heute Abend wieder im *Rosenhof*?«, fragte er noch, als er sein Wechselgeld entgegennahm.

Ich nickte nur.

»Na dann, viel Spaß bis dahin!«, wünschte er mir und ließ das Ladenglöckchen bimmeln.

Ihm war die Ironie seiner Schlussbemerkung hoffentlich nicht bewusst geworden.

Seit ich in der Balutzke-Bäckerei arbeitete, konnte ich immer erst am Nachmittag in den *Rosenhof* gehen. Carmen hatte schon immer die Spätschicht besetzt. So mussten ihre Jungs nicht in den Frühhort gehen. Carmen brachte Max und Felix nach dem Hort mit in unser Haus, wo sie in der Küche Hausaufgaben oder Unsinn machen konnten.

Meine Mutter, die sonst jeden Tag von Montag bis Sonnabend von fünf Uhr dreißig bis neunzehn Uhr im Laden geschuftet hatte, konnte nun endlich etwas kürzertreten.

Oma Trude wollte natürlich wissen, wie es mir in der Balutzke-Bäckerei erging, schließlich hatte sie selbst ihr ganzes Leben dort verbracht.

»Ach, Oma Trude«, erzählte ich. »Es ist nicht schlecht, aber der Laden ist wirklich schrecklich einfallslos!«

»Das sage ich schon seit Jahren«, stimmte mir Oma Trude zu. »Aber der Heinz ist immer so bieder und die Renate so vorsichtig!«

»Ich werde das jetzt in die Hand nehmen«, versprach ich. »Du wirst den Laden nicht wiedererkennen!«

Oma Trude wurde ganz aufgeregt: »O ja, Mimi! Die Balutzke-Bäckerei muss so schön werden wie das *Harrods*!«

Wir suchten die Fotos heraus, die Oma Trude in London in der Konditorabteilung von *Harrods* gemacht hatte. Elvira und die Tillich-Schwestern, die nur kurz nach dem Rechten hatten sehen wollen, blieben neugierig bei uns hocken.

Zusammen dachten wir uns die schönsten Dekorationen für die Regale und die Kühltheke aus. Ich wollte Glashauben besorgen, unter denen wir die Windbeutel drapieren konnten, und Bonbongläser für die Kekse.

»Es müssen noch welche im Keller sein«, glaubte Oma Trude sich zu erinnern.

Rosi blätterte die Bilder aus dem *Harrods* durch und betrachtete sie mit der Lupe, die sie immer um ihren Hals hängen hatte.

Plötzlich rief sie: »Guckt euch diese Dekoration an! Die haben einfach alte Tassen gestapelt und Blumen dazwischen gelegt! Wie hübsch das aussieht!«

Dorle fiel ein: »So ähnliche Tassen habe ich doch auch. Aber das Service ist nicht mehr vollständig, ich bin immer so schusselig.«

»Na, dann gib ihr doch die Tassen für die Dekoration!«, befahl ihre Schwester.

Folgsam schlurfte Dorle hinaus und brachte einen Karton mit zauberhaftem, nostalgischem Blümchengeschirr.

Kaum hatten wir in der Bäckerei am nächsten Morgen die Waren in den Regalen verteilt, begann ich meinen Plan für die Verwandlung des Balutzke-Aschenputtels umzusetzen. Wozu hatte ich schließlich den Dekorationskurs in Hertfordshire besucht!

Ich arrangierte die hübschen Tassen von Dorle auf den freien Flächen und legte Hortensien und Efeu aus dem Garten zwischen Gebäckstücke und Kuchen. Es sah entzückend aus und verlieh selbst den Aluregalen eine gewisse eigene Note.

»Was machst du denn da?«, fragte meine Mutter misstrauisch.

»Das Auge kauft mit!«, klärte ich sie gut gelaunt auf. »Du wirst sehen, die Leute werden uns den Laden einrennen! Weißt du übrigens, wo die schönen Bonbongläser von Oma Trude hingekommen sind?«

Sie winkte ab: »Dieses alte Gerümpel hab ich längst weggeworfen.«

Plötzlich wurde ihr Blick starr, sie fror geradezu in der Bewegung fest.

»Eine Spinne«, schrie sie. »Du hast eine Spinne mit den Blumen reingebracht!«

Dann fegte sie das Stück Kuchen herunter, auf dem es sich das arme Tier gerade gemütlich machen wollte, und trampelte darauf herum. Sie wurde schnell hysterisch, wenn sie Krabbeltiere entdeckte. Und weil sie einmal in Rage war, riss sie die Efeuzweige heraus und warf dabei eine der wunderschönen hauchdünnen Tassen von Dorle herunter.

»Bist du verrückt, dieses unhygienische Zeug zwischen den Lebensmitteln zu verteilen? Efeu ist giftig! Das fehlte noch, dass uns ausgerechnet heute die Hygiene ins Haus kommt! Dann können wir gleich dichtmachen!«

Ohne ein Wort holte ich den Besen, fegte alles zusammen und räumte meine Dekorationen wieder weg.

Am Nachmittag brachte ich Einkäufe aus der Drogerie für Oma Trude in den *Rosenhof*.

Nachdem ich alles in den Badschrank eingeordnet hatte, zog sie ihr Portemonnaie heraus und sagte: »Warte, ich muss dir noch das Geld dafür geben!«

»Aber Oma Trude«, sagte ich. »Das hast du mir doch schon gestern gegeben!«

»Wirklich?«, wunderte sie sich und suchte in den Tiefen ihrer Erinnerungen, ohne etwas zu finden.

Elvira steckte ihren Vogelflaum durch die Tür, und bald kamen auch die Tillich-Schwestern, die wissen wollten, wie Dorles Tassen angekommen waren.

Ich erzählte ihnen von dem Misserfolg.

»Schade, dass du nicht noch schnell ein Foto für uns davon machen konntest«, bedauerte Oma Trude.

»Es sah bestimmt wunderschön aus«, stellte sich Dorle vor, die wegen der zerschlagenen Tasse kein bisschen böse zu sein schien.

Ich hatte in der Eile alles zusammen in den Karton gepackt, das Geschirr und auch die Hortensien. Nun dekorierte ich Dorles Regal damit.

Bewundernd standen die Damen davor.

»Das ist wie in *Schöner Wohnen*«, seufzte Dorle, und ihre Schwester meldete an, dass sie so etwas auch haben wolle.

Wir überlegten gemeinsam, wie wir der Balutzke-Bäckerei dennoch zu mehr Charme verhelfen konnten, und kamen zu dem Schluss, dass wirklich niemand etwas gegen nettere Arbeitskleidung haben konnte.

Wieder zogen wir die Fotos vom *Harrods* zu Rate, und ich skizzierte einen Entwurf der Schürze, die ich für uns drei Verkäuferinnen nähen wollte. Sie war von denen auf dem Bild inspiriert, aber ich gab ihr noch einen ganz eigenen Dreh.

»Vergiss auch die schicken Hüte nicht!«, erinnerte mich Oma Trude.

Sofort zeichnete ich das Modell eines Boaterhuts mit rotem Band. Nun musste ich noch eine Figurine skizzieren, um das ganze Ensemble zu zeigen. Ich wollte sie in einer bestimmten Bewegung darstellen, damit die Schürze auch richtig zur Geltung kam.

»Elvira?«, fragte ich. »Könntest du für mich bitte kurz Modell stehen? Du hast doch Erfahrung damit!«

Elvira wurde rot, aber nicht weil sie sich wegen der Erinnerung an ihr Aktfoto genierte, sondern bloß, weil sie sich so freute.

Sie stellte sich genauso hin, wie ich es wollte, und blieb unbeweglich, bis ich meine Zeichnung beendet hatte.

»Dass du so still stehen kannst, Elvira«, bewunderte Oma Trude sie. »Also, ich hätte bestimmt gewackelt!«

»Und ich würde mein Bein gar nicht so elegant hinstellen können«, kicherte Rosi und schwenkte ihre stramme Wade.

»Ach«, sagte Elvira und betrachtete glücklich das fertige Bild. »Das hab ich mir schon immer gewünscht. Bloß noch einmal im Leben Modell stehen!«

An den Rand zeichnete ich mit Buntstift eine Stoffprobe der gestreiften Schürzen und schrieb die Farbbezeichnungen dazu: »Erdbeer« und »Sahne«.

Das machte uns allen solchen Appetit, dass wir nichts weiter tun konnten, als den Erdbeerkuchen zu essen, den ich aus der Bäckerei mitgebracht hatte.

Nebenbei war ich auf der Suche nach einer Wohnung.

Es fühlte sich seltsam im Bauch an, auf dem Weg zu den Wohnungsbesichtigungen die Straßen meiner Kindheit entlangzulaufen. Die Häuser waren renoviert worden, die Holzlatten der Gartenzäune in anderen Farben gestrichen oder durch Metallgitter ersetzt, die Bäume gewachsen oder gefällt. Aber wenn ich nach unten sah, auf die Gehwegplatten, kannte ich jede abgesprungene Ecke und war ganz überrascht, dass schwarze D'Orsay-Pumps über die Steine klapperten und nicht meine Kindersandalen mit den abgestoßenen braunen Riemchen. Mir war, als müsse ich gleich abbiegen, in den Milchladen in der Helenenstraße gehen und aus der Plastikkiste neben der Tür eine wabbelige Einlitertüte mit Milch fischen, die immer so seltsam nach Plastik und saurer Milch stank. Ich glaubte fast, die Zigarren zu riechen, die auf der Ablage vor der Tür weiterglommen, während ihre Besitzer drinnen einkauften.

Früher hätte ich gern am Markt gewohnt, bei den vielen Läden, oder neben einer Kirche, damit ich immer das Läuten der Glocken zählen konnte. Jetzt sah ich mir eine günstige Einraumwohnung im Neubaugebiet Am Hohen Hain an. Ich erhoffte mir dort ein wenig Anonymität.

Vor dem Fenster lagen Stromleitungen wie Notenlinien über der Landschaft. Ich konnte den ganzen Hohen Hain überblicken und die gewellten Felder dahinter, nichts bremste meinen Blick, der immer weiter ging, bis er sich einfach in der Unendlichkeit verlor. Ich hatte das Gefühl, wenn meine Augen nur stark genug wären, könnte ich von hier aus die ganze Welt sehen.

Ich unterschrieb den Mietvertrag sofort.

Nach ein paar Tagen wagte ich einen neuen Vorstoß zur Verschönerung der Balutzke-Bäckerei. Ich wartete noch, bis Carmen kam, dann zauberte ich die Entwürfe unserer neuen Arbeitskleidung hervor.

»Die Bilder sehen toll aus«, sagte Carmen sofort beeindruckt. »Ich wusste gar nicht, dass du so gut malen kannst.«

Auch meine Mutter betrachtete sie mit Wohlwollen.

Dann fragte sie: »Und wofür ist das?«

»Für uns«, erklärte ich. »Einer nett gekleideten Verkäuferin kauft man alles ab!«

»Also, einen Hut setze ich nicht auf«, protestierte Carmen. »Weder im Laden noch sonst wo.«

»Ich auch nicht«, bekräftigte meine Mutter. »Was soll denn die Frau Strumpf von mir denken!«

Wenn ich ganz allein einen Boaterhut aufsetzte, hatte er natürlich keine Wirkung. Ich erklärte die Hüte damit für gestrichen.

»Aber die Schürze ist hübsch«, meldete sich Carmen wieder. »Die würde mir gefallen.«

»Die Schürzenbänder könnten auf den Kuchen baumeln«, fürchtete meine Mutter, die schon wieder das Hygieneamt im Hinterkopf hatte.

»Ach, komm, Mutti. Du musst die Schleife ja nicht unbedingt vorn binden. Wir können sie auch im Rücken schließen«, versuchte ich sie zu überzeugen.

Und tatsächlich erhielt ich den Auftrag, Arbeitsschürzen für die Bäckerei Balutzke anzufertigen.

Es war nur ein kleiner Sieg. Aber auch ein kleiner Sieg kann der Anfang von etwas Großem sein.

19.

DIE KUNST DES FLUCHENS

Der gröbste Unterschied zwischen den Einwohnern von Limbach-Oberfrohna und London ist ihre Vorgehensweise bei Beschwerden. In Limbach-Oberfrohna ruft man vorsichtshalber seinen Anwalt an. In London wird einfach herzhaft und derb geflucht.

✳ ✳ ✳

Mit viel Geschick und Fantasie zauberte ich in den nächsten Tagen drei Schürzen. Und weil ich das in meiner Freizeit erledigen musste, benutzte ich Oma Trudes Nähmaschine im *Rosenhof.* Auf diese Weise konnte ich mit ihr zusammen sein und trotzdem mein Projekt voranbringen.

Der halbe *Rosenhof* nahm daran teil. Sie befühlten den rotweiß gestreiften Stoff und bestaunten meine Entwürfe, denn Schürzen waren ihr Fachgebiet.

Diese alten Damen gehörten noch zur Generation der Schürzenträgerinnen. Die ärmellosen Kittelschürzen aus rutschigem Kunststoff wurden am Morgen angezogen und erst bei der Abendtoilette wieder abgelegt. Ich hatte mir in der Stadtbibliothek ein Buch zur Geschichte der Mode ausgeliehen. Wenn sie wirklich unbedingt Schürzen tragen wollten, sollten sie wissen, dass es durchaus auch reizvollere Exemplare gab.

»Das ist was anderes als unsere Kittel!«, stellte Elvira denn auch neidvoll fest, als sie eine hübsche Tändelschürze mit Rüschen entdeckte.

»Aber niemand zwingt Sie, eine Kittelschürze zu tragen«, wunderte ich mich.

»Als Kind bin ich immer gezwungen worden«, sagte Elvira. »Ich hab wohl ganz vergessen, dass ich das inzwischen selbst entscheiden kann!«

Damit zog sie ihre Schürze aus und zupfte den Blusenkragen zurecht. Auch Oma Trude legte ihre ab.

»Man schwitzt immer so drunter«, entschuldigte sie sich.

Dann machte ich mich an die Arbeit. Natürlich wurden es keine gewöhnlichen Kittelschürzen. Sie hatten in der Taille einen breiten roten Bund und einen zierlichen Latz, auf den ich mit rotem Seidengarn die Initialen unserer Bäckerei stickte. Den Rock versah ich mit Kellerfalten, so dass die Schürze wie ein Kleid mit Petticoat wirkte. Die breiten Taschen paspelte ich mit rotem Band, und der Gürtel ließ sich zu einer großen Schleife binden.

»In so einer Arbeitskleidung werden euch die Leute den Kuchen aus der Hand reißen!«, war sich Rosi sicher.

»Wenn das der Hermann sehen könnte«, freute sich Oma Trude und schlug entzückt die Hände zusammen.

Die Damen waren geradezu hingerissen, als ich mein Exemplar wie bei einer Modenschau vorführte, und Dorle rief überrascht: »Du bist ja eine richtig schöne junge Frau, Mimi!«

Ich dachte an meinen vor kurzem überstandenen vierzigsten Geburtstag. Es war eben alles nur eine Frage der Perspektive.

Die Schürzen standen uns drei Verkäuferinnen dann auch wirklich ausgezeichnet. Ich band Carmen die Schleife im Rücken, und sie begutachtete sich vor unserem Spiegel im Flur. Die Schürze verschaffte ihr eine schmale Taille. Sie drehte sich nach allen Seiten und fand: »Damit fühlt sich das Leben gleich ganz anders an!«

Als wir drei mit unseren rot-weißen Schürzen hinter der Theke standen, empfanden wir uns plötzlich als Gemeinschaft, und ich begann den Sinn von Schuluniformen zu verstehen.

An diesem Tag verkaufte ich wirklich gern. Wir bekamen ein Kompliment nach dem anderen, und meine Mutter erzählte stolz, dass ich diese Schürzen entworfen und genäht habe.

Carmen strich immer wieder ihren Rock glatt, und die Bauarbeiter von der benachbarten Großbaustelle sahen alle bei uns herein, nur um uns in unseren Schürzen zu sehen.

Nach diesem Erfolg nahm ich mir vor, in einer günstigen Stunde noch einmal die Boaterhüte anzusprechen.

Am Nachmittag, als ich gehen wollte und die wunderbare Schürze abband, sagte meine Mutter: »Lass die gleich da, Michaela. Dann steck ich sie nachher mit in die Kochwäsche.«

»Die kann nicht in die Kochwäsche, Mutti«, warnte ich. »Die Stickerei ist aus Seide und der Stoff aus Feinleinen. Die darf nur in die Handwäsche!«

»Aber die Schürzen müssen gekocht werden!«, beharrte meine Mutter. »Schon wegen der Hygiene!«

»Dann wirst du sie ruinieren«, stellte ich fest.

Meine Mutter band ihre Schürze ab, drückte sie mir in die Hand und holte ihren alten Kittel unter dem Ladentisch hervor.

»Sei mir nicht böse, Michaela, aber deine Schürze taugt nichts.«

Carmen fragte bedauernd: »Kann ich meine behalten? Wenigstens für zu Hause! Meine Waschmaschine hat einen Schongang für Handwäsche.«

Als ich im *Rosenhof* davon berichtete, gab es sofort zwei Bewerber für die Schürzen: die Tillich-Schwestern. Nachdem Oma Trude und Elvira nun keine Kittelschürzen mehr trugen, waren sie hin- und hergerissen zwischen dem Wunsch, schön auszusehen, und dem Bedürfnis, ihre Kleider zu schonen. Mit meinen Schürzen würde ihnen beides gelingen.

Oma Trude guckte ein wenig skeptisch und meinte: »Aber es sind die Initialen BB draufgestickt. Ihr heißt Dorle und Rosi Tillich. Das passt doch gar nicht.«

Dorle überlegte, ob man die falschen Initialen mit einem Flicken verdecken könne.

»Das zerstört doch die ganze Eleganz!«, protestierte ihre Schwester.

Zum Glück fand Elvira einen Ausweg. »Vielleicht könnte das BB gar nicht ›Bäckerei Balutzke‹ heißen, sondern ›Brigitte Bardot‹?«, fragte sie.

Ich pflichtete ihr bei: »Ich trage oft T-Shirts mit Initialen oder Namen von berühmten Leuten! Warum nicht auch ihr?«

Das leuchtete den Tillich-Schwestern ein, und von da an trugen sie jeden Tag mit großem Eifer ihre Brigitte-Bardot-Schürzen.

Danach versuchte ich nicht mehr, irgendetwas im Laden meiner Eltern zu verschönern.

Ich fing pünktlich am Morgen an, verkaufte, kassierte, schnitt die Brotreste für die Hasenzüchter und verschwendete meine Zeit.

Irgendwann ertappte ich mich dabei, wie ich anfing, mit Frau Strumpf Gespräche über Hundehaufen zu führen.

Den ganzen Tag stand ich neben meiner Mutter, und wir hatten nichts, worüber wir uns unterhalten konnten. Mein Verhältnis zu ihr war schon immer von einem seltsamen, dumpfen Gefühl geprägt, dem Gefühl des Verlassenwerdens. Ich musste schon mit ein paar Wochen in die Kinderkrippe gehen wie viele Kinder meiner Generation. Jeden Morgen lieferte mich meine Mutter ab, und Oma Trude holte mich am Nachmittag wieder. Das ist meine früheste Kindheitserinnerung: Meine Mutter gibt mich weg, Oma Trude rettet mich. Und das jeden Tag aufs Neue.

Nachdem meine Mutter nun alle meine Ideen und Pläne abgelehnt hatte, fühlte ich mich ein weiteres Mal zurückgewiesen von ihr.

Oma Trude dagegen hatte voller Stolz alle meine Diplome, Urkunden und Abschlüsse gerahmt und von Elvira in ihrem lindgrünen Zimmer festnageln lassen. Sie taugten nur noch als Wandschmuck.

Der Hefegeruch, der sich überall festsetzte, begann mir auf die Nerven zu fallen. Ich vermisste den Duft meines Parfüms, das noch auf dem Brettchen im Badezimmer in London stand, weil ich vergessen hatte, es Jamina aufzuschreiben. Ich vermisste London, wo nichts normal zu sein schien und dadurch alles normal war. Ich vermisste sogar die Tag und Nacht jaulenden Sirenen, die verkündeten, dass irgendwo etwas los war.

Meine Wohnung blieb eine Schlafkammer. Ich hatte ein Bett hineingestellt und einen Wasserkocher, mir ein paar Pappbecher aus der Bäckerei abgezweigt und eine Dose löslichen Kaffee besorgt. Das genügte mir.

Nachts saß ich auf dem Bett, das Fenster weit geöffnet, und sah in die Ferne. Mein wahres Leben fand woanders statt.

Denn es gab einen Ort, an dem ich nichts vermisste. An dem ich jeden Tag für drei kostbare Stunden die Künstlerin Mimi Balu sein durfte, die andere für ihre Ideen begeistern konnte.

Von meinem ersten Gehalt hatte ich Frau Körner zwei Kletterrosen gekauft, und zwar mehrmals blühende, damit ich gelegentlich auch eine Rose abschneiden konnte, ohne dadurch gleich die Blütenpracht für ein ganzes Jahr zu vernichten. Ich hatte sie mit ihrer Erlaubnis an die Hauswand gesetzt.

Jeden Tag, wenn ich an der Wand entlangging, kontrollierte ich nun, ob sich nicht endlich eine Knospe zeigte, aber es rührte sich nichts.

Oma Trude hatte mal bessere Tage und mal schlechtere. Ich merkte es immer an der Art, wie sie sich bewegte. Manchmal lief sie so wie früher mit diesem unternehmungslustigen Trippeln und dem kleinen Hopser dazwischen, um sich dem Rhythmus meiner Schritte anzupassen. Manchmal schien es, als ob sie auf einer Seite ein Gewicht trüge, das sie immer weiter in die Buchsbaumhecke zog. Und manchmal wollte sie mit mir einfach ganz still auf einer Bank sitzen.

Aber immer wenn ich kam und sie fragte: »Wie geht es dir heute, Oma Trude?«, strahlte sie und sagte: »Jetzt geht's mir gut!«

Eigentlich hatte ich mein Gehalt sparen wollen, aber in solchen Dingen bin ich noch nie gut gewesen. Ich musste das Geld schon immer für Vergnügungen rauswerfen. Und ich hatte ein ganz neues Vergnügen entdeckt! Eines, das mir bis dahin vollkommen verborgen geblieben war.

Früher kannte ich nur die Freude des Beschenktwerdens, das glückliche Gefühl, wenn ich mir von Oma Trudes Geld neue Ölfarben oder ein Mikrofon leisten konnte. Überrascht stellte ich nun fest, dass die Freude des Schenkens eine noch viel größere war!

Ich liebte es, Oma Trude Kleinigkeiten mitzubringen. Die Vorfreude auf ihr überraschtes Gesicht rettete mich über den Tag in der Bäckerei.

Immer wenn ich vom Bus zum *Rosenhof* hinüberlief, wackelte oben im zweiten Stock schon eine Gardine. Ich freute mich über dieses kleine Zeichen, denn es bedeutete etwas anderes, als wenn sich über der Balutzke-Bäckerei eine Gardine bewegte. Oma Trude erwartete mich ungeduldig, nicht weil sie mir Vorwürfe machen wollte, sondern weil sie so gern mit mir zusammen war.

Ich hatte eine CD mit Swingmusik besorgt und die Musikanlage im Aufenthaltsraum des *Rosenhofs* untersucht. Dann schob ich die Stühle zur Seite und machte eine große Fläche in der Mitte frei.

Oma Trude verfolgte zusammen mit Elvira, deren Vogelfederhaare unternehmungslustig wippten, wie sich der Raum veränderte.

Frau Körner sah kurz in den Saal und meinte: »Zur Nachtruhe ist das aber alles wieder weg!«

Ich nickte treuherzig.

Schnell hatte sich herumgesprochen, dass im Aufenthaltsraum etwas los war. Bald standen alle erwartungsvoll um uns herum.

Ich klatschte in die Hände, schaltete die CD ein und rief: »Damenwahl!«

Sofort kicherten alle und eilten an den Rand. Natürlich wollte keine die Erste sein, und die beiden Herren versteckten sich sogar hinter der Tür.

Also tanzte ich erst einmal allein ein paar einfache *Charleston*-Schritte. Ich zeigte allen, wie sie den Rhythmus für sich verlangsamen konnten, indem sie in jedem Takt nur eine Bewegung statt vier machten. Daraufhin trauten sich ein paar Mutige auf die Tanzfläche.

»Was wird denn das?«, fragte Frau Körner, die nachsehen wollte, warum wir solchen Lärm veranstalteten.

»It's swing time!«, rief Elvira fröhlich.

»Dass mir hier keiner einen Infarkt kriegt von dem Gehopse!«, befahl sie und ging wieder in ihr Büro.

Am Ende tanzten sie alle, Elvira und Dorle mit den beiden Herren, Rosi mit ihrem Rollator. Wer nicht genug Kraft hatte, blieb einfach sitzen und wiegte sich im Takt der Musik. Oma Trude hielt sich zur Sicherheit an einem Stuhl fest und wippte mit dem Oberkörper.

Die Londoner Großzügigkeit ließ mich nicht nur Badeschlappen auf dem Marmorboden eines Opernhauses völlig normal finden, sondern auch orthopädische Schuhe auf dem Tanzparkett.

Das nächste Lied auf der CD kam. Ich konnte an Oma Trudes Augen sehen, dass sie es schon beim ersten Takt erkannte. Es war »Black Coffee«.

Aber nicht nur sie erkannte das Lied, das damals schließlich hier im Ort eine Sensation gewesen war.

Plötzlich erinnerten sich alle an Oma Trudes Auftritt im *Goldenen Becher*, der im kollektiven Gedächtnis zwar verschüttet gewesen, aber doch immer noch vorhanden war.

Sie stellten sich im Kreis um Oma Trude, feuerten sie an und klatschten so wie damals, und Oma Trude tanzte langsam und vorsichtig mit einer Hand am Stuhl, aber sie tanzte.

Als ich sie zusammen mit ihrem Stuhl wieder zur Seite führte, flüsterte ich ihr zu: »Onkel Ernst wäre so stolz auf dich! Und ich bin es auch!«

Danach setzten wir uns an die Seite, damit sie wieder zu Luft kommen konnte, und sahen den anderen beim Tanzen zu.

»Weißt du, Mimi«, fragte Oma Trude, als ihr Atem wieder ruhiger ging. »Willst du denn nicht mal auf eine richtige Tanzveranstaltung gehen?«

Ich musste an meinen Ausflug mit Carmen denken und antwortete: »Lieber nicht, Oma Trude. Das liegt mir nicht so.«

»Aber wenn du immer nur hier bist, lernst du ja nie jemanden kennen«, machte sie sich Sorgen.

»Ach, Oma Trude«, gab ich lächelnd zurück.

Für so etwas hatte ich wirklich keine Kapazitäten. Ich führte schon zwei Leben, da war kein Platz für ein drittes. Aber darum sollte sie sich keine Gedanken machen müssen.

Deshalb sagte ich: »Ich will auch gar niemanden kennenlernen. Ich bin da ein wenig schüchtern.«

Das stimmte natürlich nicht. In London war ich alles andere als schüchtern gewesen. Aber dort lief man sich auch nie wieder über den Weg, wenn es nicht hielt. Hier in Limbach-Oberfrohna musste man sich gut überlegen, was man tat. Außerdem standen die Chancen dafür, dass man sich mit jemandem einließ, der schon etwas mit der eigenen Cousine gehabt hatte, bei eins zu dreitausend. Das war etwas anderes als Lottospielen.

»Weißt du«, überlegte Oma Trude, »der Sondermann Jan, der ist frisch geschieden, also der würde wirklich …«

Ich ließ sie nicht ausreden.

»Oma Trude«, rief ich streng. »Du willst mich doch nicht etwa verkuppeln!«

Sie schüttelte schnell den Kopf und sah sich unauffällig um, um sicherzugehen, dass mich niemand gehört hatte. Denn dann würde es Jan erfahren, noch bevor in dieser Nacht seine Schicht zu Ende war. Hinter uns saß aber nur die schwerhörige Frau Knoll, so dass wir beruhigt weiter die Tänzer beobachten konnten.

Am stürmischsten hopste Elvira. Bei einer wilden Drehung holte sie sich an Rosis Rollator eine Laufmasche.

Ich riet ihr, sich ihrer Strumpfhose einfach zu entledigen. Die beste Methode, Laufmaschen zu verhindern, war doch, einfach gar nicht erst Feinstrümpfe zu tragen.

»Die Londoner Mädchen«, verriet ich ihr, »tragen überhaupt keine Strümpfe! Nicht einmal Socken in Fellstiefeln!«

Elvira sah mich ungläubig an.

»Socken und Strumpfhosen sind einfach nicht sonderlich verführerisch«, klärte ich sie auf.

Sie sah mich noch ungläubiger an.

»Ja!«, versicherte ich und flüsterte ihr ins Ohr: »Und manche Londonerinnen tragen nicht einmal Unterhöschen.«

Elvira riss die Augen auf, ließ den Gedanken sich setzen und sagte dann empört: »Und da regen sich die Leute in Limbach-Oberfrohna über mich auf?«

Jeden Abend waren wir so aufgekratzt, dass uns der Gong zur Nachtruhe mitten in der schönsten Beschäftigung unterbrach und die Mitarbeiterin der Spätschicht mich beinahe hinauswerfen musste. Was ihren Feierabend betraf, ließ sie nicht mit sich verhandeln.

Die Tage in der Bäckerei Balutzke hingegen waren lang und gleichförmig. Es blieben immer dieselben Abläufe, dasselbe Warenangebot, dieselben Kunden.

Meiner Mutter gefiel gerade das. Sie fand es beruhigend. Es gab ihr Sicherheit. Ich aber liebte das Ungewisse und Überraschungen. In der Bäckerei Balutzke war es die größte Überraschung, wenn Frau Strumpf nicht schon früh um sechs, sondern erst gegen elf kam. Alles lief wie am Schnürchen und jeder Tag mit der gleichen Routine ab. Ich fühlte mich unterfordert.

Vielleicht ging es den Schauspielern ebenso, die in *The Mousetrap* im West End seit Jahren täglich immer im selben Stück auf der Bühne standen. Vielleicht musste ich so wie sie einfach jeden Tag mit gut gespielter Begeisterung neu an meine Arbeit gehen.

Ich war enttäuscht von mir selbst, dass ich es einfach nicht geschafft hatte, von meiner Kunst zu leben. All meine Talente waren nur dazu da, mir selbst und anderen die Zeit zu vertreiben. Ich schien nichts zu können, was von wirklichem, messbarem Wert war.

Eines Nachmittags kam ich in den *Rosenhof* und entdeckte Oma Trude in Rosis Zimmer, die sich in einem sehr unglücklichen Zustand befand.

»Hätt ich die Pralinen nur nicht gegessen!«, jammerte Rosi, kaum dass sie mich sah. »Hättest du sie mir nur nicht mitgebracht!«

»Oh!«, rief ich bedauernd. »Waren die nicht gut?«

»Doch«, gab Rosi zu. »Die haben viel zu gut geschmeckt!«

Ich hatte den Damen in der letzten Zeit oft Süßigkeiten geschenkt. Nun zeigte Rosi anklagend auf ihren Rock, der sich nicht mehr schließen ließ.

»Also, Rosi«, tadelte Oma Trude sie vorwurfsvoll. »Das Dümmste, was du tun kannst, ist, etwas zu bereuen, das dir Freude bereitet hat!«

»Ja«, jammerte Rosi. »Das mag schon sein, aber ich passe in nichts mehr rein!«

Auf ihrem Bett lagen verstreut Hosen und Röcke. Sie hatte alles durchprobiert und kein Glück gehabt.

Ich brachte Rosi sofort die wichtigste Hilfsmaßnahme für einen solchen Fall bei.

»Sie müssen erst einmal ordentlich fluchen! Danach fühlt sich alles besser an«, versprach ich.

»Aber das hört Frau Körner nicht gern!«, gab Rosi zu bedenken.

Für dieses Problem hatte ich eine Unmenge von Lösungen!

Kaum saß ich mit Oma Trude und Rosi flüsternd in einer Ecke, kam Dorle dazu und wollte wissen, was wir diesmal Schönes anstellten. Und da auch Elvira Interesse anmeldete, hielt ich für meine Damen einen Kurs in der Kunst des fremdländischen Fluchens ab.

Sie waren begeistert. Kannten sie bisher nur sehr gemäßigte, abgenutzte Kraftausdrücke, ließ es sich in Fremdsprachen ungehemmt schimpfen, ohne dass es zu anstößig wurde, und nur sie selbst wussten um die Bedeutung. Damit versetzte ich sie in die Lage, unauffällig und in jeder Situation angemessen fluchen zu können. So etwas ist der Gesundheit sehr zuträglich. Wer niemals richtig Dampf ablassen kann, wird irgendwann platzen.

So rief Oma Trude, als sie sich ihr Überbein an einem Schrank stieß: »Nique ta mère!«, was aus ihrem Mund charmant und melodiös klang, und doch machte sie sich Luft damit und wirkte danach ganz heiter und besänftigt.

Überhaupt tat den Damen das Lernen der Vokabeln gut, und ich hatte das Gefühl, dass sich ihre Gedächtnisleistung dadurch etwas verbesserte. Dorle konnte sich zwar immer noch nicht merken, wo sie ihre Brille hingelegt hatte, aber das Suchen nach derselben nun mit den schönen Worten: »Mi rompi le palle« untermalen.

Aber auch das schönste Fluchen ließ Rosi nicht wieder in ihre Kleider passen, und so begannen wir zu schneidern, um die Sachen zu ändern.

Zusammen setzten wir uns in den Aufenthaltsraum und ließen die Nahtzugaben sämtlicher Röcke, Blusen und Hosen von Rosi aus, und wo das nicht reichte, setzte ich Gummibänder und Stoffstücke ein. Es kamen auch andere Heimbewohner, die bisher der Bequemlichkeit halber einfach den Hosenknopf offen gelassen hatten, und wir fanden auch dafür eine

Lösung. Wem seine Sachen dagegen passten, dem nähte ich eine Blume oder eine Schleife an oder was immer das sehnsüchtige Herz einer Dame begehrte.

Ganz still war es im Aufenthaltszimmer, und nur wenn sich eine von uns in den Finger stach, hörte man ein sanftes: »Manda cojones!« oder ein fröhliches »Psiakrew!«, und dann kicherten wir alle.

Frau Körner war von dieser ruhigen Art der Beschäftigung sehr angetan und lobte: »Was für eine ausgezeichnete Idee, mit den Damen einen Sprachkurs durchzuführen, Fräulein Balutzke!«

Längst kam ich nicht mehr nur, um Oma Trude zu besuchen. Wenn ich von der Haltestelle zum *Rosenhof* hinüberlief, wackelten mittlerweile in der Front der zweiten Etage sämtliche Gardinen. Die ganze lange Reihe.

Wenn ich mit Oma Trude, Elvira, den Tillich-Schwestern und all den anderen im *Rosenhof* saß und meine Ideen vor ihnen ausbreitete, sie wachsen lassen durfte und mit ihnen zusammen umsetzte, kam es mir zum allerersten Mal so vor, als wäre dies das richtige, echte Leben und nicht nur eine Probe dafür.

Allmählich kristallisierten sich kleine Rituale heraus. Der Montag war unser Teeabend, an dem wir in Oma Trudes Salon, wie es die Damen nannten, Teestunde abhielten. Manchmal brachte ich Scones mit, die ich zu Hause gebacken hatte, und organisierte Clotted Cream dazu.

Der Salon füllte sich mit jedem Montag mehr, denn Oma Trude holte noch andere Damen dazu, oder sie luden sich selbst ein. Dann war ihr Zimmer gestopft voll, und wenn ich kam, riss ich als Erstes die Fenster auf und stöpselte Duftstecker ein.

Die *Rosenhof*-Bewohner fragten neugierig, wofür die gut wären.

»Meine Damen«, gestand ich. »Es riecht hier ein wenig muffig.«

Sie sahen sich betreten an.

Nur Elvira kicherte: »Da ist vermutlich bei einer von uns das Haltbarkeitsdatum abgelaufen.«

Schließlich äußerte sich Dorle: »Aber warum hat uns das denn bisher keiner gesagt?«

Das verstand ich auch nicht, und wir beschlossen, in Zukunft den Dienstag zum Dufttag zu machen, an dem wir Cremes, Parfüms, Badezusätze und Deodorants testen wollten. Und wir wollten auch nach Lösungen für ein delikates Problem suchen, das Rosi mit ihrer Blase hatte.

Der Mittwoch wurde der Tag, an dem wir tanzten oder Musik hörten.

Den Donnerstag erklärten wir zum Kinotag, an dem wir alle zusammen ins *Apollo* zogen und das neue Programm ansahen, ganz egal, was für ein Film gezeigt wurde.

Da wir geschlossen das Haus verlassen wollten, hielt ich es für besser, Frau Körner davon zu informieren.

»Ins *Apollo* wollen Sie?«, fragte sie mich.

Ich nickte und hoffte, sie würde mich nicht nach dem Film fragen, denn wir hatten uns einen etwas zweifelhaften Streifen ausgesucht.

»Was machen Sie eigentlich mit meinen Leuten?«, fragte sie. »Den ganzen Tag döst das Haus vor sich hin und sammelt Kräfte, um dann durchzudrehen, wenn Sie kommen.«

Meine Anwesenheit veränderte nicht nur die Damen, sie veränderte auch mich selbst. Im Laden fühlte ich mich gehetzt, sobald mehr als zwei Leute anstanden. Dann bewegte ich mich hektisch und wurde ungeduldig, wenn jemand sein Kleingeld nicht schnell genug fand.

Mit den Herrschaften vom *Rosenhof* war alles anders. Es ging einfach nichts schnell. Bei unserem ersten Kinobesuch kamen wir, trotz langer Werbung vor dem Film, denn auch prompt zu spät. Es waren nur ein paar Schritte bis zur Bushaltestelle, aber wir hatten mehrere Gehhilfen und Rollatoren dabei, die Dame im Rollstuhl war noch die Flotteste. Als ich merkte, dass meine Ungeduld nichts beschleunigen konnte, ließ ich mich einfach fallen und nahm den langsamen Rhythmus in mir auf.

Das ganze Geheimnis war: Wir mussten einfach zeitig genug aufbrechen! Dann blieb auch genug Zeit am Erfrischungsstand, wo sich die Tillich-Schwestern nicht sicher waren, ob sie Popcorn oder lieber Eis wollten. Das waren schließlich wichtige Entscheidungen! Für so etwas sollte man sich immer Zeit lassen.

Elvira versuchte ein Kinoplakat von der Wand zu lösen, auf dem Mel Gibson posierte, für den sie schwärmte.

Der Kartenabreißer fragte mich streng: »Sind Sie die Betreuerin von der Rentnergruppe?«

»Nein«, sagte ich verwundert. »Wir sind Freundinnen, die zusammen ins Kino gehen!«

Und das waren wir. Wunderbare, treue Freundinnen!

Oma Trude und ich setzten uns auf den Kuschelsitz. Ich lehnte mich an sie und legte mein Gesicht an ihre Schulter. Ich musste aufpassen, dass ich nicht einschlief. Die Arbeit in der Bäckerei laugte mich aus.

Mitten in einer flammenden Liebesszene nahm Oma Trude ihr Gebiss aus dem Mund.

»Was machst du denn da?«, fragte ich sie entsetzt.

»Nichts weiter«, nuschelte sie. »Ich hab nur Popcorn zwischen den Zähnen.«

Ich hatte noch nie so viel Spaß im Kino!

Vor dem Wochenende kümmerte ich mich meistens um das Make-up und die Haare der Damen, da sie dann oft Besuch bekamen und schön sein wollten.

Elvira war ein wenig betrübt wegen ihrer fusseligen Vogelhaare.

Ich kam auf meine Künste als Hutmacherin zurück und band ihr aus einem dunklen Seidentuch mit schwarzem Spitzenrand einen Turban, so wie ihn Angela Lansbury in *Tod auf dem Nil* getragen hatte. Elvira betrachtete sich entzückt und steckte noch eine Brosche an das Tuch. Erst diese Brosche machte den Turban wunderbar mondän.

Wenn ich bisher geglaubt hatte, ich sei die einzig Begabte in der Runde, so merkte ich schnell, wie sehr ich mich geirrt hatte.

So viele Talente der Damen gab es auszugraben, die im Krieg und im sozialistischen Alltag verschüttet worden waren. So viele entsorgte Träume kamen plötzlich zum Vorschein, so viel ungelebtes Leben. Es schien, als hätten die Damen nur auf mich gewartet, damit ich aus ihnen noch einmal alles herausholte. Denn dies war ihre letzte Chance. Was sie jetzt nicht taten, würde unerledigt bleiben. Und deshalb stürzten sie sich mit einem solchen Eifer auf alles, dass es mir manchmal Angst machte. Zum ersten Mal im Leben hatte ich das Gefühl, unersetzlich zu sein.

Rosi besaß eine große schauspielerische Begabung. Wenn sie keine Lust hatte, ihr Mittagessen zu verspeisen, konnte sie absolut glaubhaft eine leidende Kranke spielen, und wenn sie etwas Unangenehmes erledigen sollte, mimte sie sehr überzeugend die Vergessliche.

Das brachte mich auf die Idee, einen Theater-Club zu gründen. Da ich bisher weder als Regisseurin noch als Dramaturgin gearbeitet hatte, mussten wir uns allerdings mit kleineren Szenen begnügen, die im Alltag nützlich sein konnten. Wir probten Schwächeanfälle, geistige Umnachtung und Herzinfarkte. All das war sehr nützlich zur Eroberung von Schattenbänken im Park, zum Abwimmeln von Ordnungshütern und zum Umgehen langer Schlangen am Sparkassenschalter.

Am liebsten hätte ich natürlich etwas ganz Großes gemacht! Wie gern hätte ich einen Kurs für Theaterregie belegt und ein richtiges Stück mit ihnen einstudiert, mit dem wir dann in Hohenstein-Ernstthal im Rathaussaal auftreten konnten. Aber das war in der kurzen Zeit, die uns blieb, natürlich nicht möglich. Wir waren viel zu sehr damit beschäftigt, Hüte zu filzen, Nagelmodellagen aufzukleben und Meditationsübungen durchzuführen.

Wenn Frau Körner durch den Aufenthaltsraum ging, schüttelte sie immer nur den Kopf und fragte: »Was machen Sie denn jetzt schon wieder, Fräulein Balutzke?«

Am Sonntag, wenn alle Besuch bekamen, machte auch ich einen Besuch, und zwar bei Oma Trude.

Manchmal kam auch Carmen dazu, und wir unternahmen lange Spaziergänge durch den Stadtpark. Wenn wir an der Bank mit den Farnen vorbeikamen, musste ich jedes Mal an Fritz und die *Swinging Bakery* denken. Ich sah Carmen von der Seite an und fragte mich, an welche geheime Geschichte von Oma Trude sie wohl gerade dachte.

Irgendwann sagte Carmen überrascht: »Du hast aber heute einen guten Tag, Oma Trude! Du läufst ja beinahe flotter als ich!«

Und Oma Trude antwortete: »Das liegt am Tanzen, mein Schatz!«

Eines Tages bekam ich eine Nachricht von Eva, die mir mitteilte, dass ich nicht mehr länger Mitglied von *Girls Club* wäre und sie eine neue Bassistin hätten.

Ich hatte *Girls Club* gegründet. Es war meine Band. Und doch tat es mir nicht einmal weh. Es kam mir so vor, als gäbe es den wirklichen, echten *Girls Club* hier, den Club der alten Mädchen. Wie eine englische Rambler-Rose überwucherte er den *Rosenhof* mit Duft und Farbe.

Die echten Rosen die ich gepflanzt hatte, bildeten allerdings nur eine einzelne, sparsame Knospe. Es würde, wie Frau Körner vorhergesagt hatte, wohl ein paar Jahre dauern, bis sie reichlich blühten. Aus Draht und Seidenresten bastelte ich kurzerhand leuchtend rote Rosen und befestigte sie auf dem Heimweg an den starren Dornenzweigen.

Da die Damen keine Adleraugen mehr hatten, bemerkten sie den Schwindel nicht und konnten sich nicht sattsehen an der über Nacht entstandenen überquellenden, niemals verwelkenden Blütenpracht.

Ich führte ein reiches, buntes Leben. Mich störten eigentlich nur zwei Dinge: dass ich es nicht geschafft hatte, mit meiner Kunst Geld zu verdienen und dass ich deshalb jeden Morgen gezwungen war, so zeitig aufzustehen.

Aber solange ich am Nachmittag in den *Rosenhof* durfte, war meine Welt im Gleichgewicht.

Ich dachte, es würde ewig so weitergehen.

Aber eines Tages bekam ich im Laden einen Anruf von Frau Körner, die sich erkundigte, ob ich am Nachmittag vorbeikäme.

Ich wunderte mich über ihre Frage, denn ich kam schließlich jeden Nachmittag vorbei.

»Also, wenn Sie da sind, kommen Sie bitte in mein Büro! Ich muss dringend etwas mit Ihnen besprechen«, forderte sie mich mit ihrer immer trockenen Stimme auf, der keine Regung anzumerken war.

20.

SIEBENUNDDREISSIG URKUNDEN UND ABSCHLÜSSE

Der farbenprächtigste Unterschied zwischen den Einwohnern von Limbach-Oberfrohna und London ist der Inhalt ihrer Gärten. In London findet man in ihnen ein überquellendes Blütenmeer und wild durcheinander schießende Gewächse. In Limbach-Oberfrohna wird darin sehr vernünftiges Gemüse gezüchtet.

✳ ✳ ✳

Ich hatte mir Carmens Fahrrad ausgeliehen, damit ich nach der Arbeit schneller in den *Rosenhof* kam.

Mein Weg führte mich durch den Gartenverein *Frohsinn*. Nirgendwo gibt es so viele Schrebergärten wie in Limbach-Oberfrohna, die mehr Platz beanspruchen als die Wohngebiete und eine unglaubliche Menge an Biomasse hervorbringen.

Ich trat hart in die Pedale, und kleine Steinchen spritzten unter den Reifen zur Seite. Eine Brennnessel peitschte an meine Waden, so dass sich dicke Quaddeln bildeten.

Nichts ist schlimmer als ein angekündigtes Gespräch. Wenn jemand mit mir über etwas reden möchte, sollte er es sofort tun und nicht in Aussicht stellen. So aber hatte ich im Laden stundenlang Zeit gehabt, mir vorzustellen, worum es bei dem Termin mit Frau Körner gehen könnte.

Ich begann, mein Sündenregister durchzugehen. Es war eine recht lange Liste.

287

Hatten sich Anwohner über die stundenlangen *Paradiddles* beklagt, die wir auf Töpfen übten, weil ich gelesen hatte, dass Schlagzeugspielen gegen Alzheimer half? War der große Ölfarbenfleck auf dem Linoleum des Aufenthaltsraums entdeckt worden, auf den ich einfach einen Mülleimer gestellt hatte? Vielleicht hätte ich nicht auch noch Zumba mit den Damen anfangen sollen?

Oder hatte sich einer der Angehörigen über mich beschwert? War unter ihnen ein Sprachbegabter, der die derben Flüche der Damen verstanden hatte? Vielleicht gefiel ihnen auch einfach der Kleiderstil nicht, der sich neuerdings im *Rosenhof* durchsetzte. Niemand konnte mir verbieten, meine Oma Trude zu besuchen. Aber auf die anderen alten Herrschaften hatte ich keinerlei Anrecht.

So oft war ich schon zu Lehrern und Direktoren, zu Chefs und Managern befohlen worden, weil ich etwas angestellt hatte. Und immer war ich mit der Unbeschwertheit eines Schmetterlings hingeflattert. Was sollte mir auch passieren? Bisher war mir nichts begegnet, was ich nicht leichten Herzens wieder aufgegeben hätte, um mich in etwas Neues zu stürzen. Wenn es vorbei war, zog ich eben weiter. Aber diesmal war alles anders.

Plötzlich bekam ich schreckliche Angst, den Club der alten Mädchen zu verlieren. War es wieder nur eine Momentaufnahme? War all das, was wir zusammen erlebt hatten, nur eine Probe für etwas, das vielleicht nie kam?

Ich lehnte mein Rad an die Mauer des *Rosenhofs.* Das Leuchtendrot der Seidenblüten verblasste allmählich unter der Sonne. Hatte Frau Körner das vielleicht bemerkt?

Niemand wusste, dass ich schon da war. Der Bus, mit dem ich normalerweise kam, war noch nicht einmal losgefahren.

Ohne vorher in Oma Trudes Zimmer zu sehen, steuerte ich auf Frau Körners Bürotür zu. Wenn eine Hinrichtung ansteht, sollte man sie schnell hinter sich bringen.

Mit feuchten Fingern drückte ich die Klinke herunter wie eine schuldbewusste Schülerin und fühlte das Blut in meinen Wangen pulsieren.

Frau Körner wies mir den Platz vor ihrem Schreibtisch zu, und da saß ich dann mit steifem Rücken und einem nervösen Zucken über dem rechten Auge.

»So«, sagte Frau Körner und betrachtete mich aufmerksam. »Es gibt da ein Problem, Fräulein Balutzke.«

»Ja?«, fragte ich und versuchte meinen Rock in Richtung Knie zu ziehen. Ich hätte mich seriöser kleiden müssen!

»Der Etat, den unser Träger bereitstellt, ist, wie Sie wissen, sehr eng bemessen«, fuhr Frau Körner fort. »Wir müssen uns also beschränken und unvorhergesehene Kosten vermeiden!«

Sofort überlegte ich, wie ich Kosten verursacht haben könnte. Hatte sie bemerkt, dass wir in meinem Nähkurs die Tischtücher zerschnitten hatten? Oder dass wir die Haushaltskerzen einschmelzen mussten, um Duftkerzen ziehen zu können?

Frau Körner fuhr fort: »Wollte ich für jeden Wunsch der Heimbewohner einzelne Dienstleister beauftragen, wäre das unbezahlbar. Auch wenn ich das gern tun würde.«

Waren meine Kreativschübe zu unkoordiniert gewesen? Wollte sie jemanden anheuern, der das Ganze nach behördlichen Vorschriften und straff durchorganisiert ausführte?

»Ich frage Sie, was ist wichtiger?«, wollte sie nun von mir wissen.

»Wichtiger als was?«, fragte ich zurück.

»Was halten Sie für unverzichtbar? Einen Friseur oder einen Tanzlehrer?«

»Die Frage kann man doch so nicht stellen!«, antwortete ich.

»Ich stelle sie aber«, beharrte Frau Körner. »Soll es Musikstunden für meine Klienten geben oder lieber Kosmetiktermine? Oder sollte ich jemanden suchen, der Nähkurse gibt? Lieber einen Zeichenzirkel? Sie merken also, ich stehe vor einer schwierigen Wahl.«

Sie ließ mir keine Zeit für einen Kommentar und fuhr fort: »Momentan tendiere ich zu einem Konfliktmanager, da mir die ständigen Streitereien um die Ausgestaltung des Aufenthaltsraums Kopfschmerzen bereiten.«

»Aber sie streiten doch gar nicht!«, widersprach ich. »Sie diskutieren nur!«

Dachte sie vielleicht, ich hätte die Damen aufgehetzt?

Frau Körner studierte mich sehr aufmerksam, und das Zucken über meinem Auge verstärkte sich. Unauffällig strich ich mit den Fingern darüber.

Sie fuhr fort: »Die alten Herrschaften fordern eine ganze Menge, seit Sie hier aufgetaucht sind. Und wie löse ich dieses Problem nun?«

Ich fühlte, wie ich schrumpfte. Wollte sie mir Hausverbot erteilen?

»Ich bin heute früh in Frau Balutzkes Zimmer gewesen«, fuhr die Leiterin fort.

Sie bückte sich und holte unter dem Tisch all meine gesammelten Diplome und Urkunden hervor, die sie von Oma Trudes Wand gepflückt haben musste. Sie breitete die Rahmen vor sich aus und betrachtete sie.

»Ich habe Ihre Abschlüsse gezählt. Es sind siebenunddreißig. Sie haben wirklich außerordentlich viele Talente, Fräulein Balutzke. Oder sollte ich lieber sagen, Mimi Balu?«

Ich zuckte mit den Schultern. Eigentlich bin ich hart im Nehmen, aber es gibt Momente, in denen ich keine Ironie vertragen kann.

Frau Körners Fingernagel klackte auf meinen Abschluss für Rohranschlussarten.

»Wissen Sie, dass ich im letzten Monat viermal den Klempnernotdienst rufen musste, weil wieder mal ein Gebiss in die Toilette gerutscht war?«, stöhnte sie.

Sie betrachtete eingehend jeden einzelnen Beweis meines Talents zum Verzetteln und fuhr fort: »Ist Ihnen klar, dass Sie der einzige Mensch in Limbach-Oberfrohna und vermutlich überhaupt auf dem ganzen Planeten sind, der all die Fähigkeiten, die hier dringend gebraucht werden, in einer Person vereinigt?«

Ich schüttelte langsam den Kopf. Nein, das war mir nicht bewusst gewesen. Aber jetzt, wo sie das sagte, erschienen mir plötzlich all meine Talente und Abschlüsse wieder wichtig und wertvoll.

»Ich weiß, Sie sollen eigentlich die Bäckerei Ihrer Eltern übernehmen, aber ich versuche es trotzdem«, sagte sie.

Und feierlich, als wolle sie mir einen Antrag machen, fragte sie mich: »Könnten Sie sich vorstellen, bei uns eine Vollzeitstelle anzutreten?«

Ich nickte benommen. Ich wagte es einfach nicht, mich zu freuen, es überhaupt zu glauben. So oft war ich in der letzten Zeit schon enttäuscht worden. Würden denn meine englischen Abschlüsse dafür wirklich genügen? Sagte sich Frau Körner vielleicht, dass man bei alten Leuten nicht mehr viel verderben konnte?

»Allerdings müssen Sie dafür«, schränkte Frau Körner auch schon ein, »noch eine Voraussetzung erfüllen, denn so will es unser Einrichtungsträger.«

Ich atmete enttäuscht aus. Es war wieder das Gleiche. Vermutlich brauchten sie einen vom deutschen Staat anerkannten Abschluss in Altenpflege.

»Wir benötigen irgendeinen in Deutschland gültigen Abschluss«, forderte Frau Körner.

»Irgendeinen?«, fragte ich ungläubig.

Sie nickte: »Ganz egal, welchen«, und setzte etwas verunsichert hinzu: »Ich hoffe, Sie haben einen?«

Und ob ich einen hatte!

Was war es für ein unbeschreibliches, unglaubliches Glück, dass ich diese lästige Bäckereifachverkäuferinnenlehre damals nicht abgebrochen hatte!

»Ich weiß nicht genau, was ich in den Arbeitsvertrag für eine Stellenbezeichnung schreiben soll«, überlegte Frau Körner. »Ich denke, auf dem Papier setze ich Sie einfach als meine Assistentin ein.«

»Aber ich darf alles genauso weitermachen wie bisher?«, vergewisserte ich mich.

»Im Prinzip schon. Aber rauchen Sie keine Joints mehr mit Elvira Frohmann!«

Das versprach ich.

»Haben wir sonst noch was vergessen, Fräulein Balutzke?«, wollte sie wissen.

Da gab es tatsächlich noch etwas. Es war nur ein kleines Detail, aber ich war nun einmal eine Perfektionistin.

Also bat ich verlegen: »Könnten Sie mich bitte nicht immer Fräulein Balutzke nennen?«

Sie streckte mir die Hand entgegen und sagte: »Willkommen im *Rosenhof,* Mimi!«

Ich war schon in der Tür, als sie mich noch einmal zurückhielt: »Wissen Sie übrigens, welches Talent ich am meisten an Ihnen schätze?«

Ich schüttelte den Kopf.

Frau Körner erklärte: »Sie sind großzügig, Mimi. Sie können über Ihre eigenen Mängel hinwegsehen.«

Das war nun nicht gerade ein Kompliment.

»Und über die Mängel anderer Menschen auch«, fügte Frau Körner lächelnd hinzu und hielt mir die Tür auf.

Also durfte ich am Ende wirklich jedes einzelne meiner Talente nutzen! Man konnte seine Bestimmung überall finden, auch am unwahrscheinlichsten Ort der Welt!

Auf dem Gang lungerte Jan herum, als hätte er auf mich gewartet. Er sah mich prüfend an und wirkte erleichtert, als er mein glückliches Gesicht sah.

»Bloß gut«, meinte er. »Ich hatte schon Angst, Frau Körner gibt dir Hausverbot, als ich gehört hab, dass du zu einer Aussprache musst!«

Wie hatte Jan schon wieder davon erfahren?

»Carmen kann aber auch nichts für sich behalten!«, stellte ich fest.

Jan hob die Hände und beteuerte: »Ich hab's aber von meiner Mutter!«

Ich erzählte Jan, was Frau Körner wirklich von mir gewollt hatte.

»Ist das nicht unglaublich?«, freute ich mich. »Ich werde für etwas bezahlt, was ich kann und was ich gern mache und was ich auch dann täte, wenn mich keiner dafür bezahlen würde!«

»Bist du nicht traurig, dass du nicht wieder nach London zurückkehrst?«, wollte er wissen.

»Wer sagt denn, dass ich nicht wieder zurückkehre?«, fragte ich unternehmungslustig. »Niemand weiß, was noch kommt. Die Welt ist groß und weit!«

»Ich find's schön, dass du im Moment hier bist«, fand Jan.

Ich nickte. »Und das Gute an der Geschichte ist, dass ich nicht mehr in der Bäckerei arbeiten muss!«

Als ich das sagte, fiel mir ein, dass ich dadurch wieder mein zweites Leben zurückgewann. Somit hatte ich eigentlich Kapazitäten für etwas Neues.

»Sag mal«, fragte ich deshalb Jan. »Wie gut kennst du eigentlich Carmen?«

Er guckte mich verwundert an und zuckte dann gleichgültig mit den Schultern. »Genauso gut wie dich, würd ich sagen.«

Dieser wichtige Punkt war also geklärt. Und was die andere Sache betraf, musste ich eben aufpassen, dass es Frau Strumpf nicht erfuhr, solange wir selbst noch nicht wussten, wo es uns hinführte.

Ich stürmte in Oma Trudes Appartement und erzählte ihr glücklich die Neuigkeit.

Oma Trude drückte mich ganz fest. Dann nahm sie meine Hände und fragte: »Hast du dir das auch gut überlegt?«

»Da gibt's nichts zu überlegen«, gab ich aufgeregt zurück. »Es könnte nicht schöner sein, als es jetzt ist!«

»Ja«, stimmte Oma Trude zu, »aber vielleicht wird es nicht immer so bleiben, wie es jetzt ist. Irgendwann wird der *Rosenhof* nicht mehr der sein, den du jetzt kennst.«

Natürlich waren die letzten Wochen mit Oma Trude und den alten Damen im *Rosenhof* ausschließlich glücklich gewesen. Und ich wusste, ich würde sie unausweichlich verlieren, eine nach der anderen.

»Es werden Tage kommen, an denen du hier sehr unglücklich sein wirst«, gab sie zu bedenken.

Ich nickte. So war es nun einmal im richtigen, echten Leben.

Selbst Oma Trude würde ich eines Tages verlieren. Aber das galt nicht für ihre Liebe! Die würde bleiben und mich noch trösten, wenn ich selbst eine alte Frau war.

Und bis es so weit war, würde ich jede Minute mit ihr genießen!

»Oma Trude?«, fragte ich plötzlich. »Bist du enttäuscht, dass aus mir nun doch keine Künstlerin geworden ist?«

Sie widersprach heftig: »Aber natürlich bist du eine Künstlerin! Und zwar eine Lebenskünstlerin!«

Und ist das Leben nicht die schwierigste und edelste Kunst von allen?

»Wir sollten es schnell Elvira sagen!«, fand Oma Trude.

»Und den Tillich-Schwestern!«, stimmte ich ihr zu. »Und überhaupt allen.«

21.

APPLAUS FÜR MIMI BALU!

Die einzige Gemeinsamkeit zwischen den Einwohnern von Limbach-Oberfrohna und London ist ihre Fähigkeit zu träumen. In Limbach-Oberfrohna wünscht man sich Glamour, Glanz und Großstadtflair, und in London sehnt man sich nach der Fuchsjagd und dem einfachen Landleben.

✳ ✳ ✳

Als ich die Tür zum Aufenthaltsraum des *Rosenhofs* aufstieß, hatte Frau Körner schon alle zusammengerufen. Oma Trude huschte neben Elvira, die ihr einen Platz freigehalten hatte. Erwartungsvoll saßen nun alle da und sahen mich an.

»Das ist unsere neue künstlerische Leiterin!«, verkündete Frau Körner. »Und unsere Klempnerin! Und auch unsere Therapeutin! Und unsere Friseurin und Tanzlehrerin und Gesangslehrerin ebenfalls!«

Während sie überlegte, was sie alles noch aufzählen musste, stand Oma Trude plötzlich auf und begann zu klatschen. Dann schlug eine zweite Dame die Hände zusammen, und nach und nach standen alle auf, Elvira mit den Vogelhaaren, die Tillich-Schwestern mit ihren Brigitte-Bardot-Schürzen und alle anderen auch. Ein rauschender, jubelnder Beifall toste. Sie wollten gar nicht mehr aufhören und riefen sogar »Bravo!«

Da konnte ich nicht anders. Ich musste mich einfach verbeugen!

Einen dermaßen donnernden Applaus hatte ich in meiner ganzen Karriere noch nicht bekommen!

Es gab nicht nur eine Chance. Wenn man Glück hatte, gab es auch eine zweite. Ich denke allerdings, man sollte sich nicht unbedingt darauf verlassen.

»Haben wir's gut«, rief Rosi, als sich endlich alle wieder beruhigt hatten. »Die ganze Welt hat sich um Mimi Balu gerissen! Und wir haben sie gekriegt!«

Meine Mutter nahm meinen Entschluss, nicht mehr in der Balutzke-Bäckerei zu arbeiten, erstaunlich gelassen auf.

Sie sagte: »Du warst doch hier nicht glücklich, Michaela. Das hab ich jeden Tag gesehen.«

Und ich hatte geglaubt, meine Mutter sah nur das, was sie sehen wollte. Meine Eltern beschlossen aber, die Stelle neu zu besetzen, damit es meine Mutter nicht wieder so schwer hatte.

Carmen kommentierte meine Entscheidung mit der Bemerkung: »Na, das wurde ja auch Zeit. Wir hatten Wetten abgeschlossen, wie lange du es hier wohl aushalten würdest. Ich hab verloren.«

»Wer ist wir?«, wollte ich wissen.

»Jan und ich«, antwortete sie und grinste.

Ein paar Wochen später flog ich noch einmal nach London, um meinen Bassverstärker und einige andere Dinge beim Cash Converter zu versetzen. Meine Möbel überließ ich Jamina, ich hatte ihr schon genug Geld abgenommen. Den Rest packte ich in meinen kleinen, schäbigen Koffer.

Bei mir hatte ich außerdem eine lange Einkaufsliste, die ich für meine Damen beim königlichen Hoflieferanten *Fortnum & Mason* abzuarbeiten hatte.

Und noch etwas musste ich in London erledigen.

Oma Trude hatte mir gemeinsam mit ihren Freundinnen bei *city lit* in Covent Garden einen Wochenendschnellkurs für Theaterregie bezahlt. Wenn ich zurück war, wollten wir endlich ein richtiges Stück einstudieren.

Natürlich Shakespeare. Nur für den Anfang.

Am letzten Tag meines Aufenthalts fuhr ich nach dem Regiekurs mit dem Bus bis Euston und beschloss plötzlich, den Rest zu laufen. Ich wollte so viel wie möglich von dieser wunderbaren Stadt in mir aufnehmen, schließlich musste es nun wieder für eine Weile vorhalten.

In Mornington Crescent kam ich an der ehemaligen Carreras-Tabakfabrik vorbei mit ihren ägyptisch anmutenden Säulen und den schwarzen Katzen, die den Eingang bewachten. Danach war ich unsicher, wie ich weiterlaufen musste, und geriet in eine Seitengasse, die unerwartet in einen kleinen Platz mündete, wie geschaffen für ein Straßencafé.

Es schien eine ehemalige Ladenstraße zu sein, aber die vielen kleinen Geschäfte im Erdgeschoss hatten längst schließen müssen und standen inzwischen leer oder wurden als Wohnungen genutzt. Die Ladenscheiben waren von innen mit weißer Farbe gestrichen, damit keiner in die Wohnzimmer hineinsehen konnte. Über einem Schaufenster hing noch eine schwarze Holztafel. Darauf stand, ein wenig verblasst, aber immer noch gut lesbar: *Swift's Bakery*.

Die Farbe hinter der Schaufensterscheibe war unregelmäßig aufgetragen und hatte viele Kratzer. Ich versuchte ins Innere der alten Bäckerei zu sehen. Der Laden schien verlassen und sehr geräumig zu sein. Der vordere Teil war ebenerdig, weiter hinten kam eine Stufe, die den Verkaufsbereich um ein paar Zentimeter erhöhte.

Ich holte mein Telefon heraus. Es war wieder Zeit für Bilder einer alten Londoner Bäckerei.

Ich versuchte, den verschwommenen Blick ins Innere festzuhalten, und achtete darauf, dass auch das Podest mit auf das Foto kam. Dann wandte ich mich der Fassade zu.

Ich musste gar nicht lügen. Ich brauchte bei der Bildbearbeitung nur ein paar kleine überflüssige Buchstaben in der Mitte wegzunehmen, und schon hatte ich die perfekte Illusion.

Aus irgendeinem Fenster drang Musik, und ich sah Oma Trude den *Big Apple* tanzen in der *Swinging Bakery*.

DANKSAGUNG

Ich danke den beiden Hauptheldinnen dieses Buches, den Städten Limbach-Oberfrohna und London für die Gastfreundlichkeit und die unzähligen wunderbaren Orte, die ich mir für diese Geschichte ausgeliehen habe.

Mein besonderer Dank gilt Ulrike und Lothar Becker für die Hilfe bei der Recherche in Limbach-Oberfrohna und die vielen Anekdoten und Hintergrunddetails. Frau Götze danke ich für die Fachauskünfte zum Bäckerhandwerk, Rangna Schöne dafür, dass Oma Trude in ihrem Buchladen einkaufen durfte, Helga Becker für Erinnerungen an das alte Limbach und meiner Freundin Jana für wichtige Anmerkungen.

Huggy Leaver danke ich für Informationen zum London der Neunziger, Gon von Zola für die Inspiration, der Band *Ruff As Stone* für Einblicke in die Hinterzimmer Londoner Veranstaltungsorte und dem Chelsea and Westminster Hospital für das Morphium.

Außerdem danke ich meiner Agentin Anja Keil sowie Bettina Keil für die stete Unterstützung und meiner Lektorin Christine Steffen-Reimann für ihr Vertrauen.

Mein wichtigster Dank gilt meiner Familie, besonders Tobias und meinen Töchtern Pauline und Clementine, für ihre Liebe, ihr Verständnis und ihren Rat.

Ein Buch für alle Mütter – und alle Töchter

KATHI NAUMANN

Die Liebhaber meiner Töchter

Roman

Nina liebt sie alle! Konrad vielleicht am meisten, natürlich auch Noah – und Till ganz besonders. Sie sind die Liebhaber ihrer Töchter und haben einen festen Platz in ihrem Herzen und auf ihrem Sofa. Als sich ihre Töchter mit ihnen zerstreiten, sieht Nina überhaupt nicht ein, dass auch sie sich von ihnen trennen soll. Damit beginnt eine verrückte Geschichte zum Mitfühlen, Mitlachen und Mitweinen und einem Ende, mit dem niemand gerechnet hätte.

Von Schwiegermüttern, Hühnern
und den Vorzügen russischer Männer

ALEXANDRA FRÖHLICH

Meine russische Schwiegermutter und andere Katastrophen

Roman

Kann man einen Tsunami aufhalten? Eine Lawine? Einen Hurrikan? Ebenso hoffnungslos ist es, Paulas russische Schwiegermutter vom Gegenteil zu überzeugen, wenn diese beschließt, einen zwei Zentner schweren Neufundländer nachts auf einem Hamburger Friedhof zu begraben. Denn Darya ist stur wie ein russischer Panzer und verrückt wie ein tollwütiges Frettchen. Mit Logik ist da nichts zu machen, nur Betteln hilft – manchmal. Wäre da nicht Daryas Sohn Artjom, Paula hätte längst die Flucht ergriffen. Zugegeben, Artjom liebt Wodka, Nachtclubs und Chopin, aber er hat eine Stimme, die Paulas Kniescheiben zum Vibrieren bringt …

KNAUR

Meine erfolgreiche Frau, der Termitenjäger,
die Putzhilfe und ich

MICHAEL HASENPUSCH

Damenprogramm
Nichts für schwache Männer

Roman

Wie konnte ihm das bloß passieren? Eben noch saß Thomas
in Anzug und Krawatte in deutschen Konferenzräumen und
hielt große Reden. Jetzt steht er im permanent verschwitzten
Polohemd in Afrika und versucht, für seine Frau ein Abendessen zu kochen. Eben war er noch ein beruflich erfolgreicher
Mann, jetzt ist er eine männliche First Lady und sein Leben
nur noch Damenprogramm. Das stellt nicht nur ihn selbst,
sondern auch die Beziehung der beiden auf eine harte Probe …